科幻名家经典

近未来生存指南

何夕中短篇科幻小说集

何　夕著

科学普及出版社
·北　京·

图书在版编目（CIP）数据

近未来生存指南：何夕中短篇科幻小说集 / 何夕著 .
北京：科学普及出版社，2025. 6. --（科幻名家经典书系）. -- ISBN 978-7-110-10958-8

Ⅰ. I247.7

中国国家版本馆 CIP 数据核字第 2025TF3953 号

策划编辑 王卫英
责任编辑 王卫英
封面设计 北京中科星河文化传媒有限公司
封面绘图 蒋 越
正文设计 中文天地
责任校对 焦 宁
责任印制 徐 飞

出 版 科学普及出版社
发 行 中国科学技术出版社有限公司
地 址 北京市海淀区中关村南大街 16 号
邮 编 100081
发行电话 010-62173865
传 真 010-62173081
网 址 http://www.cspbooks.com.cn

开 本 880mm × 1230mm 1/32
字 数 255 千字
印 张 11.375
版 次 2025 年 6 月第 1 版
印 次 2025 年 6 月第 1 次印刷
印 刷 北京长宁印刷有限公司
书 号 ISBN 978-7-110-10958-8 / I · 798
定 价 69.80 元

前 言

立足现实，探索未来

2022年11月30日，美国人工智能研究公司OpenAI推出人工智能聊天软件ChatGPT，上线仅5天，注册用户人数就超过了100万。一时之间，关于ChatGPT和AIGC的讨论备受关注。很快，涵盖了生成应用和布局、搜索和数据分析、程序生成和分析、文本生成、内容创作、一般推理等功能的AI应用被用户无缝衔接于生活和工作中的各类场景。人们发现，和过去那些连最简单的指令都不能准确理解的AI工具相比，如今，以海量数据和迅猛发展的算力为基础的生成式AI正带来一场全新的技术革命，这将会给人类社会的生产方式、生活方式、组织方式带来颠覆性改变。

人们在体验科技带来的高效与便利的同时，也产生了前所未有的担忧。以人工智能技术为例，它能够提高生产效率，改善生活质量，推动社会进步和经济发展，但同时也存在一些问题和风险，比如，对就业市场的影响、用户隐私的泄露、信息的误导、道德伦理的挑战等。因此，人工智能技术的发展需要在科技进步和人类利益之间找到平衡点，社会各界在鼓励技术为人类带来便利和福祉的同时，也要寻找并建立相应的规范和监管机制，使技术在安全、合法、可控的范围内服务于人类。

而寻找技术进步与人类利益之间的平衡将涉及对社会环境、科技水平、文化制度等方方面面现实问题的考量。现实中我们很难在有限的时空范围内完成如此多变量的实验，科幻文学恰好通过构建虚拟的世界，帮助我们在想象中思考和论证不同的未来可能性，从而使我们更好地应对现实中的变化和未知。

“科幻名家经典书系”的推出旨在为大家提供立足现实、探索未来的视角。科幻名家的经典作品通常在反思现实、探索未来、展现文学价值及理解文化影响等方面具有深刻和卓越的表现。

“科幻名家经典书系”将成为以中国科幻文坛上具有重要影响力的作家作品为收录对象，展示中国科幻文学成就的系列图书。这一书系的作品遴选标准以“科幻名家”和“经典作品”为主。本书系所选择的科幻名家是在科幻文学领域具有较高的创作水平和广泛的影响力，并且其作品在科幻界和文学界都得到了认可和传颂的作家。这些作家通常包括获得过银河奖、星云奖等各类科幻奖项的作家，以被广大读者所熟知的中国科幻界的“四大天王”（王晋康、刘慈欣、韩松、何夕）为代表。

在遴选经典作品的过程中，我们将着重选择那些具有较高的文学价值、广泛的流传度和接受度的作品。这些作品通常具有鲜明的科幻主题、扣人心弦的故事情节，以及富有创意和想象力的文学风格。我们还将注重选择那些在不同时期和不同领域都有着广泛影响力的作品，以展示中国科幻文学的多样性和发展历程。此外，能够突出展示中国科幻文学某一历史时期特点的代表性作品也将被收录在本书系中。

科幻名家的经典作品对现实的意义不可忽视。在日新月异的科技时代，科幻作品提醒我们审视科技进步的利弊，引导读者思考科技发展的方向和限度。科幻作家基于社会、科技、环境等多重因素的思考，用文字描绘未来可能的走向。通过设定各种情节和科技手段，追问人类在多元且快速变化的现实世界里如何应对挑战。同时，作家还在作品中拓展了人类道德和伦理的边界，让读者更加关注人类行为的后果及其对自身发展的潜在威胁。

人们在面对充满不确定性的未来时，总希望可以有所参照，名家科幻作品中的创新与变革常常给人们以启示。这些作品将我们带入遥远的星球、未来的时空，探索科技进步和人类进化对社会、文明以及人类本质所产生的影响。科幻作家们通过他们的作品让我们思考人类在未来可能面临的挑战，并鼓励我们探索和研究未知的领域，寻求解决问题的新思路。

科幻名家的经典作品对于人类社会的发展具有潜在的深远影响，对于探讨人类自身的进步和发展、社会制度的完善，以及全球合作的必要性都提供了独到的视角。这种对未来的设想和洞察激励着科学家、工程师、哲学家，以及更广泛的读者们进行具有前瞻性的思考，以指导和推动人类社会的可持续发展。

通过“科幻名家经典书系”，读者可以感受到每一位科幻名家不仅是写作者，更是社会观察者和未来探索者，他们的作品将拓宽我们的视野，激发我们的思考，为构建一个更美好的明天提供灵感和动力。

编者

2023 年 8 月 12 日

序

真理的边界与思想的张力

科幻，作为思想的试验场，构建未来，锚定现实，以观念的裂隙映射时代的困惑，以虚构的张力逼近真理之边界。何夕的作品便是这种科学理性与人文思辨深度融合的典范。无论是对科技进步的伦理反思，还是对人类认知极限的哲学追问，其叙述始终处于理性与超越、确定性与偶然性的交锋之中。因而，他的作品读之既具有科学推理的严谨性，也承载了沉重的人类学意味和文明史观。

从科技哲学的视角来看，科幻的根本价值绝非预测，而在于揭橥科学思想之复杂意涵及其与人类境遇的互动。正如库恩所言，科学的发展并非线性积累，而是范式的嬗变——从经典力学的决定论到量子理论的不确定性，每一次知识体系的跃迁，皆重塑着人类对世界的理解。当下，人工智能、量子计算、基因编辑等前沿技术的突破，正在挑战既有的科学范式，撼动人类认知的基本结构。科幻，作为科学观念变迁的艺术化再现，往往能先于科学自身察觉既有范式中的裂隙，并借助假设性世界的构建，预演思想冲突与社会震荡。在此语境下，何夕的创作不单单是对技术革新的书写，亦是对认知危机与伦理困境的不断探询。其叙事揭示：科学不仅推动文明进步，同时亦孕育矛盾与危机。每一次范式的更迭，既是对现实的重塑，亦是对人类存在的挑战。

本书收录的八篇作品，虽各具主题，却在思想上形成了互文性网络——共同指向对真理本质的思辨。其笔下的科学探索关涉认知的边界、技术的伦理抉择，同时亦牵动自由意志的哲学命题。下面我们从“科学真理的滞后验证与认知断层”“技术伦理的悖论与文明困境”“自由意志的边界与真相构建”三重维度，一窥何夕创作的思想深度与哲学意涵。

其一，科学真理的滞后验证与认知断层。

科学认知的演进并非线性递进，而是充满断裂与延宕。科学新知在被大众普遍接受前甚或会遭遇屏蔽与误读。在《伤心者》中，微连续理论的提出者何夕以个人命运承受了时代的误解，其理论在150年后才成为“大统一理论”的数学基石。该设定揭示了科学发展的滞后验证规律，也隐喻了思想者的悲剧性宿命：当知识体系尚未准备好容纳新思想时，个体的真知反成时代的弃子。这种认知断层的存在，使科学探索者的命运在历史长河中显得尤为悲凉。

类似的思辨同样体现在《缺陷》中，林欣的预知理论因挑战既有的因果律框架而遭学界排斥，学术生涯最终走向毁灭。然而，小说并未直接裁定孰真孰伪，而是通过苏枫的视角，展现科学探索中“异端”与“正统”之间的永恒拉锯。这映射出科学史上诸多未被当代理解的前沿理论，也进一步探讨了科学真理在认知裂隙中浮现的可能性。

在《本原》中，欧阳严肃的实验直指世界秩序的根基，试图通过量子理论的实验验证概率性是否真正支配现实。然而，这一探索的结果并未得到明确定论，世界是否被改写亦无从知晓，唯有未曾平息的余波。科学探索的尽头，或许仍是新的未知。该设定进一步强化了科学真理的不确定性——人类对世界的认知，始终处于无限逼近而永难抵达之境。

其二，技术伦理的悖论与文明困境。

科学与技术的演进塑造了人类社会的未来路径，亦带来了伦理悖论。在何夕的作品中，科技的跃迁往往伴随着文明的断裂，技术的可能性与伦理的限度形成持续的张力。

《达尔文陷阱》围绕生物进化展开讨论，韦洁如试图改造蛋白质结构以推动生命进化，却在现实的权力场域中遭遇扭曲与滥用。自然选择是否应由人类之手加以干预？科学是否具备超越自然规律的合法性？小说对“达尔文陷阱”的设定正是对这些问题的哲学式叩询——科学的光芒或可照亮未来，但若脱离伦理指引，必将构筑自身陷阱。

在《审判日》中，人工智能“审判者”系统以记忆解码技术实现个体认知全景化呈现，试图建立一个透明社会。然而，何夕通过精妙的叙事逻辑揭示了记忆本身的非客观性——记忆并非静态存储，而是动态重构的心理现象。因此，技术所承诺的“终极公正”反而引致伦理层面之悖：当技术越趋向“真实”，人类社会的自由度却可能越被削减。小说最终抛出的疑问是：科学的中立性是否只是幻象？当记忆可被量化、真相可被审查，人类是否已然失去了自由选择的权利？

在《田园》中，技术伦理的冲突呈现出另一种样态。小说以“脑域”技术与“样品119号”农业实验的对峙，探讨了现代科技路径的分歧：科技的进步是否等同于真正的文明进步？农业的未来是趋向智能化，还是回归生态平衡？何夕的执念隐含着对技术中心主义的反思，而陈橙的决策则映现出人类未来发展的不确定性。技术不应成为凌驾于人类选择之上的单向驱动力，而应受伦理与社会责任的制衡，这一思考贯穿小说始终。

其三，自由意志的边界与真相构建。

如果说科学探索的终极命题是“我们如何认识世界”，那么自由意志的哲学问题则是“我们如何在世界中行动”。何夕的作品便拷问了个体在宏观秩序中的主体性，探讨自由意志在认知框架、社会控制与现实结构中的存在之境。

《六道众生》以多层宇宙结构设定，构筑出一个认知权力的博弈场域。小说中，何夕的跨界能力既是天赋也是诅咒，其“自由”在不同世界秩序中不断受到规训与塑造。这一设定映射出现实社会对异质知识与边缘个体的压抑，突出了自由意志的边界并非固有，而是受制于认知框架与社会控制的建构。

《假设》则更进一步，在科学哲学的层面质询“世界是否仅是认知的投影”。小说的核心设定基于虚证主义，暗示现实本身或许并无客观基底，而是建立于假设与信念之上。如果科学的“真理”仅是认知的语境产物，那么自由意志是否仍然存在？个体的选择究竟是源于本源性的自由，还是受限于世界规则的暗示？小说在逻辑层层递进中，逼近自由意志的哲学悖论。

在《本原》中，欧阳严肃的科学实验亦是对这一问题的回应。其实验尝试突破概率性的桎梏，试图证实世界规则的可塑性。然而，当实验落幕，其自由意志是否改变了现实，抑或仍然落入概率性的必然轨迹？小说最终并未给出明确答案，而是留下哲学意义上的开放性空间。

何夕的科幻书写未止于科学设想的演绎，更是一种对科学哲学、技术伦理与人类主体性的深刻反思。其笔下的科学探索始终伴随着滞后验证与认知断层，技术跃迁隐含伦理悖论，而自由意志则在现实的结构性规训中挣扎求存。其作品的价值，恰在于通过科幻构筑思想实验场域，逼近真理的复杂性，并在科学与哲学的交汇点上，提出人类文明进程中无法回避的根本性命题。

中国科普研究所副研究员　姚利芬

2025 年 4 月

目录
Contents

伤心者

一

上午正是菜市场最繁忙的时候，我看着夏群芳穿过拥挤的人群，她的背影很臃肿。隔着两三米的距离我看不清她买了些什么菜，不过她跟小贩的讨价还价声倒是能听得很清楚。通过这两天的经历，我知道小贩们对夏群芳说话是不太客气的，有时甚至就是直接的奚落。不过我从未见过夏群芳为此而表现出生气的样子，她似乎只关心最后的结果，也就是说菜要买得合算，至于别的事情，至少从表面看上去她是毫不计较的。现在她已经买完菜准备离开，我知道她要去哪儿。

4 月是这座城市最漂亮的时候，各个角落里都盛开着各种各样的花。天气不冷也不太热，老年人的皮帽还没取下，小姑娘们就迫不及待地钻空，在天气晴朗的时候穿起了短裙，这本来就是乱穿衣的时候。“乱花渐欲迷人眼”在这样的季节里成了不折不扣的双关说法。夏群芳对街景显然并没有欣赏的打算，她只是低着头很费劲地朝公共汽车站的方向走，装满蔬菜的篮子不时和她短胖的小腿撞在一起，令她每走几步就会有些滑稽地打个趔趄。道路两旁的行道树都是清一色的塔松，在这座温带城市里这种树比原产地要长得快，但木质相对要差一些。夏群芳今天走的路线与平时的稍有不同，因为今天是星期天，她总是在这个时候到C大去看她的儿子何夕。

由于历史的原因，C大的校园被一条街道分成了两部分，在这条街上还有一路公共汽车。夏群芳下车后进入校园的东区，现在是上午10点，她直接朝着图书馆的方向走去，她知道这个时候何夕肯定在那里。同样由于历史的原因，C大的图书馆有两个，分别位于东西两区，实际上C大的东西两区曾经是两所独立的高校。用校方的语言来说，这两所学校是合并的，但现在的校名沿用了东区的，所以当年从西区那所学校毕业的学生常常戏称自己是“亡校奴”，并只对西区那所学校寄予母校的情怀。严格来讲何夕也该算作“亡校奴”，不过何夕是在合并后才开始读C大的硕士，所以在何夕心中母校就是东区和西区的整体。

何夕坐在东区图书馆底层的一个角落里静静地看书，不时在面前的笔记本上写上几句。这时候有一个人正从窗外悄悄地注视着他，窗外的人就是何夕的母亲夏群芳，她饶有兴味地看着聚精会神的何夕，汗津津的脸上荡漾着止不住的笑意。我看得出她有几次都想拍响窗户打个招呼，但她伸出手却最终犹豫了。倒是临近窗户坐着的两个漂亮女生发现了窗外的夏群芳，她们有些讨嫌地白了她几眼。夏群芳看懂了她们的这种眼神，不过她心情好不跟她们计较，她有个读硕士的儿子呢，这让夏群芳在单位里可风光了。想到单位，夏群芳的心情变得有些差，她已经4个月没有从那里拿到工资了。当然她这4个月并没有去上班，她下岗了，现在开了一个杂货铺。按照夏群芳一向认为合理的按劳取酬原则，她觉得这也是很自然的事情。夏群芳在窗外按惯例站了20分钟，显得心满意足。我算了一下，为了这一语不发的莫名其妙的20分钟，夏群芳提着10多斤东西多绕了5000米路，这种举动虽然不是经济学家的合理行为，但却是夏群芳的合理行为。

其实今天夏群芳是最没有理由来看何夕的，因为今天是星期天，何夕虽然住校但星期天总会回家一趟。不过他不会在家里住，吃过晚饭就会回学校。夏群芳知道，在何夕的心里学校比家里好。不过对于这一点夏群芳并不在意，只要儿子觉得高兴她也就高兴。夏群芳永远都不会知道此刻摊放在何夕面前的那本大部头里究竟有什么吸引人的东西，但很肯定的是，每当夏群芳看到儿子聚精会神地沉浸在书中的时候，她的心里就有一种没来由的欣慰感。这种感觉差不多在何夕刚上小学的时候就形成了。她以前就从不去探究何夕读的是什么书，更不用说现在何夕读的那些外文原著了。从小到大，何夕在学业上的事情都是自己做主，甚至包括考大学填志愿、选专业，以及后来大学毕业时由于就业形势不好又转回去读硕士等都是如此。想起儿子前年毕业时四处奔波求职的情形，夏群芳就感到这个世界变化实在太快，她从没有想过大学生也有难找工作的那一天，在夏群芳的心里这简直无异于天方夜谭。有个同事对夏群芳说，这算啥，人家发达国家早就有这种事情了。说话的时候那人脸上有幸灾乐祸的神情。不过事实却肯定地告诉夏群芳，的确没有一个好单位肯要她心中无比优秀的儿子何夕，她隐约听说这似乎和何夕的专业不好有关。可是在夏群芳看来，何夕的专业蛮好的，好像叫作什么什么数学。在夏群芳看来，这个专业是挺有用的，哪个地方都少不了要写写算算，写写算算可不就是什么什么数学嘛。夏群芳有一次忍不住把自己的想法讲给何夕听，但何夕只是淡淡地笑了一下。夏群芳的心中早就有了主见，自己的儿子可没什么不好，儿子的专业也是顶好，那些不会用人的单位是有眼无珠，迟早要后悔死的。夏群芳没事就在想，有一天等何夕读完硕士找个好工作，一定要气气当初那些不识好歹的人，想到得意处便笑出声来。夏群芳有些不舍地又回头看了一眼专心看书的儿子，然后才踏实地欣然离去了。

二

何夕抬起头来，向着我站的方向看过来。我愣了一下，立刻醒悟到他是在看夏群芳的背影。这时坐在窗户边的那两个女生开始议论，说刚才那个在外边傻乎乎看了半天的人不知是谁，何夕有些愤怒地瞪了她们一眼。他其实很早便知道母亲就站在窗户外注视着自己，在他的记忆里母亲几乎每个星期天的上午都会到学校的图书馆来看自己读书。何夕知道母亲之所以选在这一天来纯粹是前几年的习惯所致，实际上母亲现在的每一天都可以算是放假。何夕看着母亲远去的背影叹了口气，他觉得自己的情形也差不了多少。有时候何夕的心里会隐隐地升起一股对母亲的埋怨，他觉得母亲实在太迁就自己了，从小到大的许多事情她都让儿子自己做主，如果当初母亲能够在选择专业上不过分顺从自己就好了。何夕摇摇头，觉得自己不该这样埋怨母亲，他其实知道母亲并不是不想帮自己，而是实在没有这方面的见识。

何夕看了一下表，急促地向窗外扫视了一下。按理说江雪应该来了，他们说好上午 11 点在图书馆碰面的。何夕简单收拾了一下朝外面走去，刚到门口就见到了江雪。

与何夕比起来，江雪应该算是现代青年了。单从衣着上看江雪就比何夕领先了 5 年。这样讲好像不太准确，应该说是何夕落后了 5 年，因为江雪的打扮正是眼下最时兴的。发型是一种精心雕琢出来的叫作“随意”的新样式，脑后用丝质手绢挽了个小巧的结，衬得她粉白的面庞益发清丽动人。看着那条手绢，何夕心里感到一阵温暖，那是他送给江雪的第一件礼物。手绢上是一条清澈的河，天空中飘着洁白的雪花。他觉得这条手绢简直就是为江雪定做的。看到他们两人走在校园里的背影，很多人都会以为是一个学生在向老教授请教问题，不过江雪并不觉得这样有什么不妥，即便是要好的几个女生提到何夕时总是开玩笑地问:“你的老教授呢?”小时候她和大她两岁的何夕是邻居，有过一些想起来很温馨的儿时回忆。后来他们因为父母的工作变动分开了，却很巧地在 10 多年后的 C 大又遇上了。当时江雪碰到了迎面而来的何夕，两人不约而同地喊道:“哎，你不就是……哎……那个……哎吗!”等到想起对方名字时，两个人都大笑起来。所以两人后来还常常大声称呼对方为“那个哎”。江雪觉得何夕和自己挺合得来，别人的看法她并不看重。她知道有几个计算机系还有高分子材料系的男生在背地里说他们是鲜花和牛粪。在江雪看来，何夕并不像外界所认为的那样是一个迂腐的书呆子，恰恰相反，江雪觉得何夕身上充满了灵气。令江雪印象最深的是何夕的眼睛，在此之前她从未见过谁拥有这样一双睿智的眼睛。看到这双眼睛的时候江雪总止不住地想，有着这样一双眼睛的人一定是不平凡的。

每当看到江雪的时候，何夕的心情就变得特别好，实际上也只有这时候他才有如释重负的感觉。何夕很小就知道自己的性格缺陷。当他手里有事情没有完成的时候总是放不下心来，无论做什么事情总还惦记着先前的那件事。他本以为自己这辈子都是这种性格了，但江雪的出现改变了一切。和江雪在一起时他也不知道为什么自己就像换了一个人。那些不高兴的事，那些未完成的事都可以抛在脑后，甚至包括"微连续"。一想到"微连续"何夕不禁有些分神，脑子里开始出现一些很奇特的符号。但他立刻就收了回来，实际上只有在江雪到来时他才会这样做，同时也只有在江雪到来时他才做得到这一点。江雪注意到了何夕一刹那的走神，在她的记忆里这是常有的事。有时大家玩得正开心的时候，何夕却很奇怪地变得无声无息，眼睛也很缥缈地盯住虚空中的什么东西。这种情形一般不会持续很长时间，片刻之后何夕自己会"醒"过来，就像从睡梦中醒来一样。这样的情况多了大家也就不在意了，只把这理解成每个人都可能有的怪癖之一。

"先到我家吃午饭。我爸说要亲自做拿手菜。"江雪兴致很高地提议，"下午我们去滑旱冰，老麦前不久刚教了我几个新动作。"

何夕没有马上表态，眼前浮现出老麦风流倜傥的样子来。老麦是计算机系的硕士研究生，也算是系里的几大才子之一，当初同位居几大佳人之列的江雪本来都开始有了那么一点儿意思，但是何夕出现了。用老麦的话来说就是“自己想都想不到地输给了江雪的儿时回忆”。不过老麦却是一个洒脱之人，几天过后便又大大咧咧地开始约江雪玩，当然每次都很君子地邀请何夕一同前往。从这一点讲，何夕对老麦是好感多于提防。不过有时连何夕自己也不得不承认，老麦和江雪站在一起的时候显得那样协调，无论是身材相貌还是别的，这个发现常常会令何夕一连几天都心情黯然。但是江雪的态度却是极其鲜明，她毫不掩饰自己对何夕的感情。有一次老麦带点儿不屑地说了句“小孩子的感情靠不住”，结果江雪出人意料地激动了，她非要老麦为这句话道歉，否则就和他绝交，结果老麦只得从命。当时老麦的脸上虽然仍旧挂着笑，但何夕看得出他其实差点儿就扛不住了。在这件事情之后老麦便再也没有做过任何形式的“反扑”——如果那算是一次反扑的话。

何夕在想要不要答应江雪，他每个星期天都答应母亲回家吃晚饭的，如果去滑旱冰晚上就赶不上回去吃饭的时间了。但是江雪显然对下午的活动兴致很高，何夕还在考虑的时候江雪已经快乐地拉着他朝她家跑去，那是位于学校附近的一套商品房。路上江雪银铃般美妙的笑声驱散了何夕心中最后的一丝犹豫。

三

江北园解下围裙走出厨房，饶有兴致地看着江雪那很难称得上贤淑的吃相。退休之后他简直堪称神速地练就了一手烹调手艺，高兴得江雪每次大快朵颐之后都要“大放厥词”，称他本来就不该是计算机系的教授，而应当是一名厨师。也许正是江雪的称赞使他最终拒绝了学校的返聘，也没有接受另一些单位的聘请。何夕有些局促地坐在江雪的身旁，半天也难得动一下筷子。江家布置得相当有品位，如果稍稍夸张地说，可称得上一般性的豪华。以江北园的眼光来看，何夕比以前常来玩的那个叫什么老麦的小伙子要害羞得多，不知道性格活泼的江雪怎么会做出这种选择。不过江北园知道，世上有些事情是不能讲道理的，女儿已经大了，家里人已经不能像以前那样代她判断了。

“听小雪说你是数学系的硕士研究生？”江北园询问道。何夕点点头：“我的导师是刘青。”

“刘青。”江北园念叨着这个名字，过了一会儿有些不自然地笑笑说，“退休后我的记性不如以前了。”

何夕的脸微微发红：“我们系的老师都不太有名，不像别的系。以前我们出去时提起他们的名字很多人都不熟悉，所以后来我们就不提了。”

江北园点点头，何夕说的是实情。现在C大最有名的教授都是诸如计算机系、外语系和电力系的，不仅是本校，就连外校和外单位的人都知道他们的大名——有些是读他们编写的书，有的是使用他们开发的应用系统。不久前C大出了一件闹得沸沸扬扬的事情，一个学生发明的皮革鞣制专利技术被一家企业以700万元买走了，而后皮革系的教授们也进入了“有名”的行列。

“你什么时候毕业？”江北园问得很仔细。

“明年春季。”何夕慢吞吞地夹了一口菜，感觉并不像江雪说的那样好吃。

“联系到工作没有？”江北园没有理会江雪不满的目光，“已经没有多少时间了。”

何夕的额头渗出了细小的汗珠，他觉得嘴里的饭菜都味同嚼蜡：“现在还没有。我正在找，有两家研究所同我谈过。另外，刘教授也问过我愿不愿意留校。”

江北园沉默了半晌，转头看着笑眯眯的女儿，她正眼睛一眨不眨地盯着何夕看，仿佛在做研究。

“你有没有选修其他系的课程？”江北园接着问。

“老爸！”江雪生气地大叫，“你要查户口吗？问那么多干吗？”

江北园立时打住，过了一会儿说：“我去烧汤。”汤端来了，冒着热气。没有人说话，包括我。

四

老麦姿态优美地滑出一道弧线，动作如行云流水般顺畅。何夕有些无奈地看着自己脚下凭空多出来的几只轮子，心知自己绝不是这块料。江雪本来一手牵着何夕一手牵着老麦，但几步下来便不得不放开了何夕的手——除非她愿意陪着何夕练摔跟头的技巧。

这是一家校外的叫作“尖叫”的旱冰场，以前是当地科协的讲演厅，现今承包给个人改装成了娱乐场所。场地的条件比学校里的要好许多，当然价格是与条件成正比的。由于跌得有些怕了，何夕便没有上场，而是斜靠着围栏很有闲情般地注视着场内嬉戏的人群。当然，他目光的焦点是江雪。老麦正和江雪在练习一个有点儿难度的新动作，他们在场地里穿梭往来的时候就像是两条在水中翩翩游弋的鱼。这个联想让何夕有些不快。

江雪可能是玩累了，她边招手边朝何夕滑过来。到跟前时却又突然打了一个360度的急旋方才稳稳停住。老麦也跟过来，同时举手向着场边的小摊贩很潇洒地打着响指。于是那个矮个子服务生忙不迭地递过来几听饮料。老麦看看牌子满意地笑着说："你小子还算有点儿记性。"

江雪一边擦汗一边啜着饮料，不时仰起脸神采飞扬地同老麦扯几句溜冰时的趣事。"你撞着那边穿绿衣服的女孩好几次，"江雪指着老麦的鼻尖大声地笑着说，"别不承认，你肯定是有意的。"老麦满脸无辜地摇头，一副打死也不承认的架势，同时求救地望着何夕。何夕觉得自己在这个问题上帮不了老麦，只好装糊涂地看向一边。"算啦，"江雪笑嘻嘻地摆摆手，"我们放过你也行，不过今天你得买单。"老麦如释重负地抹抹汗说："好啦，算我舍财免灾。"何夕有点儿尴尬地看着老麦从兜里掏出钱来。虽然大家是朋友，但他无法从江雪那种女孩子的角度把这看作是一件理所当然的事，至少有一点，他觉得总是由老麦做东是一件令他难以释怀的事。但想归想，何夕也知道自己是无力负担这笔开支的。老麦家里其实也没给他多少生活费，但是他的导师总能揽到不少活。有些是学校的课题，但更多的是帮外面的单位做系统。比如一些小型的自动控制系统，或是一些有关模式识别方面的东西，以及帮人做网页，甚至有时候根本就是组一个简单的计算机局域网，虽然名称是叫什么综合布线。这所名校的声誉给他们招来了众多客户。很多时候老麦要同时开几处工，虽然他所得的只是导师的零头，但是已足够让他的经济水准在学生中居于上层了，不仅超过何夕，而且肯定也超过何夕的导师刘青。在何夕的记忆里，除了学校组织的课题他从未接过别的工作。何夕有一次闲来无事，把自己几年来参与课题所得加在一起，他发现居然还差一块钱才到1000元。接下来的几个小时的时间里，何夕简直绞尽了脑汁想要找出自己可能忽略了的收入，以便能凑个整数，但直到他启用了当代数学最前沿的算法也没能再找出一分钱。

“今天玩得真高兴。”江雪意犹未尽地擦拭着额头上的汗水。老麦正在远处的收费处结账，不时和人争论几句。何夕默不作声地脱下脚上的旱冰鞋，这时他才觉得这双脚又重新属于自己了。

“4点半不到，时间还早呢。”江雪看表，“要不我们到‘金道’保龄球馆去？”

何夕迟疑了片刻：“我看还是在学校里找个地方玩吧。”

江雪摆头，乌黑的长发掀起了起伏的波浪：“学校里没什么好玩的，都是些老花样。还是出去好，反正有老麦付钱。”

何夕的脸突然涨红了：“我觉得老让别人付钱不好。”

江雪诧异地盯着何夕看：“什么别人别人的，老麦又不是外人。他从来都不计较这些的。”

“他不计较，可我计较。”何夕突然提高了声音。

江雪一怔，仿佛明白了何夕的心思。她咬住嘴唇，有些不知所措地看着四周。这时老麦兴冲冲地跑回来，眼前的场面让他有些出乎意料。“怎么啦？”老麦笑嘻嘻地问，“你们俩在生谁的气？”他看看表，“现在回去太早啦，我们到‘金道’去打保龄球怎么样？”

何夕悚然一惊，老麦无意中的这句话让他的心里发冷。

又是“金道”，怎么会这么巧，简直就像是——心有灵犀。他看着江雪，不想与她的目光撞了个正着，对方显然明白了他的内心所想——她真是太了解他了，江雪若有所诉的目光像是在告白。

“算了。”何夕叹了一口气，“我今天很累了，你们去吧。”说完他转身朝外面走去。

江雪倔强地站在原地不动，眼里滚动着泪水。“我去叫他回来。”老麦说着转身欲走。

“不用了。”江雪大声说，“我们去‘金道’。”

我下意识地挡在何夕的面前，但是他笔直地朝我压过来，并且毫无阻碍地穿过了我的身躯。

五

18 寸电视机里正放着夏群芳一直看着的一部连续剧，但是她除了感到那些小人儿晃来晃去看不出别的。桌上的饭菜已经热了两次，只有粉丝汤还在冒着微弱的热气。夏群芳忍不住又朝黑漆漆的窗外张望了一下。

有电话就好了，夏群芳想，她不无紧张地盘算着。现在安电话是便宜多了，但还是要几百块钱初装费，如果不收这个费就好了。夏群芳想不出何夕为什么没有回来吃饭，在她的印象中这是从来没有过的事情。何夕只要答应她的事情从来都是算数的，哪怕只是像回家吃饭这样的小事，这是他们母子多年来的默契。夏群芳又看了一眼桌上的饭菜，她没有一点儿食欲，但是靠近心口的地方却隐隐地有些痛。夏群芳撑起身，拿勺盛了点儿粉丝汤。而就在这个时候门锁突然响了。

“妈。”何夕推着门就先叫了一声，其实这时他的视线还被门挡着，这只是许多年的老习惯。

夏群芳从凳子上站起来，由于动作太急凳子被碰翻在地。“怎么这么晚才回来？”虽然是责备的意思但是她的语气却只有欣喜了，“饿了吧，我给你盛饭。”

何夕摆摆手：“我在街上吃过了。有同学请。”

夏群芳不高兴了：“叫你少在街上乱吃东西的，现在流行病多，还是学校里干净。你看对门家的老二就是在外不注意染上肝炎的……”夏群芳自顾自地念叨着，她没有注意到何夕有些心不在焉。

“我知道啦。”何夕打断她的话，“我回来拿衣服，还要回学校去。”

夏群芳这才注意到何夕的脸有些发红，像是喝了点儿酒，她有些不放心地问：“今天就不回学校了吧？都 8 点了。”

何夕环视着这套陈设简陋的两居室，有好一会儿都没有出声。“晚上刘教授找我有事。”他低声说，“你帮我拿衣服吧。”

夏群芳不再说话，转身进了里屋。过了几分钟她拿着一个撑得鼓鼓的尼龙包出来了。何夕检视了一下，朝外掏出几件厚毛衣：“都什么时候了，还穿得上这些？”

夏群芳大急，又一件件地朝口袋里塞：“带上带上，怕有倒春寒呢！”

何夕不依地又朝外拿，他有些不耐烦：“带多了我没地方放。”

夏群芳万分紧张地看着何夕把毛衣统统扔了出来，她拿起其中一件最厚的说:“带一件吧，就带一件。”

何夕无奈地打开口袋，夏群芳立刻手脚麻利地朝里面塞进那件毛衣，同时还做贼般顺手牵羊地往里面多加了一件稍薄的。

“怎么没把脏衣服拿回来?”夏群芳突然想起何夕是空手回来的。

“我自己洗了。”何夕转身欲走。

“你洗不干净的。”夏群芳嘱咐道,“下次还是拿回来洗，你读书已经够累了。再说你干不来这些事情的。”

“噢。”何夕边走边懒懒地答应着。

“别忙,”夏群芳突然有大发现似的叫了一声,“你喝口汤再走。喝了酒之后是该喝点儿热汤的。”她用手试了下温度,“已经有点儿凉了。你等几分钟我去热一下。”说完她端起碗朝厨房走去。等她重新端着碗出来时却发现屋子已经空了。

“何夕。”她低声唤了一下，然后目光便急速地搜寻着屋子，她没有见到那两件塞进包里的毛衣，这个发现令她略感放心。这时一阵突如其来的灼痛感从手上传来，装着粉丝汤的碗掉落在地发出清脆的响声。夏群芳吹着手，露出痛苦的表情，这让她眼角的皱纹显得更深了。之后她进厨房去拿拖把。

我站在饭桌旁，看着地上四处横流的粉丝汤，心里在想，这个汤肯定好喝至极，胜过世上的一切美味珍馐。

六

刘青关上门，象征性地隔绝了小客厅里的嘈杂，在这种老式单元房里，声音是可以四处周游的。学校的教师宿舍就是这个条件，尤其是数学系。不过还算过得去吧。

何夕坐在书桌前，刚才刘青的一番话让他有些茫然。书桌上放着一叠足有50厘米高的手稿，何夕不时伸出手去翻动几页，但看得出他根本心不在焉。

“我已经尽力了。”刘青坐下来说，他不无爱怜地看着自己最得意的学生。

“我为了证明它花费了10年时间。”何夕注视着手稿，封面上是几个大字——微连续原本。“所有最细小的地方都考虑到了，整个理论现在都是自洽的，没有任何矛盾的地方。”何夕咽了一口唾沫，喉结滚动了一下，“它是正确的，我保证。每一个定理我都反复推敲过。现在只差最后的一个定理还有些意义不明确，我正试图用别的已经证明过的定理来代替它。”

刘青微微叹了一口气，看着已经有些神思恍惚的何夕：“听老师的话，把它放一放吧。”

“它是正确的。”何夕神经质地重复着。

“我知道这一点。”刘青说，“你提出的微连续理论及大概的证明过程我都看过了，以我的水平还没有发现有矛盾的地方，证明的过程也相当出色，充满智慧。说实话，我感到佩服。”刘青回想着手稿里的精彩之处，神情不禁有些飞扬——无论如何这是出自他的学生之手，有一句话刘青没有说出来，那就是他并没有完全看懂手稿。许多地方的变换式令他迷惑，还有不少新的概念性的东西也让他接受起来相当困难。换言之，何夕提出的微连续理论完全是一套全新的东西，它不能归入以往的任何体系中去。

“问题是，”刘青小心地开口，他注视着何夕的反应，“我不知道它能用来干什么。”

何夕的脸立刻变得发白，他像是被什么重物击中了一般，整个人都蔫了。过了半晌他才回过神来强调道：“它是正确的，我保证。”他仿佛只会说这一句话了。

“我们的研究终究要获得应用才是有意义的，否则只能误入‘为数学而数学’的歧途。”

“可它看起来是那样和谐，”何夕争辩道，“充满了既简单又优美的感觉。老师，我记得您说过的，形式上的完美往往意味着理论上的正确。”

刘青一怔，他知道自己说过这句话，也知道这句话其实是科学巨匠爱因斯坦的经验之谈。他不否认微连续理论符合这一点，当他浏览着手稿的时候内心的确有一种说不出的充满和谐的感觉，就像是在听一场完全由天籁组成的音乐会。但问题的症结在于，他实在看不出这套理论有什么用。自从几个月前何夕第一次向他展示了微连续理论的部分内容后他就一直关心这个问题，这段时间他经常从各种途径查找这套理论可能获得应用的领域，但是他失败了。微连续理论似乎跟所有领域的应用都沾不上边，而且还同主流的数学研究方向背道而驰。刘青承认这或许是一套正确的理论，但却是一套无用的正确理论。就好比对圆周率的研究一样，据称现在已经可以推算到小数点后几亿位了，而且肯定是正确的，但是这也肯定是没有意义的。

“想想中国古代的数学家祖冲之，他只是把圆周率推算到了小数点后几位，但他对数学的贡献无疑要比现在那些还在小数点后几亿位努力的人大得多。”刘青幽幽地说，“因为他做的才是有意义的工作，而不是纯粹的数学游戏。”

何夕有些发怔，他听出了刘青话中的意思。“我不同意。”何夕说，“老师，您知不知道，许多年前的某一个清晨，我突然想到了微连续理论。它就像是一只无中生有的虫子钻进了我的脑子。那时它只是一个朦朦胧胧的影子，这么多年来我为了证明它费尽心力。现在，我就要完成了，只差最后一点点。”何夕的眼神变得缥缈起来，“也许再有一个月……”

刘青在心里轻叹一声，他看得出何夕已经执迷太深。何夕是刘青见过的最聪明的数学奇才，按照他私下的想法，何夕的水平其实可以给这所名校的所有数学教授当老师，他深信只要假以时日，何夕必定会是将来学术领域内的一个奇迹。而现在何夕却误入歧途，陷在了一个奇怪的问题里。这种情形使刘青忍不住回想起很多年前的自己，那时他也常常因为一些磨人却无用的数学谜题而废寝忘食、形销骨立。但是何夕没有看到问题的关键，刘青知道自己作为师长有义务提醒这一点，尽管这显得很残酷。

“你想过微连续理论可能应用在什么领域吗？我是说，即使做最大胆的想象。”刘青尽量使自己的声音柔和些，虽然他知道这并没有什么用。

何夕全身一震，脸色变得一片苍白。“我不知道。”他说，然后抱住了头。

我看到何夕脚下铺着劣质瓷砖的地面上洇出了一滴水渍。

七

“这两天我没和江雪在一起。”老麦低声说，坐在桌子对面的他目光有些躲闪。

何夕有点儿愤怒地盯着老麦："你这算是什么意思？江雪和我吵架只是我们两个人的事，你这样做是乘人之危。"

老麦喝了口茶，眼里升起无奈的神色："我的确没有和江雪在一起。不过我猜想她可能是和老康在一起。"

"谁是老康？"何夕问，他在脑子里搜索着。

"老康是一家规模不小的计算机公司的老板，是那天你和江雪闹别扭之后我们在保龄球馆碰上的。大家是校友，自然谈得多一些。"老麦不无称羡地说，"听说……"他突然打住，目光看向窗外。

何夕回头，江雪从一辆漂亮的宝蓝色小车上下来，她身边一个胖乎乎的年轻人正在关车门。何夕还没想好该怎么办的时候江雪已经很高兴地叫起来："真巧呵，你们两个也在这儿！"江雪兴奋得满脸发红，她拉着身边的那个人进屋来，对何夕说："这是康——"她突然一滞，有些发窘地问道："你叫康什么来着？算啦，我还是叫你老康吧。"然后她指着何夕说："这是何夕，我的男朋友——"她似乎觉得不够，又补上一句，"数学系的高才生。"

"数学系——"老康上下打量着看上去有些寡言的何夕，伸出手说，"常听小雪提起你。"

小雪？何夕心里咯噔了一下，他看了一眼江雪，她却是若无其事的样子。"怎么不回我的传呼？"何夕带点儿气地问。

"让你也着急一下。"江雪的表情有些调皮，"谁叫你净气我。好啦，现在让你着急了两天，我们俩算是扯平了。今天大家新认识，应该找地方大吃一顿作为庆祝。我看看，"她煞有介事地盯着 3 个男人看，然后指着老康说，"我们几个数你最肥，这顿肯定是你请吧！”

老麦不依地说：“以前请客都是我的专利，这次还是我吧。”

老康的表情有些奇怪，他死盯着何夕的脸，仿佛在做某种研究。江雪碰碰他的胳膊：“你干吗，老盯着何夕看。”

“我同何夕做不了朋友啦。”老康突然说，语气很是无奈，“我们是情敌，注定要一决高下。”

“你说什么？”江雪吃了一惊，她的脸立时红了，“何夕是我的男朋友，你不该这么想。”

“我怎么想只有我自己能够决定。”老康咧嘴一笑，目光死死地看着江雪，直到她低下头去。他转头看着何夕说：“我喜欢江雪。”

何夕觉得自己的头有点儿晕，眼前这个胖乎乎的人让他乱了方寸。情敌？这么说他们之间是敌人了，至少人家已经宣战了。何夕感到自己背上已经沁出了汗水，他不知道下一步该做什么。末了他采取了一个也许是最蠢的办法，他转头对江雪说：“我该怎么办？”

江雪镇定了些，她正色道：“何夕是我男朋友，我喜欢他。”

老康看上去并不意外：“如果你是那种轻易就移情别恋的女孩的话，我就不会像现在这样喜欢你了。”他举起一只手，服务生跑过来问有什么事。“去替我买 19 朵玫瑰，要最好的。”老康拿出钱。

何夕剧烈地喘着气，他从来没有遇到过这样的事情，这简直像是戏剧里的情节。“那好吧。”何夕吐出一口气，“既然你要和我一决高下，我一定奉陪。”何夕突然觉得这样的话说起来也是很顺口的，仿佛他天生就擅长这个。

“我不想待下去了。”江雪说，她的脸依然很红，“我们还是走吧，别人都在看我们。”

服务生新送来两杯茶。老麦吹了一声短促的口哨，站起身说：“今天的茶我请。”出乎他意料的是，何夕突然粗暴地将他的手挡开，并且拿出钱说：“谁也不要争，我来！”

八

何夕默不作声地看着夏群芳忙碌地收拾着饭桌，他不知道自己该怎样开口。

“妈，你能不能帮我借点儿钱？”何夕突然说，“我要出书。”

夏群芳的轻快动作立时停了下来。“借钱？出书？”她缓缓坐到凳子上，过了半晌才问，“你要借多少？”

“出版社说至少要好几万。”何夕的声音很低，“不过是暂时的，书销出去就能还债了。”

夏群芳沉默地坐着，双手拽着油腻的围裙边用力绞着。过了半晌她走进里屋，一阵窸窸窣窣的响动之后她拿着一张存折出来说：“这是厂里买断工龄的钱。说了很久了，半个月前才发下来。一年940块钱，我27年的工龄就是这个折子。你拿去办事吧。”她想说什么但没有出声，过了一会儿还是忍不住低声补充，“给人家说说看能不能迟几个月交钱，现在取算活期，可惜了。”

何夕接过折子，看也没看便朝外走：“人家要先见钱。”

“等等——”夏群芳突然喊了声。何夕奇怪地回头问：“什么事？”

夏群芳眼巴巴地看着何夕手里那本红皮折子，双手继续绞着围裙的边：“我想再看看总数是多少。”

“25380，自己做个乘法就行了嘛。”何夕没好气地说，他急着要走。

“我晓得了。你走吧。”夏群芳有点儿不好意思地说，她也觉得自己太啰唆了。

……

刘青有点儿忙乱地将桌面上的资料朝旁边推去，但是何夕还是看到了几个字：考研指南。何夕的眼神让刘青有些讪讪然，他轻声说：“是帮朋友的忙。你先坐吧。”

何夕没有落座的意思。“老师。”他低声开口说，“您能不能借点儿钱给我？我想自己出书。”

刘青没有显出意外，似乎早知道会有这事。过了几分钟他走回桌前整理着先前弄乱的资料，脸上露出自嘲的神情：“其实我两年前就在帮人编这种书了。编一章 2000 块，都署别人的名字，并不是人家不让我署这个名，是我自己不同意。我一直不愿意让你们知道我在做这事。”

何夕一声不吭地站着，看不出他在想什么。刘青叹了口气说：“我知道你想把微连续理论出书，但是，”他稍顿一下，“没有人会感兴趣的。你收不回一分钱。”

“那您是不打算借给我了？”何夕语气平静地问。

刘青摇摇头：“我不愿意眼睁睁地看着你失败。到时候你会莫名其妙地背上一身债务，再也无法解脱。你还这么年轻呢，不要为了一件事情就把自己陷死在里面。我以前……”

门铃突然响了，刘青走过去开门。让何夕想不到的是，进门的人他居然认得，那是老康。老康提着一个漂亮的盒子，看来他是来探访刘青的。

刘青正想做介绍，何夕和老康已经在面色凝重地握手了。“原来你们认识。”刘青高兴地搓着手，“这很好。我早有安排你们结识的想法了，在我的学生里你们俩可是最让我得意的。”

何夕一怔，他记得老康是计算机公司的老板。老康了解地笑了笑说：“我是数学系毕业的，想不到会这么巧，这么说我算起来还是你的同门师兄。”他捉弄地眨眨眼，“怎么样，知道孔融让梨的故事吧？”

刘青自然不明白其中的曲折，他兴奋得仿佛年轻了几岁，四下里找杯子泡茶。老康拦住他说不用了，都不是外人。何夕在一旁沉默地看着这一切，他看得出，这个老康当年必定是刘青教授深爱的弟子。

“老师。”何夕说，“您有客人来我就不耽搁了。我借钱的事……”

刘青脸上的笑容不见了，他盯着何夕的脸，目光里充满惋惜：“你还是听我的话，放弃那些不切实际的想法吧。借钱出这样的理论专著是没有出路的。”他转头对老康解释道：“何夕提出了一套新颖的数学理论，他想出书。”

老康的眼里闪过一个亮点，他插话道：“能不能让我看看？一点点就行。”

何夕从包里拿出几页简介递给老康。老康的目光飞快地在纸页上滑动着，口里念念有词。他的眉头时而紧蹙时而舒展，仿佛整个人都沉浸到了那几页纸里。过了好半天他才抬起头来，目光有些发呆地看着何夕：“证明很精彩，简直像是音乐。”

何夕淡淡地笑了，他喜欢老康的比喻。其实正是这种仿佛离题万里的比喻才恰恰表明老康是个内行。

“我借钱给你。”老康很干脆地说，“我觉得它是正确的，虽然我并没有看懂多少。”

刘青哑然失笑：“谁也没说它是错的。问题在于这套理论有什么用，你能看出来吗？”

老康挠头，然后咧了咧嘴：“暂时没看出来。”他紧跟上一句，“但是它看上去很美。”老康突然笑了，因为他无意中说了个王朔的小说名，眼下正流行。“不过我说借钱是算数的。”

刘青突然说：“这样，如果你要借钱给何夕，必须答应我一条，不准写借据。”

何夕惊诧地看着刘青，印象中老师从来都是温文有礼并且拘泥于小节的，不知道这种赖皮话何以从他口中冒出来。

“那不行。”何夕首先反对。

“非要写的话就把借方写成我的名字，我来签字。如果你们不照我的话做，那就不要再叫我老师了。”刘青的话已经没有了商量的余地。

在场的人里只有我不吃惊，因为我知道会发生什么样的事情。

九

江雪默不作声地盯着脚底的碎石路面，她不知道何夕将会有什么样的反应。从内心讲，如果何夕发一通脾气，她倒还好受一些，但她最怕的却是何夕像现在这样一语不发。

“你说话呀。”江雪忍不住说，“如果你真反对的话，我就不去了。很多人没有出去也干出了事业。”

何夕幽幽地开口："老康又出钱又给你找担保人，他为你好，我又怎能不为你着想？"

"钱算是我向他借的，以后我们一起还。"江雪坚决地说，"我只当他是普通朋友。"

"我知道你的心意。"何夕爱怜地轻抚江雪的脸。

"等我出去站稳了脚你就来找我。"江雪憧憬地笑着，"你知不知道，你是我见过的最聪明的人。如果你是学我们这个专业的话，早就成功立业了。我说的是真的。"江雪孩子气地强调，"你有这个实力。我觉得你比老康强得多。"

何夕心里划过一缕柔情："问题是我喜欢我的专业。在我看来那些符号都是我的朋友，是那种仿佛已经认识了几辈子的感觉。只有见到它们我的心里才感到踏实，尽管它们不能带给我什么，甚至还让我吃苦头，但是我内心有一个声音告诉我，这就是我降临到世上应该做的事情。"

江雪调皮地刮着何夕的脸："好大的口气，你是不是还想说'天将降大任于斯人也'……"

何夕叹了口气："我的意思只是……"他甩甩头，"我入迷了，完全陷进去了。现在我只想着'微连续'，只想着出书的事。为了它我什么都顾不上了。就是这个意思。"

江雪不笑了，她有些不安地看着何夕的眼睛："别这么说，我有些害怕。"

何夕的眼睛在月光下闪过莹莹的亮点："说实话我也害怕。我不知道明天究竟会怎样，不知道'微连续'会带给我什么样的命运。不过，我已经顾不上考虑这些了。"

江雪全身一颤："你不要用这种口气对我说话好吗？这让我觉得失去了依靠。"

失去依靠？何夕有些分神，他有不好的预感。“别这样。”他揽住江雪的肩，“我们现在不是好好的嘛。无论如何，”他深深地凝视着江雪姣好的面庞，“我永远都喜欢你。”

江雪感受到何夕温热的气息扑面而来，月色之中她含情脉脉，漫天谜一样的星光下她的眼睛里充满了泪水。

这是个错误，我轻声说。但是热恋中的人儿听不到我的话。

十

“我说服不了他们。”刘青不无歉疚地看着何夕失望的眼睛，“校方不同意将微连续理论列为攻关课题，原因是——”他犹豫地开口，“没有人认为这是有用的东西。你知道的，学校的经费很紧张，所以出书的事……”

何夕没有出声，刘青的话他多少有所预料。现在他最后的一点期望已经没有了，剩下的只有自费出书这一条路了。何夕下意识地摸了一下口袋里的存折，那是母亲 27 年的工龄，从青春到白发，母亲连问都没有问一句就给他了。何夕突然有点儿犹豫，他不知道自己究竟有什么权力来支配母亲 27 年的年华——虽然他当初是毫不在乎地从母亲手里接过了它。

“听老师的话。”刘青补上一句，“放弃这个无用的想法吧。还有很多有意义的事情值得去做，以你的资质一定会大有作为的。”

出乎刘青意料的是何夕突然失去了控制，他大笑起来，笑出了眼泪：“大有作为……难道您也打算让我去编写什么考研指南吗？那可是最有用的东西，一本书能随便印上几万册，可以让我出名，可以让我赚一大笔钱。”何夕逼视着刘青，他的目光里充满了无奈，“也许您愿意这样，可我没法让自己去做这样的事情。我不管您会怎么想，可我要说的是，我不屑于做那种事。”何夕的眼神变得有些狂妄：“微连续理论耗费了我10年的时光，我一定要完成它。是的，我现在很穷，我的女朋友出国深造居然用的是另一个男人的钱。”何夕脸上的泪水滴落到了稿纸上，“可我要说的是，没有什么力量能够阻止我。我只知道一点，微连续理论必须由我来完成，它是正确的，它是我的心血。”他有些放肆地盯着刘青，“我只知道这才是我要做的事情。”

刘青没有说话，表情有些尴尬。何夕的讽刺让他没法再谈下去。“好吧。”刘青无奈地说，“你有你的选择。我无法强求你，不过我只想说一句——人是必须面对现实的。”

何夕突然笑了，竟然有决绝的意味：“还记得当年您第一次给我们讲课时说的第一句话吗？”何夕的眼神变得有些缥缈，“当时您说探索意味着寂寞。那是差不多7年前的事情了，这么多年来我一直都记着这句话。”

刘青费力地回想着，他不记得自己说过这句话了，有很多话都只是在某个场合说说罢了。但是他知道自己一定是说过这句话的，因为他深知何夕非凡的记忆力。7年，不算短的时光，难道自己真的已经改变？

“问题在于——”刘青试图做最后的努力，“‘微连续’不是一个有用的成果，它只是一个纯粹的数学游戏。”

“我知道这一点。是的，我承认它的的确确没有任何用处。老实说我比任何人都更清醒地认识到这一点。”何夕平静但是悲怆地说，这是他第一次这样直接地说出这句话。何夕没想到自己能够这样平静地表述这层意思，他曾经以为这是根本做不到的事情。一时间他感到心里似乎有什么东西正在一点一点地破碎掉，碎成渣子，碎成灰尘。但他的脸上依然如水一般平静。

“可我必须完成它。”何夕最后说了一句，“这是我的宿命。”

十一

这段时间何夕一直过着一种挥金如土的日子。他从来没有像现在这般阔气，往往随手一摸就是厚厚的一沓钞票。不过衣着上他还和以往一样寒酸，加上满脸的胡须，看上去显得老了不少。何夕每日里都急匆匆地赶着路，神情焦灼而迫切，整个人都像是被某种预期的幸福包裹着。如果留意他的眼神的话会发现不少有意思的东西，这已经不是平日里的那个何夕了，他仿佛变了一个人。如果要给这种眼神找一个准确的描述，那一定相当困难，不过要近似地描述一下还是可以办到的——见过赌徒在走向牌桌时的眼神吗？就是那样，而且还是兜里的每一分钱都是借来的那种赌徒。

何夕正和一个胖墩墩的眼镜男大声争吵，他的脸涨得通红。

“凭什么要我多交这么多？”何夕不依地问，“我知道行情。”他笨拙地抽烟，尽量显出深于世故的样子。

“胖眼镜”倒是不紧不慢，这种事他有经验。“你的书稿里有很多自创的符号，我们必须专门处理，这自然要加大出版成本。要不你就换成常用的。”

“那不成。”何夕往皱巴巴的西服袖子上擦着汗，但是他已经没法像刚才那样大声了，“这些符号都是有特殊意义的，是我专门设计的，一个也不能换。‘微连续’是新理论，等到它获得承认之后，那些符号都会成为标准化的东西。”

“胖眼镜”稍稍撇了一下嘴，脸上仍然是可亲的笑容。“你说得很对。问题是咱们不是赶在标准前面了嘛，那些符号增加了我们的成本。”他收住笑容，拿出一页纸来，“就这个数，少一分也不行。你同意就签字。”

何夕怔怔地看着那张纸，那个数字后面长串的“0”就像是一张张大嘴。它们扭曲着向何夕扑过来，不断变幻着形状。一会儿像是江雪漂亮的眼睛，一会儿像是刘青无奈的目光，更多的时候就像是老康白白胖胖的笑脸。何夕已经记不清自己向老康开过几次口了，每次“胖眼镜”找到理由抬价，他就只能去找老康。老康是爽快而大方的，但他那白胖的笑脸每次都让何夕有种如芒在背的感觉。老康总是一边掏钱一边很豪放地说：“有什么困难只管开口，你是小雪的朋友嘛。小雪每次来信都叫我帮你。小雪安排的事情要是不办好，等以后我到了那边可怎么交代哟！”

何夕面色灰白地掏出笔，他仿佛听到有个细弱的声音在阻止他下一步的行动，听上去有些像是江雪。但是他终究在那张纸上签了名，也就是在这个时候，他心里的那个小声音突然消失了，再也听不见了。

“胖眼镜”等到何夕的背影刚转过楼梯口便露出了得意的笑容，他小心翼翼地收好有何夕签名的那页纸。“雏儿。”“胖眼镜”不屑地转身，随手将另几页纸扔进了垃圾桶。

我看着那几页纸，它们同何夕签字的那页纸的内容完全一样，只是在填写金额的地方填着另外的数字。那些金额都更小。

十　二

“……6月的大湖区就像是天堂。绿得发亮的草地上是自在的人们，狗和小孩嬉戏着。空气清新得像是能刺透你的肺。这里的风景越好就越让我想起你。亲爱的，你什么时候能够来到我身边？我想你。

“……老康昨天才走，他出来参加一个秋季产品展示会。难为他从西岸赶到东岸来看我。在这里能够见到老朋友真是愉快的事，尤其是能亲耳从朋友口里听到关于你的事情。我让老康多帮帮你，你也不要见外，朋友间相互帮忙是常有的。其实老康人还是挺不错的，就是有时说话直了一点儿。

“……今天这里下了冬天的第一场雪，我特意和几个朋友赶到郊外照相。大雪覆盖下的原野变得和故乡没有什么不同，于是我们几个都哭了。亲爱的夕，你真的沉迷在那个问题里了吗？难道你忘了还有一个我吗？老康说你整日只想着出书，什么也不管了。他劝你也不听。你知道吗？其实是我求老康多劝劝你的。听我的话，忘掉那个古怪的问题吧，以你的才智完全还有另外一条铺着鲜花的坦途可走，而我就在道路的这头等你。听我的话，多为我们考虑一下吧。让我来安排一切。

“亲爱的夕，有人说在月色下女人的心思会变得难以捉摸。我觉得这话说得真好。今夜正好有很好的月光，而我就站在月光下的小花园里。老康在屋里和几个朋友听音乐（他又出来参加什么展示会了），我不知道是不是他有意选择了这首曲子，真是像极了我此时的心情。那样缠绵，带着无法摆脱的忧伤，还有孤独。是的，孤独，此时此刻我真想有人陪着我，听我说话，注视着我，也让我能够注视他。亲爱的夕，我不知道你为何拒绝我替你安排的一切，难道那个问题真的比我更重要吗？拿出我的相片来看看，看看我的眼睛，它会使你改变的，相信我……老康在叫我了，他总是很仔细，不放心我一个人出来。

"……今天和室友吵了一架，我真是没用，哭得惨兮兮的。也许是一个人在外久了，我变得很脆弱，一点儿小事就想不开。我真想有个坚强的臂膀能够依靠。你离得那么远，就像是在天边。老康下午突然来了（他现在成了展示会专业户），见我一直哭就编笑话给我听，全是以前听过的，要是在以前我早就要奚落他几句了，可这次不知怎么却笑得像个傻孩子。老康也陪着我笑，样子更傻……

"……回想曾经的一切就像是在做梦，我们有过那么多欢乐的时光。我真的不知道自己究竟应该怎么做。我不是善变的人，直到今天我还这么想。我曾经深信真爱无敌，可我现在才知道这个世界上真正无敌的东西只有一样，那就是时间。痛苦也好，喜悦也好，爱也好，恨也好，在时间面前它们都是可以被战胜的，即使当初你以为它们将一生难忘。在时间面前没有什么敢称永恒。当我写下这段文字的时候，我的泪水止不住地往下流，但这并非因为对你的爱，而是我在恨自己为何改变了对你的爱——我本以为那是不可能的事。

“老康已经办妥了手续，他放弃了国内的事业。他要来陪我。

“就让我相信这是时间的力量吧，这会让我平静。”

十　三

夏群芳擦着汗，不时回头看一眼车后满满当当的几十捆书。每本书都比砖头还厚，而且每套书还分上、中、下 3 卷，敦敦实实地让她生出满腔的敬畏来。这让夏群芳想起了 40 多年前自己刚识字时面对课本的感觉，当时她小小的心里对编写出课本的人简直敬若天人。想想看，那么多人都看同一本书，老师也凭着这本书来考试、判卷、打分。书就是标准，就是世界上最了不得的东西，写书的人当然就更了不得了，而现在这些书全是她的儿子写出来的。

在印刷厂装车的时候，夏群芳抽出一本书来看，结果她发现每一页自己都只认得不到百分之一的内容。书里除了少数汉字全是夏群芳见所未见的符号，就像是有些人家在门上贴的桃符。当然夏群芳只是在心里这样想，可没敢说出来。这可是家里最有学问的人花了多少力气才写出来的，哪是桃符可以比的。

让夏群芳感到高兴的是，有一页她居然全部看得懂，那就是封面。“微连续原本，何夕著”——深红的底子配上这么几个字简直好看死了，尤其是自己儿子的名字。原来“何夕”两个字烫上金会这么好看，又气派又显眼。夏群芳想着便有些得意，这个名字可是她起的。当初和何夕的死鬼老爸为起名字的事还没少争过，要是死鬼看到这个烫金的气派名字，不服气才怪。

车到了楼下，夏群芳变得少有的咋咋呼呼，一会儿提醒司机按喇叭以疏通道路，一会儿亲自探头出去吆喝前边不听喇叭的小孩。邻居全围拢过来，不知道发生了什么事。

“买啥好东西了？”有人问。

夏群芳说，到了。她叫司机停车，下来打开后备箱。“我家小夕出的书。”夏群芳像是宣言般地说。她指着一捆捆的皇皇巨著，心里简直满意得不行，有生以来似乎以今日最为舒心得意。

“哟！”有好事者拿起一本看看封底后发出惊叹，“400 块一套。10 套就是 4000 块，100 套就是 4 万块。小夕真行呀，你家以后怕不是要晒票子了。夏阿姨你要请客哟！”

夏群芳觉得自己简直要晕过去了，她的脸热得发烫，心脏怦怦直跳，浑身充满了力气。她几乎是凭一个人的力气便把几十捆书搬上了楼，什么肩周炎、腰肌劳损之类的病仿佛全好了。这么多书进了屋立刻便显得屋子太小，夏群芳便乐此不疲地调整着家具的位置，最后把书垒成了方方正正的一座书山——书脊一律朝外，每个人一进门便能看到书名和何夕的烫金名字。夏群芳接下来开始收拾那一堆包装材料，她不时停下来，偏着头打量那座书山，乐呵呵地笑上一会儿。

十　四

老康站住了，他身后上方是“国际航班通道”的指示牌，身前是送行的亲友。何夕和老麦同他道别之后便走到不远处的一个僻静角落里，与人们拉开了距离。

“我不认为他适合江雪。”老麦小声地说了句，他看着何夕，“我觉得你应该坚持。江雪是个好女孩。”

何夕又灌了一口啤酒，他的脸上冒着热气。因为酒精的作用，他的眼睛有些发红。

“他是我的同行。”老麦仿佛在自言自语，“我也准备开一家电脑公司，过几年我肯定能做到和他一样好。我们这一行是出神话的行业。别以为我是在说梦话，我是认真的。不过有件事我想跟你说说，”老麦声音大了点儿，“半个月前我认识了一个老外，也是我的同行，很有钱。知道他怎么说吗？他对我说，你们太‘上面’了。我不清楚他是不是因为中文不好才用了这么一个词，不过我最终听明白了他的意思。他说他并不因为世界首富出在他的国家就感到很得意，实际上他觉得那个人不能代表他的国家。在他的眼里，那个人和让他们在全世界大赚其钱的好莱坞以及电脑游戏等产业没有什么本质差别。他说他的国家强大不是在这些方面，这些只是好看的叶子和花，真正让他们强大的是不起眼的树根。可现在的情况是，几乎所有人都只盯着那棵巨树上的叶子和花，并徒劳地想长出更漂亮的叶子和花来超过它。这种例子太多了。”

何夕有点儿困惑地看着老麦，他不知道大大咧咧的老麦在说些什么。他想要说几句，但脑子昏沉沉的。这些日子以来他时时有这种感觉，他知道面前有人在同自己讲话，但是集中不了精神来听。他转头去看老康，个子上他比老康要高，但是他看老康的时候感觉自己必须得仰视才行。欠老康多少钱？何夕回想着自己记的账，但是他根本算不清。老康遵从了刘青的意思不要借据，但何夕却不能不记账。“你拿去用！”老康胖乎乎的笑脸晃动着，“是小雪的意思。小雪求我的事我还能不办好，啊哈哈哈……”

烫金的“微连续原本”几个字在何夕眼前跳动，大得像是几座山，每一座都像是家里那座书山。几个月了，就像是刘青预见的那样，没有任何人对那套书感兴趣。刘青拿走了一套，塞给他 400 块钱，然后一语不发地离开。他的背影走出很远之后，何夕看见他轻轻摇摇头，把书扔进了道旁的垃圾桶。正是刘青的这个举动真正让何夕意识到“微连续”的确是一个无用的东西——甚至连带回家当摆设都不够格。天空中有一张汗津津的存折飞来飞去。夏群芳在说话，这是厂里买断妈 27 年工龄的钱。何夕灌了一口啤酒咧嘴傻笑，27 年，324 个月，9850 多天，母亲的半辈子。但何夕心里却有一个声音在说：这个世界上唯一让你不因索取而感到内疚的人只有母亲。

书山还在何夕眼前晃动着，不过已经变得有些小了。那天何夕刚到家，夏群芳便很高兴地说，有几套书被买走了，是 C 大的图书馆。夏群芳说话的时候得意地亮着手里的钞票。但是何夕去图书馆的时候，管理员却说篇目上并没有这套书，在数学类的书架上也找不到。何夕说，一定有一定有，准是没登记上，麻烦再找找。管理员拗不过，只得又到书架上翻，后来果真找出了一套。何夕觉得自己就要晕过去了，他大口呼吸着油墨的清香，双手颤抖着轻轻抚过书的表面，就像是抚摸自己的生命，巨大的泪滴掉落在了扉页上。管理员纳闷地嘀咕：“这书咋放在文学类里？”他抓过书翻开封面，然后像有大发现地说：“这不是我们的书，没盖印章。对啦，准是昨天那个闯进来说要找人的疯婆子偷偷塞进去的。”管理员恼恨地将书往外面地上一扔，“我就说她精神不正常嘛，还以为我们查不出来。”何夕简直不知道自己是怎样回到家里的，他仿佛整个人都散了架一般。一进门夏群芳又是满面笑容地指着日渐变小的书山说：“今天市图书馆又买了两套，还有蜀光中学，还有育英小学……”

这时，不远处的老康突然打了个喷嚏。“国内空气太糟。”他大笑着说，然后掏出手帕来擦拭鼻子，手帕上是一条清澈的河，天空中飘着洁白的雪花。

我伸出手去，想挡住何夕的视线，但是我忘了这根本没有用。

……

“老康打了个喷嚏。”老麦挠挠头说，“然后何夕便疯了。我也不明白是怎么一回事，反正我看到的就是那样。真是邪门。”

“后来呢？”精神科医生刘苦舟有些期待地盯着神神道道的老麦。

“何夕冲过去捏老康的鼻子，嘴里说‘叫你擤叫你擤’。他还抢老康的手帕。”老麦苦笑，“抢过来之后他便把脸贴了上去。”老麦厌恶地摆头，“上面糊满了黏糊糊的鼻涕。之后他便不说话了，一句话也不说。不管别人怎么问都不说。”

“关于这个人你还知道什么？”刘苦舟开始写病历，词句都是现成的，根本不必经过大脑，“我是说比较特别的一些事情。”

老麦想了想：“他出过一套书。是大部头，很大的大部头。”

“是写什么的？”刘苦舟来了兴趣，“野史？计算机编程？网络？烹调？经济学？生物工程？或者是建筑学？”

“都不是。是数学。”

“那就对了。”刘苦舟释怀地笑，顺利地在病历上写下结论，“那他算是来对地方了。”

这时夏群芳冲了进来，穿着老旧的衣服，腰上系着一条油腻的围裙，整个人显得很滑稽。她的眼睛红得发肿，目光惊慌而散乱。

“何夕怎么啦？出什么事啦？好端端的怎么让飞机撞啦？”她方寸大乱地问，然后她的视线落到了屋子的一角——何夕安静地坐在那里，眼神缥缈地浮在虚空，仿佛无法对上焦距。他已经不是以前的何夕了，飘浮的眼神证明了这一点。

让飞机撞了？老麦想着夏群芳的话，他不知道是不是自己在机场报信时说得太快让她听错了。

“医生说治起来会很难。”老麦低声说。

但是夏群芳并没有听见这句话，她的全部心思已经落到了何夕身上。从看到何夕的那一刻起她的目光就变了，变得安静而坚定。何夕就在她的面前，她的儿子就在她的面前，他没有被飞机撞，这让她觉得没来由地踏实，她的心情与几分钟之前已经大不一样。何夕不说话了，他紧抿着嘴，关闭了与世界的交往通道，而且看起来也许以后都不会说话了。不过这有什么关系呢，何夕生下来的时候也不会说话的。在夏群芳眼里，何夕现在就像他小时候一样，乖得让人心痛，安静得让人心痛。

结　局

我是何宏伟。

一连两天我没有见一个客人，尽管外界对于此次划时代事件的关注激情已经到了白热化的程度。这两天我一直在写一份材料，现在我已经写好了。其实这两天我只是写下了几个人的名字，连同简短的说明。但是每写下一个字我的心里都会滚过长久的浩叹，而当我写下最后那个人的名字时几乎握不住手中的笔。

然后我带着这样一份不足半页的材料站到了诺贝尔物理学奖的领奖台上。无论怎么评价我的得奖项目都不会过分，因为我和我领导的实验室是因为“大统一方程式”而得奖的。这是人类最伟大的科学梦想，从某种意义上讲是人类认识的终极。

“女士们，先生们。”我环视全场，“大家肯定知道，从爱因斯坦算起，为了‘大统一理论’已经过去了 200 多年，至少耗尽了十几代最优秀的物理学家的生命。我是在 30 年前开始涉足这个领域的，在差不多 17 年前的时候我便已经在物理意义上明晰了‘大统一理论’，但是这时我遇到了无法逾越的障碍。实际上不仅是我，当时还有几个人也都做到了这一步，但是却再也无法前行。你们有过这样的体会吗？就是有一件事情，你自己心里面似乎明白了，却无法把它说出来，甚至根本无法描述它。你张开了嘴，却发现吐不出一个字，就像是你的舌头根本不属于你。此后我一直同其他人一样徘徊在神山的脚下，已经看得见上面的万丈光芒却无法靠近一步。事情的转机说来有几分戏剧性。两年前的某一天，我送 9 岁的小儿子去上学。当时他们的一幢老图书楼正被推倒，在废墟里我见到了一套装在密封袋里的书。后来我才知道这套书已经出版 150 年了，但是当时它的包装竟然完好无损，也就是说从未有人留意过它。如果当时我不屑一顾地走开，那么我敢说世界还将在黑暗里摸索150年。但是好奇心让我拆开了它，然后你们可以想象我当时的心情，就像是一个穷到极点的乞丐有一天突然发现了阿里巴巴的宝藏。我不知道这样一部我难以用语言来评述的伟大著作怎么会被收藏在一所小学里，不知道上天为何对我这样好，让我有幸读到这样非凡的思想。我只知道当天我简直失去了控制，在废墟上狂奔着，大喊大叫不能自已。这正是我要找的东西，它就是‘大统一理论’的数学表达式，甚至比我要的还要多得多。那一刻我想到了牛顿。他的引力思想并非独有，比如同时代的胡克就有，但是牛顿有能力自创微积分而胡克不能，所以只能是牛顿来解决引力问题。现在我面临的问题又何尝不是这样。书的名字叫《微连续原本》，作者叫何夕。是的，当时我的惊讶并不比你们此刻的少。这是个完全陌生的名字，简直可以说是一文不名。后来的事正如你们看到的，在不到半年的时间里我发表了一系列重要论文，简直可称为神速地完成了‘大统一理论’的方程式。甚至在几个月前我和我的小组还试制出了基于‘大统一理论’的时空转换设备。有人说我是天才，有人说我的发现是超越时代的杰作。但是今天我只想说一句，超越时代的不是我，而是150年前的那位叫何夕的人。不要以为我这样说会感到难堪，其实我只感到幸运，因为我现在已经知道超越时代意味着什么。如果何夕生在我们的时代，那根本轮不到我站在这个地方。在他的那个时代支持‘大统一理论’的物理事实少得可怜，现在我们知道，必须达到1000万亿G[①]电子伏特的能级才可能观察

① 1G是10的9次方，即10亿。

得到足够多的‘大统一场’物理现象。而在何夕的时代这是根本不可想象的，这也就注定了他的命运。他是个什么样的人？为何他写下了这样伟大的著作却被历史的黄沙掩埋？为了解开心中的这些疑惑，我将第一次时空实验的时区定在了何夕生活的年代。我们安排一个虚拟的观察体出现在了那个过往的年代，那实际上是一处极小的时空洞。它可以出现在指定的时间和地点，从而观察到当时的事件。我亲眼看见了事情的全过程。如果诸位不反对的话，我想把我知道的全部讲出来。”

台下没有一个人说话，甚至听不到大声出气的声音。我轻声描述着自己近日来的经历，描述着何夕，描述着何夕的母亲夏群芳，描述着在那个时代我见到的每一个人。他们在我的眼前鲜活起来了，连同他们的向往与烦恼。我轻轻做了个手势，按照事先的约定，这是让助手们开启机器。大厅暗下来，一束光线投射在了巨大的屏幕上。由于特意喷出的薄雾，光线在空中的轮廓很清晰。我凝视着这束光线，无法准确描述自己此时的心情。我知道此时此刻那束光里有无数的光子，这些宇宙间最轻盈曼妙的精灵正以我们不可想象的速度飞舞。这不算什么，每个人都看到过光子的舞蹈，但是，这一次不同，因为这些光子来自很久以前，此刻它们经过一扇神秘的大门从过去来到了现在。它们穿透的不仅是飘浮着薄雾的空气，还包括 150 年的时间。

是的，它们穿透了亘古的时间魔障，它们飞舞着，我几乎听得到它们在歌唱，它们本该在百余年前悄无声息地湮灭掉，就像它们的亿万个同类。但是它们循着一条奇异的道路挣脱了宿命，所以它们有理由歌唱，它们在大声呼喊：“我们来了。”是的，它们来了，循着那条曲折艰难的道路，向今天的人们飞舞而来。

屏幕上的图像渐渐清晰，分为一左一右两幅画面。一边是年轻漂亮的少妇夏群芳抱着她刚满周岁的胖儿子何夕坐在公园的长椅上，脸上是幸福且充满憧憬的笑容；另一边是风烛残年的半文盲老妇人夏群芳，正专注地给她满脸胡须、目光痴呆的傻儿子何夕梳头，目光里充满了爱怜。

尽管我想忍住但还是流下了泪水。我觉得画面上的母亲和儿子是那样亲密，他们都是那样善良，而同时他们又是那样——伤心。是的，他们真的很伤心。而现在他们早已离开了这个他们一生都没能理解的世界，就仿佛他们从来就没有来过。

“如果没有何夕，‘大统一理论’的完成还将遥遥无期。”我接着说，“而纯粹是因为他的母亲，《微连续原本》才得以保存到今天。当然这并非她的本意，当初她只是想哄骗自己的儿子，将他从痛苦中解脱出来。现在想来，当时她以一个母亲的直觉一定已经隐隐意识到悲剧就要发生，从母亲的角度她是多么想阻止它。以她的水平根本就不知道这里面究竟写的是什么，根本不知道这是怎样的一本著作，所以她才会将这部闪烁不朽光芒的巨著偷偷放到一所小学的图书楼里。从局外人的角度看她的行为，会觉得荒唐可笑，但她只是在顺应一个母亲的想法。自始至终她只知道一点，那就是她的孩子是好的，这是她的好孩子选择去做的事情。我不否认对何夕的那个时代来说，《微连续原本》的确没有任何意义，但我只想说的是，对有些东西是不应该过多讲求回报的，你不应该要求它们长出漂亮的叶子和花来，因为它们是根。这是一位母亲教给我的。母亲对自己的孩子从来都不曾要求回报，但是请相信，我们可爱的孩子终将报答他的母亲。”

我看着手里的半页纸，上面的每一个名字都是那样伤心。“也许我们应该永远记住这样一些人。”我照着纸往下念，声音在静悄悄的大厅里回响。

“古希腊几何学家阿波罗尼乌斯总结了圆锥曲线理论，1800 年后德国天文学家开普勒将其应用于行星轨道理论。

“法国数学家伽罗瓦于公元 1831 年创立群论，当时的学术界无人理解他的思想，以致论文得不到发表。伽罗瓦年仅 21 岁就英年早逝，100 多年后群论获得具体应用。

“英国数学家凯利在公元 1855 年左右创立的矩阵理论在 60 多年后应用于量子力学。

“数学家朗伯、高斯、黎曼和罗巴切夫斯基等人提出并发展了非欧几何。高斯一生都在探索非欧几何的实际应用，但他抱憾而终。非欧几何诞生 170 年后，这种在当时毫无用处、广受嘲讽的理论以及由之发展而来的张量分析理论成为爱因斯坦广义相对论的核心基础。

“何夕独立提出并于公元 1999 年完成了微连续理论，150 年后这一成果最终导致了‘大统一理论’方程式的诞生。”

在接下来长达 10 分钟的时间里，整个大厅没有一丝声音，世界沉默了，为了这些伤心的名字，为了这些伤心的名字后面那千百年寂寞的时光。

我拿出一张光盘。“何夕在后来的 20 年里一直都没有说过话，医生说他完全丧失了语言能力。但是我这里有一段录音，是后来何夕临死前由医院录制作为医案的，当时离他的母亲去世仅仅两天。我们永远无法知道，这究竟是因为何夕在母亲去世之后失去了支撑呢，还是他虽然疯了却一直在潜意识里坚持着比母亲活得长久一点儿——这也许是他唯一能够报答母亲的方式了。还是让我们来听听吧。”

背景声很嘈杂，很多人在说话。似乎有几位医生在场。“放弃吧。”一个浑厚的声音说，“他没救了，现在是 10: 07，你把时间记下来。”“好吧，”一个年轻的声音说，“我收拾一下。”年轻的声音突然走高，“天哪，病人在说话，他在说话！”“不可能！”浑厚的声音说，“他已经 20 年没说过一句话了，再说他根本不可能有力气说话。”但是浑厚的声音突然打住了，像是有什么发现。周围安静下来，这时可以听见一个带着潮气已经锈蚀了很多年的声音在用力说着什么。

“妈——妈——”那个声音有些含糊地低喊道。

“妈——妈——”他又喊了一声，无比地清晰。

六道众生

引　子

厨房闹鬼的说法是由何夕传出来的。

何夕当时才不过七八岁的样子，他们全家都住在檀木街10号的一幢老式房子里。那天他玩得有些晚，所以到半夜的时候饿醒了。他迷迷瞪瞪地溜到厨房里，打开冰箱想找点儿吃的东西，而就在这个时候他看见了鬼。准确地说是个飘在半空中的忽隐忽现的人形影子，两腿一抬一抬地朝着天花板的一角走去，就像是在上楼梯。何夕当时完全不明白发生了什么事，他的第一反应并不是害怕，而是认为自己在做梦。等他用力咬了咬舌头并很真切地感到了疼痛时，那个影子已经如同穿越了墙壁般消失不见了，何夕这才如梦初醒地发出了惨叫。

家人们开始并不相信何夕的说法，他们认为这个孩子准是在搞什么恶作剧。但后来何夕不断报告说看到了类似的场景，每次出现的也是那种人形的看不清面目的影子。而厨房里仿佛真的有一架看不见的楼梯，那个影子就在那里晃动着，两腿一抬一抬地走，有时是朝上，有时是朝下。有时甚至会有不止一个影子悄无声息地出现在那架并不存在的楼梯上，它们盘桓逗留的时间一般都不长，和人们通常在楼梯上停留的时间差不多。家人们无奈地看着这个可怜的孩子越来越深地陷入恐惧之中，他们看到他整天都用那种惊恐的眼神四处观望，就像是随时准备着应付突如其来的灾难。

尽管其他人从来就看不到何夕描述的怪事，但这样的日子让家里每个人都感到难受。于是 5 个月后何夕全家都搬走了，他们一路走一路冒着被罚款的巨大风险燃放古老的鞭炮。

几年过去了，何夕已经成了 14 岁的少年，他觉得自己长大了。有一天傍晚，他出于某种无法说清的原因又回到了檀木街 10 号——他以前的家，但是他只驻足了几分钟便逃也似的离去。

何夕看到在厨房上方的虚空里，有一些影子正顺着一架不存在的楼梯上上下下。

二

很普通的一天，很凉爽的天气，在这个季节里这是常有的事。大约在凌晨 3 点钟的时候，何夕就再也睡不着了。他走到窗前打开窗帘，一股清新的空气透了进来。但是何夕的感觉并不像天气这么好，他感到一阵隐隐的头痛，太阳穴一跳一跳的，就像是有人用绳子在使劲地拉扯。

何夕正在努力回忆昨晚的梦境，那架奇怪的隐形楼梯，还有那些两腿一抬一抬地走动的影子。多少年了？也许有 20

年了吧，那个梦，还有梦里的影子仍时常伴着他。经过这么多年，何夕也有些怀疑当初自己看到的东西的真实性。也许那只是幻觉，但他其实也很清楚，没有什么幻觉能达到那么真实的程度。只要闭上眼睛，何夕就能清楚地看到那些影子的形态，它们奇怪的步履，以及影子与影子之间相遇时明显的避让行为——就和人们在楼梯上对面相逢时的情形一样。一般来说，何夕并不是在梦里能意识到自己是在做梦的那种人，但是与影子有关的梦除外。每当这样的梦出现的时候，何夕就会意识到自己做梦了，并且会在梦里焦急地想要醒来。有的时候他很快就能达到目的，但有的时候他不管用了什么方法——比如说拼命大叫或者是用力打自己耳光——都不能从梦魇中挣脱出来。那个时候他只好充满恐惧地一遍又一遍地重复观赏影子们奇异的步态，并且很真切地感受自己“咚咚”的心跳声。

但是昨天的梦有点儿不同，何夕看到了别的东西。当然，这肯定来自他当年的目睹。可能由于当初极度的害怕以及只是一瞥而过，这么多年来他都没能想起这样东西，而到了昨夜的梦里他才又重新见到了它，如同催眠能唤醒人们失去的记忆一样。当他在梦里重新见到它的时候，简直要大声叫起来，他立刻想到这个被他遗忘了的东西可能正是整个事件里唯一的线索。那是一个徽记，就像T恤衫上的标记一样，印在曾经出现过的某个影子身上。徽记看上去是黑色的，上面是一串带有书法意味的中国文字——枫叶刀市。这无疑是一个地名，但是何夕想不起来有什么地方叫这个名字。

何夕激动地打开电脑，在几分钟的时间里，他对所有华语地区进行了地名检索。在做这一切的时候，何夕始终处于非常兴奋的状态，想到一个埋藏了多年的秘密有可能马上被揭开，何夕的心里就按捺不住地感到紧张。

由于那个事件，许多年来在家人的眼里何夕都不是一个很健康的人。尽管他们并没有因此而嫌弃他，但是他们显然把何夕看成是和他们不一样的人。何夕至今还记得父亲去世前看着他时的眼神。当时父亲已经说不出话了，但他显然对这个自小便与众不同的儿子放心不下。何夕读懂了他的这种眼神，如果翻译成语言的话，那就是“你什么时候才能和别人一样正常”，正是这一点让何夕至今不能释怀。何夕从来都认为自己是正常的，但他也不明白为什么只有自己才看得到那些影子。出于可以理解的原因，家人都非常小心地保守着这个秘密，但还是有一些传言从一个街区飘到另一个街区。当何夕走在大街上的时候，他会很真切地感到有一些手指在自己的背脊上爬来爬去，每当这个时候何夕的心里就会升起莫名的伤悲，他甚至会猛地回过头去大声喊道：“它们就在那儿，只是你们没看到！”一般来说，他的这个举动要么换回一片沉静，要么换回一片嘲笑。

当然，还有琴，那个眼睛很大、额前梳着宽宽的刘海的姑娘。想到这个名字的时候，何夕的心里滚过一阵绞痛。她离开了，何夕想，她说她并不在乎他的那些奇怪的想象，但无法漠视旁人的那种目光。她是这么说的吧……那天的天气好极了，秋天的树叶漫天飘洒，真是一个适合离别的日子。有一片黄叶沾在了琴穿的紫色毛衣上，看上去就像是特意做出来的装饰。琴转身离去的背影真是美极了，令人一生难忘。

检索结束了，但是结果令人失望，电脑显示这个地名是不存在的。何夕感到自己的心脏在往低处沉落。他不死心，重新放宽条件做新的检索。这次的结果让他彻底失望了，不仅没有什么“枫叶刀市”，就连与它名称相似的城市也是不存在的。

何夕点燃一支烟，然后非常急促地把它吸完。他不明白，为什么那个城市是不存在的，它应该存在，他明明看到了它的名字。它肯定就在世界上的某个地方，而海市蜃楼或是别的什么很普通的原因让何夕看到了在这座城市里生活的人，一定是的。何夕有些发狠地想，我是正常的，和别人一样正常，我会证明给所有人看。但是，那座城市究竟在什么地方？那座“枫叶刀市”。

就在这个午夜梦回的晚上，何夕做出了一个大胆的决定——他要去寻找一座叫作“枫叶刀”的城市。秋虫还在窗外不知疲倦地鸣叫，月光把女贞树以及盆栽龟背竹的身影剪裁后贴在窗帘上，当晚风拂过的时候，那些植物的影子就会很有韵致地摇曳。何夕那时还不知道，为了这个决定他将经历那么多常人无法想象的事件，并且付出无比沉重的代价。

二

天亮之后何夕没有到他工作的报社去上班，他打电话请了假，然后便开始在电脑上写一封信。信的大意是向每一位收到这封信的人询问关于“枫叶刀市”的线索，同时希望他们能够把这封信发给另外一些他们认识的人。信写好之后何夕做了一些必要的润饰，以便不显得过于唐突，做完这些何夕便向他能找到的所有电子邮箱发出了这份邮件。本来何夕还想在这封信里简单交代一下自己为何想要去寻找这座城市，甚至包括那些影子的事情，但是他最终没有这么做，同时他还在互联网的多处电子公告牌上发出了询问信息。做完这些事情之后何夕有了一种如释重负的感觉，他坚信自己能够达到目的。几天之后这个世界上起码会有好几万人知道“枫叶刀市”这个名字，而且随着时间的推移知道的人会越来越多，就像是从山坡上往下滚一个雪球。何夕感到满意的还有另外一点，那就是以前是他一个人为这件事感到苦恼，而现在苦恼的应该不只是他自己了。

快了，就快有消息了。何夕非常惬意地想，反正这个世界上是有“枫叶刀”这个地方的，现在通过世界各地这么多人去打听，一定找得到的。这样想着的时候，何夕觉得自己真是聪明。何夕曾经设想过那封信将会招致的各种后果，但他从没有想过那封信竟然会招来警察。发出信息后的第二天下午，20名武装到牙齿根部的警察冲进了报社，以涉嫌危害公共安全的罪名带走了他。何夕当时正闲着没事，他看到一群警察进屋来根本没想到和自己有什么关系。待到人家如临大敌且目标明确地冲上前来的时候，他还下意识地朝自己身后看去——当然，他的身后没有别的人了。

何夕没料到警察会抓走自己，同时他更想不到，警察并没有把自己送往警察局。当何夕眼前蒙着的黑布被除去的时候，他发现自己处在了一个完全陌生的环境之中。这是一间很大的屋子，装饰风格是那种简单的豪华，通过这样的品位可以看出此屋主人必定不是常人。何夕局促地站了一会儿，一直没见有什么人进来。从窗户看出去，外面山清水秀，风光迷人，从高度上判断，这是一幢建在山腰上的建筑。何夕正想仔细探究一番的时候，门突然开了。

来人是一位40岁出头的男子，衣着样式考究、做工精良，目光中显露出只有地位尊贵者才具有的非凡气度，整个人都给人一种高高在上的感觉。“下午好，何夕先生。”来人彬彬有礼地点点头，“我是郝南村。”

“是你让人带我来的？”何夕小心地问道。

“虽然显得有点儿虚伪，但我还是要纠正一个字，不是带你来，是请你来。”郝南村不紧不慢地说，他给人的感觉就是那种做事不紧不慢的人。

“就算是吧。”何夕含糊地答道，他并不想惹眼前这个人，“可是你们，请——我来有什么事？”

“是为你发布的消息。我们在互联网的电子公告牌上看到了那则消息。”郝南村眯缝着的双眼给人的感觉像是两把锋利的刀，“你在找一座城市。”

何夕来了精神，他甚至忘了自己当前的处境：“难道你有那个地方的线索？快告诉我。说实话，这个问题已经困扰我很久了。”

郝南村不易察觉地皱了一下眉：“你还是先说说你为什么想要去找这个地方吧。”

何夕犹豫了一下，他在想有无必要把自己的秘密告诉对方。但是对真相的渴望压倒了一切，何夕最终还是把整件事情的前因后果交代了一个彻底。说到兴头上的时候，他就连那个离他而去的姑娘也抖落了出来，他实在是太想知道这一切都是为什么了。

这回郝南村的眉头明显地皱到了一起，他一副百思不得其解的样子。他紧盯着何夕的脸，目光里有毫不掩饰的怀疑。

“从你小的时候……”郝南村喃喃地说，“也就是说有20多年了。”

“唔，”何夕点头，“我看也差不多。那会儿我才七八岁，现在我都快30岁了。喏，就因为这事我连女朋友都找不到。人家都以为我不正常。”

“你是说只有你能看到那些影像？”郝南村问道，“你确定别人都看不见？我是说在那些影像出现的时候。”

“那些影像从来就没有消失过，它们一直在那儿，只不过别人看不到而已。”何夕出神地说着，“我觉得那些影子仿佛就生活在那里，那座叫枫叶刀的城市。”

“是吗？”郝南村笑了笑，“可是并没有那样一座城市。”

何夕一愣，他没想到对方会这样说：“这不是你的真心话，一定是有那么一个地方的。你带我来也一定是因为这个。”

“这只是你的想法。”郝南村摇摇头，“这个世界上并不存在那样一座城市，不信的话你可以去周游世界来求证。你的古怪念头是出于幻觉。忘了告诉你，我是一名医学博士，这里是一所顶级的医院，负责治疗有精神障碍的病人。我是医院的名誉院长，我们愿意为你支付治疗费用。”

“你的意思是……”何夕倒吸了一口凉气，“我是病人？”

“而且病情相当严重。”郝南村点点头，“你需要立刻进行治疗。我们已经通知了你的家人，他们听说有人愿意出钱给你治疗都很高兴，并且他们也认为这是有必要的。喏，”郝南村抖动着手上的纸页，“这是你家人的签字。”郝南村按下了桌上的按钮，几秒后 4 名体形彪悍的身着白大褂的男人走了进来。

“带他到第三病区单独病房。他属于重症病人。”郝南村指着何夕说。

何夕看着这一切，他简直不相信发生的事情。自己转眼间成了一名精神病人，他感觉像是在做梦。直到那 4 个男人过来抓住他的胳膊朝外面走时，他才如梦初醒般地大叫道：“我没有病！我真的能看到那些影子，它们在上楼梯。它们就住在那里，住在枫叶刀市。我没有病！”

但是何夕越是这样说，那 4 个男人的手就握得越紧。走廊上有另外几名医生探头看着这一幕，一副见惯不惊的模样。郝南村笑着耸耸肩，做了一个表示无奈的动作，然后他回身进屋关上了门。几乎与此同时，他脸上的笑容便立刻消失了，代之以阴鸷的神色。

三

牧野静出门的时候显得很慌张，她几乎是一路小跑着冲到地下停车场的。进到车里后她立即拨通了可视电话，屏幕上欧文局长的神色相当紧张。

“第 36 街区 148 号，华吉士议员府邸。知道了。”牧野静大声重复着欧文的话，“我立刻赶过去。还有别人吗？”

“这件案子暂时由你一个人负责。”欧文又强调了一句，“根据初步的情况判断，这件案子可能又与‘自由天堂’有关。”

牧野静悚然一惊。“自由天堂”，新近崛起的神秘组织。与别的组织不同，这个组织出世之初简直就像是警方的盟友。因为它只做一件事，那就是铲除别的组织。在不到一年的时间里，它接连不断地颠覆了不下10个警方一直束手无策的老牌非法社团组织，但是谁也不知道它用的是什么办法。总之在这一年里警方的日子真是好过得很，每天都有好消息传来。但是这样的情形没有永远持续下去，警方很快发现，这个神秘组织的势力越来越大，那些被颠覆的组织实际上是被它吞并了，而它后来的几次行动更是让警方认识到真正可怕的对手出现了。

应该说这些都只是警方的猜测，因为没有任何证据能够证明这个组织与近来发生的几起恐怖事件有关。警方只是发现，凡是与“自由天堂”作对的人或组织，最终都莫名其妙地遭到了打击。两个月前的一个雨夜，主张对所有非法组织采取更强硬态度的刘汉威议员突然死于家中。一个月前，与刘汉威持相同观点的另一位议员也暴毙街头。而现在轮到了华吉士议员。

“那我原先负责的那些案子怎么办？”牧野静问道，“尤其是我最关心的那件。”

欧文皱了一下眉：“你是说那个热带沙漠发生雪崩的谣传？”

牧野静忍不住插言道：“我不认为那是谣传。我相信那些当地人的说法，他们不像是在编故事。我已经花了近一年的时间来调查这件事了，现在可不想半途而止。”

欧文淡淡一笑：“还有比热带沙漠发生雪崩更离奇的故事吗？我老早就想劝劝你了，有些事情就算是还有疑问也没必要去过多地深究，因为这是违背常识的。最终你会发现，这只是早期的某些陷阱让你误入歧途罢了。”

“可我当初去过现场。”牧野静坚持道，“我见到了冰雪融化后留下的冲击痕迹。”

“谁能保证所谓的冰雪不是那些企图制造假新闻来促进旅游业的当地人撒上去的？”

“可是气温呢？当时那里的温度明显低于正常值，这肯定是冰雪融化造成的。”牧野静涨红了脸，几乎是在喊叫了，“而且雪崩还压死了两个当地人，那可是两条人命！我可不相信这是什么假新闻，除非那些人都疯了。”

欧文面色不豫：“我不想争执，你已经在那件事情上耗了太多的时间。我们没有太多闲钱来做一些看起来毫无希望的事情，必要时有些案子只能先停下来。这样吧，你自己选择，要么负责调查眼下这件事，要么继续调查神奇雪崩。”

牧野静懂事地闭上嘴，露出无奈的表情。过了一会儿她点点头说：“那好吧，雪崩的事情以后就算是我的业余爱好。我现在就去第36街区。”她甩甩头发，竟然有种潇洒的味道，“现在这件事听起来也很有趣。”

“不是有趣，是危险。”欧文正色道。

第36街区是一片环境优美的居住区，有不少知名人士住在这里。整个街区笼罩在翠绿的树影里，显得幽静而舒适。但是现在这里不再平静了，因为发生了恐怖事件。在街区的东北角正围着一大群人，警车的嘶鸣打破了这里固有的宁静。

“请让我进去。”牧野静一边举起自己的证件一边往里挤。

这时一名体形彪悍的警员走过来，非常负责地查看她的证件，他有些迟疑地看着牧野静的脸说：“好吧，你可以进去，不过里面可能有危险。”

"什么情况？"牧野静问道。

"我们接到华吉士议员家人的报警，称华吉士议员被劫持了，我们立即赶了过来。现在我们正在想办法和对方谈判。"

"是什么人干的？"

"不知道。"警员指着不远处的一扇门说，"那是洗手间，华吉士议员就在里面。我们已经封锁了所有出口。"

牧野静朝门的方向走过去。有几名警员正用枪对着门，大声地朝里面喊话。从门缝里可以看到灯光的闪动，说明里面还有动静。同时一些沉闷的声响不时从门里传出来，像是有人在挣扎。

"你们已经被包围了！"一名身材高大的警员一遍接一遍地喊道，"立即放下武器，出来投降，否则一切后果自负。"

这时突然从门里传来一阵很大的响动，之后便再没有了丝毫动静。牧野静心里暗暗叫了一声"糟糕"。几乎与此同时，警员们开始了行动。他们开枪打掉门锁冲了进去，但进门后立刻僵立在了当场。

牧野静紧跟着上前，她立即明白了警员们为何会呆若木鸡——洗手间里居然只有华吉士议员一个人。窗户紧闭着，其实就算窗户打开也不可能有人能从那里逃逸，因为窗户上打着钢条。华吉士议员面朝上倒在血泊中，身上只穿着睡衣，一把样式古怪的小刀贯穿了他的右胸。牧野静冷静地看了一眼华吉士议员的伤势，然后摇了摇头。很显然，他的伤已经不治。这时华吉士议员的嘴唇突然翕动了一下，牧野静急忙将头埋下去，想听清楚他最后的遗言。

"……那个人……要我撤销提案……我不同意……"

"他人呢？"牧野静急切地追问。

“朝那儿走了……”华吉士一边说一边将目光扫过房间，牧野静知道这就是那个人离去时的路线。但是华吉士的目光斜向了房间的上方，最后停在了天花板的左上角。华吉士的目光渐渐迷离：“……他两腿一抬一抬地……走上去了。”

“然后呢？”牧野静大声问道，她感到自己正在止不住地冒汗。

“然后……”华吉士议员的嘴里冒出了带血的浮沫，“然后……不见了。”他的头猛地一低，声音戛然而止。

四

“2074，来拿药！”胖乎乎的格林小姐扯着大嗓门叫道，她推着一辆装满药品的小车。躺在床上的男人立时条件反射地弹起，伸出瘦得像鸡爪一样的手接过格林小姐手中的小口袋。

格林满意地点点头，在她的印象里 2074 还算进步得比较快，刚来时他不仅拒绝吃药，并且看每一位医务人员都像是见到了仇人一样。第一次给他喂药还是凭着几个壮汉才成功的。

“把药吃了。”格林柔声道。其实格林也并不清楚 2074 到底吃的是些什么药，感觉他的药好像和其他病人的完全不同，都是些没有见过的奇怪的小药丸。当然，这是院长亲自安排的，格林小姐并不打算弄明白。自从 年多以前 2074 入院，她每天都给他送药，但让她心里有些不解的是，一般病人的药都会随疗程不同而更换，2074 的药却一直没有什么变化。但是这药无疑是有效的，因为现在的 2074 安静得像是一只小绵羊。

2074把药倒进嘴里，然后接过格林手上的水杯。他吞下药丸之后以一种讨好的表情指着自己的腹部，对格林小姐露出了笑脸。“吃了。”他说，“都在这里了。”

格林小姐心里滚过一阵柔柔的感情，相比之下，2074算是那种比较好照顾的病人，用非专业的话来说，他是一个“文”疯子。一般说来，像他这种病人都是住在集体病房的，但2074却一直享受单间。

“乖。”格林很少有地拍拍2074的手说，“吃了就好。”2074受了表扬之后有些脸红，露出几分害羞的神色，憨憨地低下了头。一缕口涎顺着他的嘴角流到了被子上，与原先的那些污迹混在了一起。他对口涎拉出的亮线显然有了兴趣，伸手揽住那道悬在空中的黏液，一牵一牵地把玩着，两眼笑得发痴。

格林小姐看到2074一边玩儿一边在念叨着什么，她注意地听了几秒，那好像是一个词。

“楼梯……那儿有个楼梯……”

格林小姐叹了一口气。楼梯，又是楼梯，从2074入院开始，他就不停地告诉身边的每个人“有一个楼梯”。格林小姐撑起身，推着小车准备出门到下一个房间去。这时突然有一个男人拿着一页纸冲了进来，他一边走一边大声地喊：“何夕，谁是何夕？”

格林拦住来人：“马瑞大夫，你找谁？”

来人没有回答，他的目光四下搜索着。然后他像是有大发现般地叫道：“2074，对啦，就是你！”他冲到床前对那个干枯瘦削正在玩口水的男人说，“恭喜阁下，你的病全好了，可以出院啦！来，签个字吧。”

何夕一脸茫然地看着这个突然闯入的男人，有些害怕地往格林小姐身后躲去。“吃了。”他露出讨好的笑容指着腹部说，“我吃过药了。”

马瑞不耐烦地把一支笔朝何夕手里塞去：“你已经病愈了，该出院了。”他厌恶地皱了一下眉，“我就知道免费治疗只会养出你们这些懒东西，好吃好喝又有人侍候，这一年多可真是过的好日子呢！别装蒜了，检验报告可是最公正的。”

何夕不知所措地看着手里的笔和面前这个嗓门粗大的男人，像是急得要哭。过了一会儿，他突然调转笔尖朝嘴里塞去。

“这不是药。”格林小姐急忙制止了何夕，她转头对马瑞说，“你是不是弄错了？虽然我只是一个护士，但我一直负责看护这个病人。我确信他还不到出院的时候。”

“那我可不管。”马瑞摆出公事公办的样子，“反正上面安排这个病人出院。如果是病人自己出钱的话，他愿意住多久就住多久，不过这可是免费治疗。现在上边让他出院，以后也不会给他拨钱了，你叫我怎么办？”

“可是他的病真的没好。”格林看着何夕，“如果他这个样子出去的话，只能是一个废物。”

“这不是我管得了的。给他收拾一下吧，病人的家属还等在外边呢，以后自然由他们来管他，可没咱们什么事。”

格林小姐不再说话，马瑞说得对，这不是她管得了的事情。她摇摇头，给何夕换上了一套干净的衣服。马瑞做了个手势，从门外走进来一个理发师模样的年轻人。然后他便很娴熟地操着家伙给何夕理发。格林小姐沉默地看着这一切。随着何夕乱糟糟的头发逐渐被理顺，格林小姐才发现何夕其实是一个相当英俊的男人，如果不是因为这个病的话，他一定会迷死许多女孩子的。

理完发，格林将何夕的手放到马瑞的手里说："你跟着他去。"

何夕害怕得想要挣脱马瑞的手，但是格林小姐用严厉的目光制止了他。片刻之后，这间狭小的病房里便只剩下了格林小姐一个人。她低头理着床褥，却静不下心来。走了，那个病人，格林有些神思恍惚地想，他还是一个病人，谁都能一眼看出来。可我们居然让一个根本没有痊愈的病人出院，谁来告诉我这到底是怎么回事?

五

牧野静刚刚走进会议室，就感受到了巨大的压抑。在这间足以容纳 100 人的房间里只坐了不到 10 个人，但是他们中的每一位都是令人无法轻松面对的人物。在此之前，牧野静从未想过自己有朝一日竟然可以这样面对面地见到这些大人物，同时她立即意识到，自己此次的任务绝不是上司交代的那样简单。今天她受命向国际刑警总部专程前来的高级官员汇报华吉士议员遇刺案。

牧野静详细地叙述了华吉士议员遇刺案的经过，尤其是他最后那番奇怪的话语。牧野静注意到她的听众都很认真，其中大多数是她的同行，只不过他们之中每个人肩上的徽章都令她不敢大口喘气。另外有几个身着便装的老人，虽然看不出他们的身份，但从其他人对待他们的态度上看，他们的地位似乎极为尊贵。面对他们，牧野静心里有种奇怪的感觉，怎么说呢，他们举手投足间都有一种令人无法漠视的威严，就像是——法老。法老？牧野静愣了一下，为自己心里突然冒出的这个词。但是这几个人的确让她有这种感觉，只是她也不知道自己为什么会有这种感觉。

“等等。”这时一位头发雪白的老人打断了牧野静的发言，“我是江哲心博士，我想确认一下，那位叫华吉士的议员真是那样说的吗？他当时的神志是否清醒？”

牧野静点点头：“他的确是那样说的。至于他是否清醒，我很难判断，因为他当时就快死了。不过，”牧野静停了一下，“凭我的感觉，我认为他的话是可信的，因为当时他简直是拼尽了全身的力气对我说的那些话。我觉得他正是为了说出这几句话才硬撑着没有立刻死去。所以，要是说这只是些濒临死亡的人的幻觉的话，我是决不会相信的。”

会议室里的几位老人交换了一下眼色，似乎接受了牧野静的说法，但是他们脸上的神色变得更加凝重了。

另一位表情刻板的老人开口道：“我是崔则元博士，我想知道华吉士议员是否提到了那个人的性别。”

牧野静想了一下，然后摇摇头：“从他的话里判断不出那个人的性别。”

“看来出现了一个奇怪的人。”江哲心小声地对旁边的几个人说，“可怕的概率，我们有大麻烦了。”

牧野静迷惑不解地看着这群人表情严肃地议论，她不明白发生了什么事，不过从直觉上她能感觉到这是一件非同小可的事情。她忍了一下但还是开口问道：“你们可不可以告诉我这是怎么回事？”

正在讨论的人们停了下来，一起注视着牧野静。过了一会儿江哲心说道："对不起，这件事涉及政府最高机密，我们不能对你说明。现在你可以走了。"

牧野静不再说话，这里每一个人的级别都能够叫她乖乖闭嘴。她左右看了一眼，知趣地退出了会议室，不过还是有一些絮语钻进了她的耳朵。

"以前的那个人现在在什么地方？"一个嘶哑的声音问道。

"让我查查……唔，就在本市。第 47 街区 61 号。"

"能否联系上？"

"这……恐怕没有什么意义。"

"为什么？"

"因为当时按照'五人委员会'的指示，已经做了常规处理。"

牧野静只听到了这些，因为她刚退出会议室，门就关上了。但是这几句话已经在她的心里埋下了一个很大的结。她回到办公室，想要稍微整理一下近来这个案子的进展情况。突然电话响了，她拿起听筒，是欧文局长打来的。

"什么？"牧野静大叫，"要我交出这件案子？那怎么行？我一直都负责'自由天堂'的案子，现在一点儿眉目都没有就让我交出来，那可不行。"

"这是命令。"欧文的语气不容商量。

"难道是怀疑我的能力？"牧野静不想退让，"你准备把案子交给谁？"

"你错怪我了。这件案子以后不归我们管了，上边另有安排。你把卷宗整理一下，准备移交。"

牧野静放下电话，咬住下唇怔怔地站立了半晌。在她 5 年的职业警官生涯里，这已经是第二宗被强行终止调查的案件，而且这种强迫行为都发生在最近几天。更要命的是，这件案子又是那么吸引人，这样的案件对于一名忠于职守并且渴望成功的警官来说，其诱惑力简直是大得没治了。

“这件案子是我先接手的，我不能就这样交出去。”牧野静突然说出了声，她自己也被吓了一跳。但是她的决心就在这一刻下定了。

六

第 47 街区在这座城市里算是比较破败的区域，充斥了大量低矮老旧的公寓房子。牧野静花了好几个小时才找到 61 号在什么地方。那其实是一片行将拆除的老式院落，住着三四户人家。牧野静打听到这里有一个人患有精神疾病，曾经有不明身份的人出资给他治疗过但是没能治好，除此之外这里再没有什么值得注意的人物。牧野静直觉中感到，自己要找的也许就是这个叫何夕的人。

牧野静推开没有上锁的门走进院子，地上到处流着脏水，散发出难闻的气味，几盆失于照料的蔫兮兮的花儿在院子的角落里瑟瑟地颤抖着。牧野静看到在院子左方的墙边坐着一个满脸络腮胡的男人，他正半眯着眼惬意地晒着太阳，一丝亮晶晶的口涎从他的嘴角直拖到显然已经很久没有洗过的衣领上，在那里濡湿出一团深色的斑块。有一些散乱的硬纸板摆在他面前的地上，旁边还有半桶糨糊和 些糊好的纸盒。

这时一个老妇人突然从一旁的屋子里走了出来，猛地朝那个正在打瞌睡的男人肩上搡了一拳。“死东西，就知道吃饭睡觉，干一点儿活就晓得偷懒。”老妇人说着话不觉悲从中来，眼睛红红地用力吸着鼻子，“30多岁的人了，就像个废物。不知道上辈子造了什么孽，老天爷叫你来折磨我。”

那个男人从睡梦中惊醒，万分紧张地看着老妇人挥动的手，一旦她的手靠近自己的身体，他就会惊恐地尖叫。过了一会儿他确认老妇人不会再打自己了，便火急火燎地拾起地上的家什开始糊纸盒，眼睛却一直紧盯着老妇人的手，丝毫不敢放松。

“请问……”牧野静小声地开口，“这里有没有一个叫何夕的人？”

老妇人怔了一下，这才注意到有人走进了这个院子。她露出疑惑的神情看着牧野静：“你找他有什么事情？”

牧野静一滞，她其实也不知道自己找到何夕又能做些什么，她甚至不知道何夕到底是个什么样的人。那天她只是无意中听到了这个地址，并且凭猜测认为那些人提到的“另一个人”就住在这个地方，就连这个人同一个名叫何夕的精神病患者之间存在联系也是猜测的结果。除此之外，她根本不知道其中到底有什么奥秘。

“何夕。”老妇人念叨着这个名字，仿佛在咀嚼一件年代久远的事物。一些柔软的东西自她眼里泛起，她的目光投向那个被她称作“死东西”的男人。“何夕。”她轻轻地呼唤了一声，然后转头看着牧野静说，“他就是何夕，他是我的儿子。他本来是很好的，最多算是有点儿小毛病……”老妇人悲伤地揉了揉眼睛，“可现在却成了这个样子。”

那个男人并不知道旁边的两个人正在谈论他，现在他的注意力已经全部集中到了糊纸盒的工作里。蘸着糨糊的刷子在他手里飞快地运动着，只几秒的时间便有一只形状整齐的纸盒从他手里诞生。不过当老妇人眼里的泪水滴落在地上浸出小块水渍的时候，他的动作会不由自主地放慢半拍，仿佛被什么东西触动。但是这个反应很快就会消失，一秒后他便又沉浸到了那种单调而无休止的工作之中，一丝口涎在他的嘴角与衣领之间牵扯着。

牧野静正要说些什么的时候，突然听得院外传来一片嘈杂声，像是有一大群人在朝这边走来。

“就是这里！”有人高声叫嚷着。过了一会儿，院子的门被推开了，不下20个人一拥而进。牧野静惊奇地发现在这些人里她居然认得一些，比如说江哲心，还有国际刑警总部的几名高级官员。另外一些人竟然是荷枪实弹的士兵。牧野静想不到这些人会突然来到这个地方，而且他们显然也是冲着这个叫何夕的精神病人而来。

“你怎么在这儿？”江哲心意外地看着牧野静，“是你们局长派你来的？”

牧野静摇头：“这是我自己的主意。”

“你知道些什么？”江哲心脱口而出，但他立刻意识到这样问反而显得事情复杂，“我是问你来这里做什么？”

牧野静心念一动，她决心不让对方知晓自己其实什么都不知道。她有一种直觉，这件事会跟“自由天堂”的案子有关。牧野静淡淡地笑笑：“我只是在同何夕聊天。”

“聊天……”江哲心狐疑地看着牧野静的脸，目光犀利得绝对不像是一个老人。过了足有几秒他才重又开口：“那我不得不打断你们了。现在我必须带走这个人。”

牧野静紧张地在心里打着主意：“刚才我们正谈到关键地方，这件事情可能会和‘自由天堂’有关。”

江哲心愣了一下，看上去有些无奈："好吧，看来我们除了带走他，还必须连你也一块儿带走。"他做了个手势，然后那些全副武装的士兵围拢过来。站在一旁的老妇人这时才明白发生了什么事，她挡在儿子面前说："你们不能带走他。"士兵们不知所措地回头看着江哲心，等他下命令。

江哲心放低了声音说："我们只是带他去治疗。"

老妇人警惕地看着那些士兵，脸上满是不相信的神情。她的态度影响了何夕，他站起身，不信任地看着每一个人。这时牧野静才发现何夕的身材相当高大，如果要强行带走他，肯定会费上一番周折。

江哲心博士想了一下，然后回头拿出对讲机低声说了几句什么。过了几分钟，一个胖乎乎的妇人从门口进来，她的目光一下子就盯在了那个仍在糊纸盒的男人身上。

"2074。"她说。

何夕稍微愣了一下，然后便露出讨好的笑容并摊开了手。

七

这是格林小姐见到过的最为漂亮的病房：超过 500 平方米的面积，设施齐全，生活用品应有尽有，豪华程度绝对不亚于五星级饭店的总统套房。而整间病房只住着一个病人，一个月以来格林小姐也一直只护理这一个病人，相对于她以前的工作来说，这真算是享福了。

何夕正在吃药，品种花色相当复杂。按照格林小姐的经验来看，这些药肯定不是治疗精神病的，因为治疗精神病的药通常会使服药的人表情越来越淡漠，脾气也会逐渐趋于平和。而何夕现在却是变得越来越烦躁，有时却又长时间地沉默着发呆，像是在想什么问题。江哲心和另外一些格林小姐不认识但显然身份显赫的人每天都会来探望，他们注视着何夕的眼神让人觉得仿佛何夕是他们在这个世界上唯一的亲人。格林看得出他们的这种关心的确不是做作，因为何夕的每一个变化都能够极大地左右他们的情绪。他们的内心似乎正在受着某件事情的煎熬，而何夕可能正与这件事休戚相关。

现在的何夕已经与一个月前判若两人，格林小姐如果不是一直陪着他的话，肯定认不出现在这个时时眉头紧锁、眼睛里含着深意的男人竟会是当初的那个病人。也许他的病真的被治好了，格林想。不过有一个念头盘桓在格林小姐的心里挥之不去，她觉得现在的何夕与她第一次见到他时没多大不同，也就是说何夕当年被送进那所医院时，可能是一个正常人。这个念头让格林小姐觉得可怕，因为如果承认这一点的话，就意味着正是医院给何夕吃的那些药将他变成了白痴，而格林小姐正是亲手给他喂药的人。这个假设同时也可以解释为什么后来会匆匆忙忙地让何夕出院，因为那正是治疗的目的。每当格林意识到这一点时，背上就会出一层冷汗，然后她会立刻半强迫地甩甩头，扔掉这个不该有的念头。

今天何夕并没有像往常一样在吃完药之后立刻休息，而是点起了一支烟。格林以前从不知道何夕会吸烟，但是在大约10天前何夕突然对香烟产生了兴趣，并且真的燃起了一支烟。当时格林小姐所下的结论就是这绝不会是何夕的第一支烟，因为他的姿势及享受的表情都老练至极。

何夕旁若无人地吐着一个个烟圈，仿佛根本不知道格林在一旁注视着自己。过了一会儿，他像是下了决心般地对着面前的空气说了句："叫他们来。"

……

江哲心的内心并不像他的外表那样镇定，当他听到格林小姐传话说何夕想要见他时，内心的狂跳简直无法自已。尽管他不愿承认，但是这个叫何夕的人对他以及所有人而言都是极为重要的，从某种意义上讲，整个世界的未来可能都与这个人息息相关。

"你是说……"江哲心擦拭着额头上的薄汗，现在房间里只有他和何夕两个人，他没有让别的人进来，"你完全想起来了？"

何夕冷冷地看着面前的这个老人，说："是的，我想起来你们是怎样把我抓走又是怎样宣布我是一个疯子的了。"他的声音渐渐变低，"当然，我后来的确变成了疯子和白痴……"

江哲心沉默着坐下，他的腿有些软："我知道这件事伤害了你，但是你现在必须帮助我们……"

"帮助你们？"何夕打断了他的话，"我为什么要帮助你们？"他大声吼道，"你们毁掉了我的人生，是你们把我变成了一个废物！我的天……"何夕涨红了脸，"而现在你居然说要我帮助你们？"

江哲心尴尬地笑笑："我只能说抱歉。我知道没有什么能够弥补你的损失，但是你真的要帮助我们。"

何夕平静了些，他直直地看着江哲心的脸："这样吧。你先告诉我这一切到底是因为什么。如果你们对我做的一切有正当理由的话，我会考虑这个问题。"

江哲心的面部肌肉不易察觉地颤抖了一下，他像是陷入了一个极难下决断的问题之中。过了一会儿他迟疑地开口道：

"这件事情不是我一个人能够做主的，同时这个地方也不安全。除非'五人委员会'集体同意，否则我不能告诉你真相。"

"那好吧，我跟你走。"何夕点点头，"还有件事，我希望见到那天比你们早一些找到我的那个女警官。"

"为什么？"

何夕叹了一口气："因为我实在不想那么漂亮的一位女士变成白痴。"

八

"五人委员会"是一个充满神秘色彩的机构，它的成员是5名年龄从四十几岁到八十有余的著名专家。它实行的是终身制，只有某一位委员去世了才会由另外几名委员推选新的成员。谁也不知道这个机构到底是干什么的，人们只知道它的级别很高，而且也许是此类机构里级别最高的，因为谁也没有听说过这个委员会隶属哪个部门。本来它的成员都各有各的工作，但近来这几个人却是联系频繁，这种情形已经许多年没有出现过了。

何夕一直不肯走进密室，直到他见到了江哲心带来的牧野静。找到何夕的那天她被带到了一个荒僻的处所，然后接受了足有半个多月时间的询问，这时她才意识到问题的严重，但事情的发展已经不由她控制了。3天前她被带到一所医院，大夫宣布她需要治疗。当时她用尽全身的力气挣扎嘶喊，但都无济于事。而就在这个时候，江哲心来到医院带走了她。这两天她一直住在酒店里。

何夕之所以让江哲心把牧野静带到今天会议的现场，也是为了保护她，何夕想让她真正介入到这件事情中来。对秘密一无所知的人和对秘密了如指掌的人常常是安全的，而对秘密一知半解的人却多半处境危险——何夕自己的遭遇就是一个例证。尽管现在下结论还为时尚早，但何夕凭直觉感到，整个事件里隐藏着一个很大的秘密。

密室的门在人们身后缓缓关闭。进入密室的人第一眼便会看到大厅正中那个直径超过 10 米的由三维成像技术制造出来的半透明的地球影像。它缓慢而静谧地转动着，如果仔细分辨的话，甚至能看到海洋巨浪掀起的小小波纹，淡淡的经纬线标志在球体的表面浮动着。屋子里只剩下 7 个人——何夕、牧野静以及“五人委员会”成员。在这些人里何夕认识两个——江哲心和郝南村。何夕的目光落到了郝南村的脸上，久久都没有移动，令郝南村有些不自在地左右四顾。

“我知道你的感受。”江哲心用规劝的口吻对何夕说，“当年郝南村博士只是尽自己的职责，有些事我们其实也是迫不得已。”

这时座位在左首的一位满头银色卷发的老妇人开口道：“何夕先生，我是‘五人委员会’的凯瑟琳博士。”她又指着坐在她旁边的两位身着黑色西装的瘦高个儿男子说，“这是蓝江水博士和崔则元博士。我想另外几位就不用介绍了，你都认识。出于安全考虑，虽然我们 5 个人以前经常联系，但还从未像今天这样同时出现在一个地方，所以，请你一定要相信我们的诚意。现在由我来解答你的问题。当然，如果你愿意的话，也可以向别的委员提问。”

何夕想也没想地就开口说：“我想知道枫叶刀市在什么地方。你们谁来回答都行，喏，”他指着蓝江水说，“就是你吧。”

“何夕先生，你的历史学得怎么样？”蓝江水没有立即回答，而是反过来提问道，“我是说近代史。”

何夕不知道蓝江水为何有此一问，他想起了自己羞于见人的考分：“老实说不太好。我对历史缺乏兴趣。”

蓝江水微微一笑：“你还算诚实，你的回答和我们调查的结果一样。当初你在中学读书时，历史成绩没有一次及格。”

“为什么调查这个？这有什么关系？”

“你如果处在我们的境地，说不定比我还要小心，我们有必要知道你过去的一切。好了，暂时不说这个。我想问的是，你知不知道‘新蓝星大移民’？”

“是这个呀？”何夕有点儿小小的得意，因为这件事他正好知道，“那是150年前发生的事件。当时人类已经发现宇宙中有众多适宜生命存在的行星，于是他们挑选了一颗和地球环境差不多的，然后让许多人接受了冷冻，移民到那颗新行星上去。我记得那颗行星与地球的距离是40光年，以光子飞船的速度算下来，第一批上路的人已经到达很久了。而且我还知道，在130年前，还有一些人移民到了另外一颗行星上。”

蓝江水博士看着侃侃而谈的何夕，不禁摇头苦笑道：“我不得不佩服政府高超的保密手段，这么多年过去了居然还能让人不起一点儿疑心。天知道我们哪里来的什么光子飞船，而且就算是有什么‘新蓝星’，又有谁能保证它没有被其他智慧生物所占据，难道准备去打星球大战吗？”

何夕立即打住，他不明白蓝江水这句话是什么意思。“你说什么，你不会是在告诉我那只是一场骗局吧？这可是载入了史册的伟大事件，正是这件事彻底缓解了地球生态与发展的危机。”

凯瑟琳插话道："如果说那是一场骗局的话，那它也不是出于恶意，最多算是一种手段而已。政府花了大力气把某个蛮荒星球描绘成一片充满生机的新大陆，以此来吸引人们自愿移民。说实话，当时的地球确实已经相当糟糕了，超过200亿人居住在这颗其实最多只适宜居住100亿人的星球上。"

"如果这是骗局的话，那么那些人都到哪里去了？"何夕倒吸了一口气，"总不会是被消灭了……"何夕的脸色变得发白，"我记得前后加起来超过了150亿人。"

江哲心博士在一旁摆摆手说："你的想象力未免过于丰富了。'新蓝星大移民'计划虽然是场骗局，但并不至于那么恐怖。至于说那些人……"他的目光投向了面前的地球影像上深黄的一隅，"他们就生活在类似枫叶刀市的城市里。那里和我们生活的城市并没有什么不同。"

"枫叶刀市。"何夕念叨着这个名字，这个城市已经与他产生了千丝万缕的联系，甚至改变了他的人生。但是他又的的确确对这个地方一无所知。

"他们生活在许多像枫叶刀市那样的城市里。"蓝江水的语气像是在宣读着什么，"他们一样地呼吸空气，一样地新陈代谢，一样地出生并且死亡。他们和我们没有任何不同——除了一点，"蓝江水直视着何夕的脸，不放过他的任何一丝情绪变化，"组成他们的世界的砖和我们不同。"

九

何夕觉得自己越听越糊涂，他打断蓝江水的话："你还是没告诉我枫叶刀市到底是个什么地方。"

凯瑟琳博士笑了笑："我来告诉你吧。枫叶刀市是海滨的一座中型城市，人口差不多有 90 万，大部分是华人。"

何夕有些恼怒地补充道："我是问它的地理位置！"

凯瑟琳的神色变得严肃起来："它大约位于东经 105 度、北纬 30 度。"

"等等。"何夕打断她的话，他的目光正对着那个三维地球，"这不可能，那个地方是内陆，而且，"他深吸了一口气，"就在我老家附近。"

"不对。"凯瑟琳执着地说，"枫叶刀市位于枫叶半岛南端，临枫叶海湾。"

何夕有些头晕地看着凯瑟琳博士一张一合的嘴唇，有气无力地说："我们两个要么是你疯了，要么是我疯了。"

"你们都很正常。"是郝南村的声音，"凯瑟琳博士说那里是海滨，这是对的。你说那里是内陆丘陵，这也是对的。你甚至还可以说那里是雪山或是负海拔的盆地，这都是对的，因为那里的确有雪山和盆地。"

"你……你说什么？"何夕扶住自己的额头，他看不出郝南村有开玩笑的意思。"你知道自己在说什么吗？"和他同样吃惊的还有牧野静。

"我当然知道自己在说什么。"郝南村毫不迟疑地点头，"你们只要听完其中的原因，就会明白我为什么这样讲了。"

"知道什么是普朗克常数吗？"凯瑟琳博士轻声问道。

何夕在自己的脑海里搜寻着，那个东西大约位于大学阶段。他点点头："我以前学过，那大概是一个常数，所有物体具备的能量值都是它的整倍数。"

凯瑟琳颔首："你说得不算离谱。那的确是一个常数，具

体数值约是 6.626×10^{-34}，单位是焦耳 · 秒。按照量子力学的基本观点，世界并不是连续存在的，而是以这个值为间隔断续存在。间隔部分的能量值都是没有意义且不可能存在的。这个世界上所有物质的能量和质量——你应该知道按照质能方程这两者其实是一回事——都是这个值的整倍数。如果我们把这个常数看成整数 1，那么这个世界上任何物体所具备的能量值都是一个很大的整数。比如说是 15000，或者是 940000076，这些都可以。但是绝对没有一个物体会具有诸如 8.54 这种能量值。从这个意义上讲，我们不妨把普朗克量子数看作是一块最基本的砖，整个世界正是由无数块这种砖堆砌而成的。"

何夕很认真地听着，他的嘴微微翕动，样子有些傻。应该说凯瑟琳讲得很明白，但何夕不明白的是她为何要讲这些，何夕看不出这些高深莫测的理论和自己能扯上什么关系。

"等等。"何夕终于忍不住打断了凯瑟琳博士的话，"我只想知道枫叶刀市在什么地方。你不用绕那么多圈子，我对无关的事情不感兴趣。"

凯瑟琳博士叹了一口气："我说这些正是为了告诉你枫叶刀市在什么地方。"她的目光环视着其他的委员，似乎在做最后的确认，"枫叶刀市的确就位于我说的那个位置。"

"这不可能！"何夕与牧野静几乎同时叫出声。

"这是真的。"江哲心博士肯定地回答。

"你是说它是一座建在地底的城市？你们在地底又造了一座城市，甚至——还造出了地下海洋？"何夕有些迟疑地问，也许连他自己都觉得这个推测过于荒谬，他的声音很低。

凯瑟琳摇头："我说了那么多，你应该能想到了。我看得出你的智商不低。”

何夕心中一凛，凯瑟琳的话让他想起了一件事。是的，还有一种可能……但那实在是——太疯狂了。

“不可能的。”何夕喃喃道，他的额头沁出了汗水。

凯瑟琳的表情变得有些幽微，她的心思像是已经飞到了很远的地方，银白的头发在她的额头上颤巍巍地飘动。她的目光停在了三维地球上的某处，那里呈现出一片深黄色：“枫叶刀市就在那里，一座很平常的城市。但是……”凯瑟琳顿了一下，“它是由另一种砖砌成的。”

十

“量子力学的基本原理给了我们一个强烈的暗示，那就是我们并不像自己通常认为的那样占满了全部空间。实际上，即使这个星球上已经不再有一丝缝隙，它仍然是极度空旷的，因为在普朗克常数的间隙里还可以有无数的取值，就好比在‘1’到‘2’之间还有无数的小数一样。”凯瑟琳博士露出了神秘的微笑，“你明白我的意思吗？”

“在枫叶刀市所在的那个世界里，普朗克常数有另外的起点。如果把我们的普朗克常数看作整数 1 的话，枫叶刀市的普朗克常数的起点大约是 1.16。”江哲心语气艰难地开口道，看得出他每说出一个字都费了不少劲，“这就是答案。”

“另外的……值？”何夕仍然如坠迷雾，“这意味着什么？”

“你不妨想象一下一队奇数和一队偶数相遇会发生什么事情。”江哲心像是在启发，他注视着何夕的神情变化，“你应该想到，那种情况下其实不会发生任何事情，因为它们都将毫无察觉地穿过对方的队伍。而我们与枫叶刀市之间正好相当于这种关系。”

“也许我的表述会引起误会。”江哲心补充道，“枫叶刀市的物质与能量仍然按普朗克常数的值呈现出量子化的分布，但与我们的世界之间有一个确定的偏移量。如果把构成你的身体的物质看作 1，2，3，4，5……的一个整数等差数列的话，那么在枫叶刀市生活的某个人的身躯则是由 1.16，2.16，3.16，4.16，5.16……构成的一个非整数等差数列。如果你和这样的一个人相遇的话……”江哲心做了一个停顿，“你认为会发生什么事情？”

何夕的表情有些发傻：“发生……什么事情？”他用力思索着，“我是不是会看到他身上有很多小洞？”

江哲心博士缓缓摇头：“答案是你根本就感知不到他。他在你面前只是一团虚空。”

“可是他总会反射光线吧。”何夕插话道。

“问题是他所在的世界的所有物质都和他具有同样的普朗克常数偏移量，光也不会例外。”江哲心指指头上的灯光，“我举个例子。红色光的波长大约是 0.0000006 米。一个光子具有的能量值是：普朗克常数乘以光速再除以光的波长。在我们的世界里，一个红色光光子的能量值大约是 3.31×10^{-19}，由这样的光子组成的光束能够被你的感官所感知，只是因为你的身体处于与之相同的能量序列之内。而来自枫叶刀市的光线则不然，它们具有完全不同的能量序列，在那里同样波长的一个光子的能量值约是 3.86×10^{-19}，而这个能量值对我们这个世界来说根本是不可能存在的。包括光线在内的那个世界里的所有物体都可以毫无阻碍地穿越你的身躯，对它们来说你也只是一团虚空。你们之间的关系就像是数学里的平行线，永远延伸却永远不能相交。”

“你的意思是想告诉我，就在我身体的周围还生活着另外一些奇怪的东西。”何夕神经质地伸手在空中抓挠着，“它们可以任意穿过我的身体，就像是我并不存在？”何夕突然哈哈大笑，他盯着自己的手说：“这太荒唐了，你们不会是在告诉我，现在我手里可能正好托着某个妙龄少女的芳心吧？”

“理论上的确有此可能。”江哲心博士严肃地说，“我们现在这间密室的位置在枫叶刀市所在的世界里是另一座中型城市的市区，这样的话，你的手此时刚好放在某位少女的胸腔里也未可知。”

汗水自何夕的额头上沁出来，他颓然地扶住墙壁，防止自己倒下去。牧野静的情形也不比他好到哪儿去。何夕吁出一口气：“好吧，我相信你们了。虽然从理智上讲我难以接受这一切。”他转头环视着屋子里的另一些人，“我想你们花这么多工夫告诉我这些，不是为了让我长见识吧。说实话，你们要让我做什么？”

江哲心博士没有直接回答这个问题，而是自顾自地往下说：“有件事情我还要告诉你，记得郝南村博士说过在枫叶刀市所在的位置上还有高山和盆地吗？”他停下来，“你明白我的意思吗？”

何夕想了一下：“难道说还有另外的世界存在？”

“在200多年前的那个动荡不安的年代里，由于人口问题和对自然的过度开发，我们的地球已经不堪重负。”江哲心的语气变得很沉重，“不知道在你心中是怎样看待我们这些以科学为职业的人的，不过我倒是觉得我们之中的大多数人都是良知的奴隶。当我们目睹人类的苦难时，内心总会感到极大的不安——哪怕这种处境根本就是咎由自取。就在地球不堪重负的时候，我们的一位伟大的同行出现了，他是一位名叫金夕的华裔物理学家。金夕博士找到了一种他称作'非法跃迁'的方法，可以将物质跃迁到另一层本来不可能的能级上。在他的方程式里总共找到了6个可能的稳定解，我们原有的世界只是其中的一个解罢了。"

"那另外的5个解岂不是对应着5个不同的世界？"何夕插话道。

"可以这样理解。当时的世界已经无法承受人类这一重负，金夕博士唯一的选择是立即把所有的解都用上，尽管连他自己也不知道这样做到底是福还是祸。也许你现在不理解这一点，但我理解他的心情。作为一位严谨的科学家，当面对这种重大问题的时候总是希望万无一失。但是他没有时间做进一步的验证了，人类的现状迫使他不得不尽快做出决定。政府全力支持了这项计划。从某种意义上讲，我们现在的世界其实是由6层世界构成的。"

"6层世界。"何夕喃喃而语，似乎有所触动。

江哲心仿佛看透了何夕的心思，他的目光停在虚空中——那个孤独的地球影像开始闪烁起来。浩瀚的太平洋的腹心突然涌现出深黄色的陆地。北美洲眨眼间消失得无影无踪，就像是被一场灾难吞没。而北冰洋成了北极洲，南极大陆则成为一片汪洋。

这是一个全新的地球！但这一幅新的版图并未保持太久，十几秒后另一幅完全不同的地球景象出现了……如是循环往复。

十 一

“众生门”国家实验室位于南太平洋的一座孤岛上。从外表看，这只是一座平常的热带岛屿，但是附近的渔民都知道这里是不能随便靠近的。而每天都有一些行踪不定的神秘船只和直升机从岛上驶向外界。

一号实验室位于小岛东侧约 20 米深的地底。在江哲心的身后有几十个人正在忙碌着，他们中除了少数的几个，大多数何夕都不认识。

“我们已经很久没有启用过‘众生门’了。”江哲心走到何夕的身后，他的思绪显然已经飞到了往昔的年代，“我的前辈们设置了这个装置，用来把当时过多的人口发送到另外 5 个新创的世界去。”

“恕我直言。”何夕半开玩笑地说，“从感觉上讲，我觉得你们的方法有点儿像是做‘千层饼’。”他看了一眼江哲心博士，“你是华裔，应该知道什么叫作‘千层饼’吧？实际上还是那么多面粉，不过是人们凭借高超的手艺把它做成了一层层的样子。赏心悦目倒是不假，但对于肠胃而言，它仍然和‘一层饼’毫无区别。也就是说，它骗得了眼睛但骗不了肚子。”

但何夕没料到的是江哲心竟然发了火，他涨红了脸说：“我不喜欢把严肃的科学研究同一些无关的事物相类比。况且这也不是你应该关心的问题。”

何夕感到意外，他不知道自己的这个比喻怎么就冒犯了江哲心。从内心讲，何夕倒是觉得江哲心是一个可以亲近的人，至少他对江哲心的印象比对郝南村的要好得多。

江哲心平静下来："请原谅，我不该发火。我可能是有些紧张。"他转头看着不远处高大的"众生门"装置说，"这套装置还从未有过失败的记录。它的原理并不复杂，你应该知道，如果一个电子吸收了光子的话，它就会跃迁到某个新的能级轨道上去。在'众生门'里将会有一种具备特殊能级的粒子辐射你的躯体，其能级不到普朗克常数的十分之一，在自然界中是不存在这种能级的。通过控制其强度，我们可以让你到达其余 5 个新创世界中的任何一个去。实际上我们之所以知道另外 5 个世界上的大概情形，也是因为有这种粒子传递信息，比如说我们知道在其中一个世界上存在着一座叫作枫叶刀的城市。"

"如果失败了会怎么样？"何夕急促地问。

江哲心笑了："我知道你最关心这个。如果失败的话，你将会被送往非预期的某个世界，但肯定是另外 5 个世界中的一个。放心吧，我们能够让你回来。"说完江哲心急匆匆地朝忙碌的人群走去。

牧野静若有所思地看着江哲心的背影："我觉得有些地方不对。"

"你说什么？"何夕吃了一惊。

牧野静小心地看了一眼四周，同时压低了声音："你不觉得这里有些事情不能解释吗？"

"解释？解释什么？"

"你知道我是个警员，我是因为调查'自由天堂'的案子才牵涉到这件事情里来的。"牧野静说得很认真，"如果把这些事情同那件案子联系起来想的话……"

何夕愣了一下，那件案子他是知道的，这段时间他和牧野静几乎无话不谈。这也难怪，同是天涯沦落人嘛。当牧野静知道自己险些面临当年何夕的命运时，吓得直吐舌头。而何夕也是从牧野静口中知道了整个案子的详情。当他听到华吉士议员死前描述的场景时，很自然地想到了自己曾经目睹的怪事，但他并未从中悟出什么来。现在牧野静突然提到这一层倒是让他心中一动。

“我甚至还有个更大胆的想法。”牧野静兴奋得满脸发红，“大约在一年前，我调查过一件发生在热带沙漠里的离奇雪崩事件。你想想看，这里边会不会有联系？”

“你不会是在说……”何夕欲言又止，他觉得这个想法太荒唐了。

牧野静却点头道：“也许那就是真相。”

“我还没说呢，你怎么知道我想说的是什么？”何夕禁不住笑了。

“这就叫‘身无彩凤双飞翼，心有灵犀一点通’嘛！”牧野静得意地跟着笑起来，以何夕的眼光来看，她这副自鸣得意的笑靥真是动人极了。“哎哟。”她突然轻叫一声，双颊泛起红晕。

“怎么啦？”何夕问，但他立刻明白了，因为他想起了牧野静刚才的那句话里包含着的另一层意思。这样想着，何夕也不禁有些讪讪然：“你别多心嘛，说错了就说错了，我们，我们之间什么事也没有嘛。”话一出口他就知道自己又错了，遇上这种场面只能装糊涂，哪能有意卖弄明白呢？

“谁说错了？”果不其然，牧野静当即白了何夕一眼，“要你多事。”

“还是说正事吧。”何夕换了话题，“如果把雪崩看作是位于另一层世界的物质由于某种原因突然进入了我们这层世界的话，那问题也就好解释了。同样，如果把议员事件中那个人的突然消失解释为瞬间进入了另外一层世界的话，那我们也就没有什么奇怪的了。”何夕的眼中放着光，“可是那个人根本没有凭借什么‘众生门’之类的装置，难道，”他的脸色有些变了，“他能够在6个世界里自由往来？”

牧野静的声音有些发抖：“而这个人居然还是个——杀人凶手！”

何夕虽然表面上很平静，重复着牧野静的话，但他觉得这一切简直令人发疯：“是的，他是个凶手，来无影去无踪，执掌‘六道众生’生杀大权的凶手。”

十　二

江哲心博士颓然坐倒。他本来就是个老人，但现在看上去他仿佛又老了一点儿。过了好半天，他才回过神来幽幽开口：“原来你们叫我过来就是说这个。你们终于还是想到了。不错，这就是我们眼下的处境。”

何夕注视着面前这张苍老的脸庞，他知道这个老人还有许多话要讲。

“我们刚刚听到‘自由天堂’的案子时，就知道发生了什么事，因为除此之外没有别的解释。‘五人委员会’本来就是一个管理层叠空间的组织。”江哲心注意到了他的听众的茫然，“层叠空间就是指包括我们这个世界在内的6层空间。‘五人委员会’成立于200年前，当时世界刚刚凭借人类智慧的伟大力量分化为6层平行的物质空间，其后人类又花了几十年的时间让另外5层世界变得适宜人类居住。我想强调一点，我们说到空间分层的时候，其实是指物质与能量的分层。站在我的观点上看，空间和时间都是并不存在的抽象概念，空间只是对应着物质的存在，而时间则对应着物质的运动。当物质世界分层的时候，空间和时间自然也就分层了。空间分层的时候，我们现在这个世界看上去并无变化，而另外5个世界则是全新的。整个空间范围以地球为中心，包括了地球以及大气层。如果区域之外的物质进入了该区域的话，它们也将被分层。比如说，太阳光照射进这个区域时将被分为6层，并分别被每一层世界所感知。在这个空间范围内的原有物质元素都另外被分出了新的5层。新的物质元素层次在新的空间里组合出另一层世界。从理论上讲，在那一刻它们甚至可以组成生命，但是这种概率实在太小。那些世界和我们这层世界相当类似，它们在初创之时拥有除生命之外的一切，比如水和空气，适宜的温度，还有土壤——虽然相当贫瘠。不过这已经足够了，因为它们是行星，是和地球有着同样规模的气势磅礴的超巨系统。对于一个行星级别的系统来说，这些条件已经足以承载宇宙间无与伦比的奇迹，那便是生命。由于出自同一原始物质，所以这6层世界在位置上始终是大致重合的，但在效果上我们却感觉仿佛有了6个地球。”

“那‘五人委员会’又是做什么的？”何夕插入一句。

“当时成立‘五人委员会’是为了应付可能出现的异常情况。应该说200年来这个组织虽然地位崇高却无事可干，因为没有出现过任何异常情况。不过金夕博士倒是预言，由于按照量子力学的观点这个世界在本质上是按概率存在的，故而任何事情都可能发生，只不过是概率大小不同罢了。所以我们不排除存在某些可以穿梭于不同能级空间的特殊物体的可能，比如说某一个质子，或是某一个光子，其概率按方程式解出的值都小于千亿分之一。”

何夕心念一动：“如果是一个大的物体呢，比如是某个人？”

江哲心的身躯颤抖了一下：“以人这样大小的物体来说，出现某个可以自由穿梭层叠空间的人的概率不到百万亿分之一。这种概率可以被认为是不可能发生的。”

“你撒谎！”何夕突然说道，声音之大令他自己都有些吃惊，“我们这个世界上现在大约有 100 亿人，我想另外几个世界也差不多，都加起来就是不到 700 亿人。但是现在居然出现了可以自由穿梭层叠空间的人，这和概率的反差也太大了吧。”

江哲心的脸色立时变得惨白，汗水从他的额头上淌下来，他的眼里充满了复杂的神情。过了半晌他才叹了一口气说：“看来我必须告诉你们另外一些事情。当初我告诉你金夕博士的方程式有 6 个稳定解并非实话，真正的稳定解只有 5 个，这也是让自由物质出现概率足够小的解。当年世界只是被分成了 5 层，这样的情形保持了近 200 年。但是——”江哲心再次叹了一口气，“在现在的委员会里我算是资格最老的一名委员，我是在 50 年前进入‘五人委员会’的，当时我把这看作是至高无上的荣誉，我从心里真诚地希望在这个位置上为人类做出自己的贡献，当时的我可以说是雄心万丈。”江哲心突然露出惨淡的笑容，“如果我能够知道事情后来的发展的话，我倒是宁愿自己是个胸无大志的人。”

“后来到底发生了什么事？”牧野静小声问道。

“我不知道金夕博士遇到这种情形会怎么办。”江哲心陷入了对往事的回忆之中，“也许他也会和我们一样。大约在50年前，5层世界的人口增长到了600亿，几乎是‘新蓝星大移民’之前的3倍。自从‘新蓝星大移民’之后，人们认为宇宙应该自然而然地为人类准备下舒适的居所，然后只等着人类去发现。但在日趋强大的压力面前我们屈从了，于是有了第六层空间。”

“我明白了。”何夕扶住自己的额头，心里升起一股寒意，“那是一个不稳定的解。”

“当时‘五人委员会’以三对二的表决结果通过了这个决定。”江哲心的目光看着高处，“我投的是赞成票。现在第六层世界正处于生态改造的最后阶段，第一批移民计划将在3年后实施。本来一切都是好好的，没有什么事情发生。从理论上讲，这个举动加大了自由物质出现的概率，对人而言大约是两千亿分之一。”

“两千亿分之一。”何夕喃喃而语，“也就是说从理论上讲并不到一个人。”

江哲心苦笑一声：“那是理论上的概率，但是我们中彩了。实际上不仅出现了这样的人，而且是两个，当然，我想也不会再多了。其中一个是那个可怕的凶手，而另一个人就是——”江哲心的声音颤抖了一下，“你。”

十　三

“我？”何夕惊奇地反问，尽管他心有预感但还是受到了巨大的触动，“你是说我就是那种可以自由穿梭层叠空间的人？”

江哲心郑重地点点头："两千亿分之一的概率让你遇上了。"他沉吟了一下，补充道，"相当于连中几千个六合彩。你可以将自己连同周围小范围的空间一起跃迁到另一层世界去，比如说你自己连同身上的衣服或是一些小玩意儿。当然，也不会更多了。"

何夕回头看了一眼忙碌的人群，江哲心的比喻让他觉得好笑却笑不出来："不会吧。如果我是那种人，你们又何必花这么多精力来启用'众生门'？"

"我们是为了帮你。通过'众生门'你可以尽快发现自己的全部潜力，'众生门'只是起一个引导作用，过不了多久你就能够凭自己的力量自由来往于层叠空间了。"

何夕若有所思："但是那个人是怎么做到这一点的，你们总没有帮助过他吧？"

江哲心博士蹙紧了眉头，像是在思考一件令他费解的事情，过了好半天才说："关于这一点我们不知道。他并不一定来自我们这一层世界。"

这时凯瑟琳博士在不远处招手道："可以开始了。"随着她的话音落下，大厅中响起了一阵奇异的声音，半分钟之后一个巨大的深不可测的黑色圆洞突兀地浮现在了大厅正中。四周安静下来，所有人都目不转睛地注视着黑洞。它是人类智慧最伟大的发现，它是奇迹，它通向宇宙中原本不存在的物质区域。

江哲心博士满脸虔诚地注视着这一切，一种近于神圣的光芒在他的眉宇间浮动着："这是一个小的装置，当年用于传送大批移民的'众生门'比这大得多。"

何夕突然露出一个奇怪的笑容，他对江哲心说："你们很自信嘛。凭什么就认为我愿意做这个实验呢？”

江哲心吃了一惊，他看着何夕的目光就像是看一个陌生人：“这是什么意思？我们不是有约定吗？”

何夕脸上仍然是那种奇怪的笑容：“你不妨回忆一下，我何曾说过一句同意的话。我只是保持沉默罢了。”

江哲心沉不住气了，他看上去就像是一个因为棋错一招而面临着满盘皆输局面的人：“你，你不说话就是默认。”

何夕倒是气定神闲：“我只不过是想知道整件事情的来龙去脉，现在我的目的达到了。至于别的事情嘛，与我无关。”

江哲心涨红了脸，他指着何夕的脸想说什么，却反而引起了一番剧烈的咳嗽。不远处有几个人想过来看看发生了什么事，但是江哲心摆手制止了他们。

何夕有些怜悯地看着这个老人，但是他的语气却冷得像冰：“你也许认为我是一个反复无常的小人，抑或是一个疯子，这些都不重要。你知道吗？因为你和你的那些同行们的开创性研究，我从小就被认为是一个怪人，一个精神病人。我失去了正常人应有的生活，失去了一切。当我想要弄明白这是为什么的时候，你们甚至真的让我变成了一个白痴。”何夕的脸变得扭曲了，看上去有些狰狞，“我看过自己病中的照片，我像是一块面团似的靠在肮脏的床头，嘴里牵出几尺长的口水，脸上却在满足地笑。我的天——”何夕闭上眼睛，“那是什么样的笑容啊，就像是一头吃饱了泔水的猪。可那就是我，的的确确就是我啊！如果不是因为现在你们有了麻烦需要我帮助的话，我的一生都将那样度过。这就是你们对我所做的一切，而你们全部都心安理得。”这时何夕的目光落到了牧野静的脸上，她的眼里有莹莹的泪光闪动，“还有她，你们当初是不是也打算让她变成那样的白痴？”

江哲心的声音变得很低：“我只能说抱歉，为了保守秘密我们没有别的办法。”

何夕粗暴地打断他：“那是你们的事。自始至终我有什么过错吗？我根本是无辜的！我不知道你们在研究些什么，也从来不想知道。但是你们却不放过我。两千亿分之一的概率，相当于连中几千个六合彩，这是你说的，可对我来说这根本不是什么六合彩，而是一场厄运。如果现在要我去选择的话，我宁愿去做另外那个人。”

江哲心又是一惊：“你说什么？另外那个人？”

何夕捉弄地看着江哲心，就像是一只猫看着一只老鼠：“你不觉得那个人比我聪明得多吗？他没有像我一样傻乎乎地到处去寻找答案，也没有寄希望于别人。现在他能够自由往来于‘六道众生’之间，在每一层世界里他都是一个不受拘束的人，而这实际上就相当于——神。”何夕注意观察着江哲心的脸，对方的表情让他的心里涌起阵阵快意，“他掌握了对‘六道众生’生杀予夺的无上权力，他可以随心所欲地主宰这个世界。而这一切都是你们造成的。”何夕大笑起来，“如果说他是魔鬼的话，那么你们就是造就并且放出魔鬼的人。”

何夕咧咧嘴：“还有一件事。我想清楚了，发生在撒哈拉沙漠的离奇雪崩也是你们造成的，来自另一层世界的冰雪——对了，你们管这叫自由物质吧——压死了两个人。”他残酷地笑了笑，“那次算运气好，如果雪崩发生在某个上千万人的大城市的话——比如说纽约——不知道你们有没有胆量欣赏自由女神像手中的火炬从无边的雪原下面伸出来的画面。”何夕凝视着江哲心的眼睛，“是的，这种概率很小，可是你说的概率产生的条件里没有考虑时间。随着时间的推移，这种机会将越来越多，直到成为一种必然。就好比某一个地方在某一时刻发生地震的概率很小，但只要时间够长，任何地方都终将会发生地震一样。”

江哲心的脸已经变得苍白如纸，何夕说的每一个字都像是一把锋利的刀割在他的心上，何夕说的每一句话都是实情。帮凶，你是帮凶！有一个声音在他耳边萦绕着，是你放出了魔鬼。江哲心博士再也站立不住了，他缓缓地瘫倒在地。而与他的身躯同时倒塌的还有他自己的世界。

十　四

花香扑鼻的林荫道，风中飘洒的落叶，执手并肩的英俊男子和漂亮女孩……一幅很协调的画面。但是还有——荷枪实弹的士兵，目光鹰隼般警惕地扫视四周的警卫，吐着红舌挂着口涎的警犬。

“好啦，别送了。”牧野静放开何夕的手，“你看那些人，一个个都紧张死了，生怕你有什么意外。你跟他们回去吧。”

何夕回味着手掌里的余温：“让他们等着，反正我是不会配合他们的。这段时间那个郝南村看我的眼神就像是要吃人一样。”

“当然了，江哲心因为你的那番话心脏病突发，这里恨你的人肯定不少。”

“我才不管。只是这段时间连累了你。”何夕歉疚地说。

“哪儿的话。”牧野静伸手拂去何夕肩上的一片落叶，“我只是想回去干老本行，我在这里闲得都要生病了。你回去吧。”

“好吧。”何夕转过身，但是走了几步又回过头说，“有件事我得问清楚。”

“说吧。”牧野静笑嘻嘻地看着何夕。

“我们都老大不小啦，凑合着就行。我是说——”何夕甩甩头，“当我女朋友你没什么意见吧？”

还没等牧野静有所表示，何夕已经回过头去大步走开了，他一边走一边嚷嚷，声音之大恐怕所有人都听得清清楚楚：“你不吭声我就当你是愿意了，可不许反悔呀！以后没事儿可不能随便和男同事搭腔！”

牧野静突然也大声说：“我要是吭声呢？”何夕一愣，他的脚步停了下来。

牧野静接着说：“我现在就要吭声了。”她的声音变得很低，但每个字何夕都听得非常清楚。“我愿意。”她柔声道。

……

郝南村反手关上了门，然后转过头来有些恼怒地瞪着何夕的脸，他的语气冷得像冰：“按照章程，现在由我接替江哲心博士执行委员的职务。他是我的老师，没有他的提携就没有我今天的一切。如果他有什么不测的话，我绝对不会放过你。我说到做到。”

何夕满不在乎地看着面前这个面色阴沉的中年人：“我是不会合作的。”

“也许你对我有成见。”郝南村不紧不慢地开口，“老实说我并不想为自己辩解，谁让我当年是一个执行者的角色呢。你要是恨我尽管恨好了，但是我不希望你因此而违背自己的意愿。”

“违背自己的意愿？”何夕重复着这句话，“我不知道你在说什么。”

郝南村洞若观火地笑笑：“何苦强撑呢？我知道你的性格。你和江哲心博士其实是同一种人。”他稍稍停顿了一下，“你们对世界和他人的苦难绝对不可能做到置之度外。我知道你会同意的，只是时间早晚的问题。”

何夕的表情有些发呆，郝南村的话让他有一种异样的感觉，就像是被人点中了要害。

“这次反复只是你内心不满的表现，你只是痛恨当年我们那样对你。”郝南村悠然开口，“实际上你早就已经妥协了。不过我觉得，与其说是向我们妥协，倒不如说是你向自己内心深处潜藏的某些东西妥协了更为恰当。我说得对不对你自己知道。”

何夕有些惊恐地看着郝南村，在这个人面前，他感觉像是被人剥光了衣服。妥协，他回味着这个词，然后他极不情愿地发现郝南村说的居然是对的，这个人竟然完全看透了他的内心世界。

郝南村递给何夕一支烟，自己也点上一支，袅袅上升的烟雾中他棱角分明的脸庞柔和了许多：“和我的老师不同，我从不认为科学家们应该为这个事件负什么责任。”郝南村用目光制止了何夕想要反驳的举动，“你先听我说完。我知道你想说这是我在为自己开脱，但这是我内心真实的想法。人类缺乏能源，于是我们找到了原子能；人类缺乏粮食，于是我们又找到了转基因食品；人类缺乏生存空间，于是我们找到了层叠空间。我们许身科学以求造福人类，难道能够对人类的苦难不予理睬？不错，我们同时给人类带来了核爆炸，带来了新变异的可怕物种，带来了自由物质和‘自由天堂’，可是这难道是我们愿意的吗？我们其实就像是一头在麦田里拉磨的驴，为了给人们磨麦子而转着永无止境的圆圈。同时，因为踩坏了脚下的麦苗，还必须不时停下来想办法扶正它们。这就是我们的处境。”

何夕叹了一口气：“好吧，我承认被你说服了。实验可以继续了。”

……

“众生门”再次开启，如同一只怪兽大张的嘴。何夕朝黑洞走去，他突然觉得一阵心慌，仿佛有什么地方让他觉得不放心。别紧张，他安慰自己，这个玩意儿传送过上百亿人呢。但是那种感觉越来越强烈，他觉得浑身都不舒服起来，就像是用一把很钝的锯在他的耳边锯钢条，让他起鸡皮疙瘩。

何夕突然逃也似的退回来，脚步踉跄，险些摔倒。

直到面对凯瑟琳博士的眼睛时，何夕才醒悟到这件事多么难以解释，他讪讪地笑着说：“可能是有点儿热。”

郝南村倒是没有说什么，他看着何夕只是摇了摇头，然后对其他人摆摆手，示意行动取消。

“等等。”何夕突然说，“可能是因为我没有经验，心里有点儿不踏实。”何夕脱下身上的外套扔进黑洞，它立即消失在了那片神秘区域中。“不如先拿它做个试验。”何夕说。

郝南村轻蔑地哼了一声，不知道是针对这个想法还是针对何夕刚才的举动：“你知不知道做一次跃迁要花多少精力和费用？请不要总是用试验这个词，在200年前可以这么说，而现在已经不是试验而是实用了。”他转头对着另外几个人下了命令，“关闭能源。”

何夕拦住他："我只是一个俗人，不敢相信自己没见过的东西。就当是给我点儿信心。"

"我看就依他吧。"蓝江水没好气地说，"否则他是不肯合作的。"

黑洞的方向发出低沉的声音，控制台上的提示灯开始急促地闪烁。十几秒之后一切静止下来，黑洞消失了。何夕第一个冲上前去，身后传来凯瑟琳平静的话语："那里什么都不会有的，你的衣服已经不在这个世界上了。"

但是何夕转过身来，他的手里拿着一样东西——是他的外套，只不过上面已经是千疮百孔。那些孔洞都有一个特点，它们的边缘相当整齐，这个世界上绝没有任何一把裁衣刀能切出这样整齐的孔来。"看来——"何夕古怪地笑笑，"试验只是部分成功。"

所有人都面面相觑。"我的上帝，有人破坏了'众生门'！"凯瑟琳博士低声惊叹。郝南村警惕地环视着四周，他的目光停在了大厅的一角，那里堆放着一些很大的仪器，在灯光的照射下它们在地上留下了大片的阴影。这时突然从那里传来一声响动，郝南村立刻冲了过去，蓝江水紧随其后。

两声枪响。

人们这才反应过来，乱糟糟地朝着那边赶去。但是一个奇景出现了，有一个影子凌空朝着大厅的天花板走去，两脚一抬一抬的，就像是在上楼梯。等到警卫们冲进来开始朝这个影子开枪射击时，那个影子突然消失在了天花板的一隅。

人群愣住了，枪声还在回响着。这时何夕才猛地想到郝南村和蓝江水。他疾步朝前走去。

郝南村倒在一台仪器的背后，他的肩上中了一枪，人已经昏迷。蓝江水的情况更糟，子弹穿过了他的头颅。

十　五

清晨的太阳从东方升起，慷慨地将喷薄万丈的光芒倾泻在大地上。云彩被阳光染成了火红的颜色，生出无尽的变幻。

何夕走在一条已经废弃不用的道路上，周围没有什么人，道路两旁是一望无际的原野与低矮的山丘，四周分布着浓密的植被。微风起处，送来一股潮湿的带点儿咸的味道。何夕走得很卖力，他已经出汗了。在他的正前方已经可以隐隐看到一些高大建筑的身影，这让他受到了鼓舞。

这时旁边的一块路牌吸引了何夕的目光，他停下来注视着这块朽烂不堪的牌子，然后点燃了一支烟。何夕一直等到这支烟燃完且他的两指间产生了剧烈的灼烧感时，才如梦初醒般地把烟扔掉。他重新把手揣到裤兜里，朝前走去。

何夕的身影渐行渐远，只留下一块朽烂的路牌在风中颤抖。这时一阵风将路牌吹得变换了方向，阳光照在上面，使其显出一行已经不太清晰的字迹：

7000 米，枫叶刀市。

……

“实验对象没有按期返回。”凯瑟琳博士注视着“众生门”，时间显示何夕此行已经超出应该返回的时间近 6 个小时。她没来由地一阵阵担心，如果何夕不愿意回来的话，他们是一点儿办法都没有的。问题还不止于此，何夕实际上可以做他愿意做的任何事情。因为他是可以自由穿梭的另一类人，从某种意义上讲，他就是想扮演上帝也不是不可能。

牧野静坐在旁边的椅子上，她咬着下唇一言不发，但眼睛里的焦急却是人人都看在眼里。

江哲心博士坐在轮椅上，才过去短短几天可他看上去苍老了许多。那天与何夕的争论引发了他的心脏病，如果不是因为郝南村博士正在接受治疗而导致人手不足的话，他本是不用来的。

“有没有重点观测枫叶刀市所在的地区？”江哲心博士轻声问道，他自然明白凯瑟琳博士的心思。他补充道：“我的直觉是何夕是可以信赖的，他的晚归一定是因为到那座城市里去了，如果换成我，可能也会这样做。”

凯瑟琳明白了他的意思，对身边的人说：“继续观测。”

但是何夕突然出现在了“众生门”里：“我回来啦。”他别有深意地看了一眼轮椅上的江哲心，显然他听到了他们的对话。

凯瑟琳博士指挥众人围着何夕做一些数据测量：“对一般人来说，穿梭一次层叠空间就如同脱胎换骨一样，最起码也像是大病一场。而且他们体内残留的辐射会持续很长一段时间。而你就没有那么多麻烦，那些特殊能级的粒子可以被你的身体包容，而不产生一点儿辐射。你可真算是有运气。”

何夕反驳道：“我可从来没碰到过什么好运气，我有的只是被人当成疯子和白痴的坏运气。”

凯瑟琳一时无话，她沉默着做自己的事。江哲心直视着何夕的脸说：“你感觉怎么样？现在如果没有‘众生门’，你能不能穿梭层叠空间？”

何夕迟疑了一下说：“还没那么快。我想起码还需要两三次实验吧。”

出乎何夕意料的是，江哲心竟然笑了起来：“你别想骗我，我是相信理论的人，通过‘众生门’获取一次经验就足够了。”

何夕有些尴尬地点点头：“看来瞒不过你。我只是不愿意看到你们高兴的样子。”

江哲心叹了一口气：“如果我是你的话，也不愿意看到我们这些人高兴，甚至我还巴不得这些人撞得头破血流，整天哭丧着脸才好。”

何夕也学着叹了一口气：“你比我想象得要聪明得多。”江哲心笑笑，这使他脸上的皱纹越发地沟壑纵横：“这不关聪明的事，而是近不近人情的问题。我站在你的立场上，自然就能够猜得到你的心思。”

何夕愣了一下，过了一会儿幽幽地说：“你真的是一个好人。”他环视了一眼四周，“有件事我想单独同你谈谈。”

……

何夕推着轮椅走进密室，从这个角度看过去，江哲心脑后的头发已经所剩无几。何夕关上门，转身来到江哲心博士面前。他看上去有些情绪激动。

“可以说了吧。”江哲心探询地望着何夕。

“我……”何夕给自己倒上一杯水，“实际上我这次去了两层空间。”

“为什么？”

“因为我在枫叶刀市看到了很不寻常的事情。你知道‘自由天堂’吧，在我们这里它还是一个没有被正式承认的非法组织，但是在枫叶刀市的那个世界里它已经合法化了。”

江哲心的脸色阴沉了，他望着墙角一语不发。

何夕继续说道：“在那一层世界里，‘自由天堂’已经成为第一大组织，有近30%的人口成为其成员，而且人数还在急速增长。我同其中的一些人谈过，据他们说，‘圣主’是受命拯救世界的，力量无边，可以操纵世间众生的生死祸福。他们中的一些人还目睹过‘圣主’显灵。”何夕叹了一口气，“你不知道他们有多么虔诚，我觉得即使‘圣主’要他们马上去死，他们也肯定不会有丝毫的犹豫，因为他们相信‘圣主’将令他们永生。我感觉‘自由天堂’主宰那一层世界是迟早的事情。”

“你不是说你还去过另一层世界吗？”江哲心插话道。

何夕艰难地笑笑：“情况更糟。‘自由天堂’在那个世界里的影响更大，几乎所有人都陷于狂热之中了，站在教堂的神坛上接受礼拜的已经不是上帝，而是一个影子一般的雕像，他们说那是‘自由天堂’的‘圣主’。”何夕回想着他目睹的情形，“我觉得并不是那些人愚昧，因为他们目睹的的确是超出想象的事物，陷不陷入狂热由不得他们。”

江哲心摇摇头，脸上的肌肉不住地哆嗦着，他想说什么但终究没有开口。过了一会儿他稍稍平静了些：“还有别的事情吗？这次你到枫叶刀市去还有没有别的收获？”

何夕的身体抖动了一下，江哲心的问询触动了他。这次他违反了计划私自跑到枫叶刀市，只是顺应了内心一个声音的要求。当何夕面对着枫叶刀市那宏伟壮观的城市风景时，当他看到巨大的玻璃幕墙反射出万丈阳光时，当他的手真切地在粗糙的建筑物表面划过时，当他的眼睛被滚滚红尘带起的喧嚣所灼痛时，他清楚地听到自己心里有一个声音在大声地说："我看到枫叶刀市了，我亲眼看到枫叶刀市了，我不是疯子！"他的心思飞回了檀木街 10 号那幢老式的建筑，耳边回响着母亲的叹息，眼前划过漫天黄叶和黄叶里大眼睛姑娘离去的背影。两行滚烫的泪水顺着何夕的脸庞滑了下来，滴落在异域的土地上，发出清越的声音……

"你怎么了？"江哲心关心的询问惊醒了何夕。

何夕摆摆手说："没什么。我只是想起了一些事情。"

他喝了一口水，平静了一下心绪："我想说的是另一件事。你有没有发觉事情不对？我是说关于上次'众生门'被人破坏那件事。"

"我知道的，看来'自由天堂'的确势力庞大，我觉得那个影子——他们就是这样告诉我的——就是我们要找的人。"

"问题是他怎么会进来？"何夕焦急地表述着。

江哲心不以为然地笑笑："你这样问反倒让我奇怪。对能够穿梭层叠空间的人来说，整个世界都是透明的，他可以天马行空、往来无碍。如果别人这样问还情有可原，而你本身就是具备这种能力的人。"

"你没听懂我的意思。"何夕强迫自己冷静下来，"他自然是想上哪儿就上哪儿。问题是他怎么知道我们那天刚好要进行跃迁实验？事先知道这件事情的只有几个人，他还不至于能跑到别人的脑子里去吧？"

江哲心的表情有些迷茫，他喃喃道："是啊，除了'五人委员会'，只有你和那位叫牧野静的女士事前知道这件事。会不会是牧野静？"

何夕大大咧咧地打断他："我可不这么想，那女孩虽然有些莽撞，但是心地好着呢。"

“那你是认为问题出在我们这边了？”江哲心低声说。

“我也不是武断的人。现在我只是提出这种怀疑，毕竟事情过于巧合了一点儿。”何夕稍稍停顿一下，“我不知道该怎么说。”

“你就直说怀疑谁吧。”

何夕迟疑了一下：“跃迁实验那天崔则元博士为什么没有来？”

江哲心悚然一惊：“你怀疑他？”

十　六

送走客人之后，崔则元博士独自走进书房，他的神情显得很疲惫，自从3年前过了70岁生日之后，他自感精力已经大不如前。是时候考虑退下来的问题了，他想，同时他在脑海里搜索着一些后学之辈的面孔。他根本没有注意到有一个人已经站在他的背后很久了。

“你好。”来人大方地打着招呼，他整个身体都站在大书架的阴影里，让人看不出面容。

崔则元只是稍微表示了一点儿奇怪，几十年来他见过的东西太多了。

“如果不介意的话，请将门反锁上。”来人不紧不慢地吩咐道。等到崔则元从命之后，他低头拖过去一张椅子坐下来，竟是一副打算长谈的架势。

“你是怎么进来的？”崔则元决定一个问题一个问题地搞清，他知道自己作为“五人委员会”的成员一向受到最高级别的保护，一个人想要混进来即使从理论上讲也几乎是不可能的。

来人笑了，从笑声里崔则元听不出恶意：“我是大摇大摆走进来的，没有人能够阻止我。”来人说着话走出了那片阴影，崔则元立刻知道来人的话并不是夸口了，因为那个人是何夕。

但是崔则元的惊讶之情反而胜过了刚才：“你来做什么？”

何夕若有深意地沉默了几秒：“我想弄清楚一件事。现在我怀疑‘五人委员会’里有‘自由天堂’的人。”

崔则元博士想了想：“这么说你怀疑我？”他环顾四周，“这里没别人了，你直说吧。”

何夕没料到崔则元竟会这么直接，他反而有些被动地嗫嚅道：“我也不是这个意思。我只是觉得只有做这个假设才能解释一些事情，实验出事那天只有你不在场。”

崔则元博士叹了一口气：“原来你是因为这件事。”他摇摇头，指着桌上一叠厚厚的文件说，“两个月前我因为身体原因正式提出退出‘五人委员会’。你知道以前我们一直是终身制，所以这次的变化应该算是很大的。这段时间我一直忙于这件事情，不想反而惹得你怀疑。”

何夕愣住了，凭他的眼睛看不出崔则元博士有丝毫的隐讳之处。

崔则元接着说：“江哲心博士知道这事情的，他没有告诉你吗？”

“江哲心博士？他没有对我说过。”何夕苦恼地回忆着，他不明白自己那天向江哲心提出对崔则元博士的怀疑时，他为什么没有说出其中的缘由。这时何夕的脑子里突然闪过一个念头，一时间他的两腿几乎站立不稳。

“我必须走了。”何夕匆匆转身，“如果冒犯了你的话，请多原谅。”

崔则元刚想要表示自己并不介意的时候，何夕已经突然消失了，就像是他根本没有来过。尽管知晓其中的技术原理，但是崔则元还是立刻就僵立在了原地。

十　七

何夕驾着车一路狂奔，窗外的景物飞一样地朝后逝去。走过两个街区，突然道路被阻断了，一些拉着横幅的游行队伍鱼贯而过。所有的横幅上都写满了“自由天堂”这几个字，横幅边是无数表情狂热的人。他们喊着口号喧哗而过，更多的路人加入其中。何夕知道，近一段时间以来“自由天堂”的活动已经日趋公开，政府里也有不少人支持这个组织。这个日益庞大的组织取得合法地位只是迟早的事情。

游行队伍好不容易过去了，何夕急不可待地踩下油门。刚才崔则元博士的话提醒了他，现在他终于想清楚了事情的前因后果。“五人委员会”里肯定有“自由天堂”的人，这是何夕早就认定了的。因为在另外 5 个新创空间里根本没有“众生门”，而如果没有“众生门”作为引导的话，没有人能够达到自由穿梭层叠空间的境界，所以这个人一定来自这一层世界。更为关键的一点是，如果有这么一个人，那么他一定也会和何夕一样从小就目睹到一些奇怪的现象。从人之常情出发，他也一定会发出询问，想要找到答案。但是他却没有这么做，而是采取了另外一种完全不同的利用这种能力的方式。这就说明他是一个知道内情的人，而且很可能知道何夕的悲惨遭遇。除了“五人委员会”，还有谁能具备这些条件?

何夕一分神，车头碰上了前面一辆车的尾部。镇定，他在心里对自己说，同时不无歉疚地看着已被自己超出而兀自在后边骂不绝口的那位司机。如果撞车的话，你不会有事但别人会死，要珍惜生命。何夕对自己说。自从知道自己拥有特殊能力之后，何夕曾经恶作剧地突然冲上公路，惹得那些惊出一身冷汗的司机臭骂一顿，他觉得这就像是一场游戏。

5个人中蓝江水已经不用怀疑了，而江哲心，何夕是怎么也想不到他头上去的。凯瑟琳在实验出事时一直没有走出过何夕的视线。现在如果崔则元没有嫌疑，那么就只剩下一个人了。当天在实验室里，他第一个朝大厅的角落跑去，他和蓝江水到底看到了什么事情已是死无对证。他那天如果不那样做的话，人们很容易会想到“众生门”被破坏是内部出了问题，他那样做便可以引开人们的视线。他可以先打死蓝江水，之后再故意显出一个身体的影子来吸引人们的注意力，然后他从另一层空间里快速返回原地，再给自己补上一枪。当时警卫们一直在外面开枪，屋子内外的枪声是根本无法区分的。何夕感到一阵阵心悸，郝南村阴鸷的脸在他眼前晃呀晃的。

何夕没有从正门进入基地，他点起一支烟，望着门口森严的守卫。过了一会儿，他转身钻进了小车。片刻，一名警卫踱着方步过来，他拍着小车的前窗大声嚷嚷道:“快开走，这里不能停车!”他埋下头，“咦，人呢?我明明见到有人进去。妈呀，大白天见鬼了!”

十　八

江哲心微微喘息着，他感到自己的心脏一阵阵地紧缩。自从何夕同他谈过对“五人委员会”内部的怀疑之后，他就知道发生了什么事情，他几乎是凭直觉想到了郝南村。但是要他怎么能正视这一点？郝南村是他最得意也是最心爱的学生和助手。

“这么说你承认了？”江哲心低声问，他脸上的肌肉止不住地哆嗦。

郝南村面无表情地看着自己的脚，江哲心的询问让他心烦意乱。什么地方出了差错，他仔细地回想着。他并不怕江哲心发现这个秘密，实际上这也只是迟早的事。在他的计划里他迟早会露面的，因为他将主宰 6 层世界——谁会愿意当一个不能见人的主宰呢，那还有什么意义？问题是他不想这么快就和江哲心摊牌，毕竟他是对自己恩重如山的老师。

“我在问你。”江哲心提高了声音。

“我没什么好说的。”郝南村开口道，“你不会明白的。”

江哲心气得浑身发颤：“你说什么，我有什么不明白的？”

郝南村突然站起身，他有一种一吐为快的感觉：“你不会明白的。一个人从小就被迫目睹无数说不清来处的奇怪的影子，它们无时无刻不在你的眼前飞舞。我不敢对任何人讲自己亲眼看到的东西，如果那样做的话，我就会被当成疯子。你知道吗？我从几岁的时候起就每天陷于这种无法摆脱的恐惧之中，我怕他们把我关进疯人院去，我怕极了。”郝南村捂住了头，他的眼睛里充满了痛苦，“你不会明白的。”

江哲心的神色平静了些，他轻抚着郝南村的肩头：“我知道你受过很多苦。在整件事情里我们都是有责任的。只要你解散‘自由天堂’，放弃那些荒唐的做法，以后你就还是我的好学生，还是我的合作者。你的前程是不可估量的。”

“前程。”郝南村仿佛有所触动，他直愣愣地望着墙，目光像是痴了。叫他怎么跟江哲心说得清楚？江哲心知道站在神坛之上享受亿万人的顶礼膜拜是什么滋味吗？知道自己脚下的尘土被人亲吻的滋味吗？可他知道，那种感觉真是令人永远难忘。如今在6层世界里已经建起了无数“自由天堂”的神龛，当他降临其上的时候，四周狂热的欢呼声响彻云霄。他的一笑一颦、一喜一怒都可以左右亿万人，他们愿意为他生、为他死，无数人愿意为他献上金钱。在“自由天堂”的世界里他的话就是圣典，就是金科玉律，那个时刻他就是世界的中心，就是亿万人的主宰——而现在江哲心居然要他放弃这一切。

江哲心的神情有些恍惚：“这些日子以来我一直在想，也许我们和金夕博士都大错特错了，我们实在是过于迁就人类的意愿，总是想尽一切办法满足他们。”江哲心悲叹一声，“何夕说得对，随着时间的推移，自由物质出现的总体可能性将越来越大，如果那次雪崩或是某一次火山爆发发生在某个大城市的话，后果真是不堪设想。”江哲心闭上双眼，显出痛苦的神情，“倘若如此，我们的灵魂将永堕地狱的底层。所以，我决定了一件事。”

“什么事？”郝南村有些紧张地问。

“我决定由我们这一届委员会来终止‘众生门’计划。”江哲心睁开眼，“我已经和凯瑟琳、崔则元谈过，他们已经同意了。”江哲心凝视着郝南村，“现在，就差你的一票。”

“如果我不同意呢？”郝南村幽幽地说。

江哲心脸上显出决绝的神色，他明白了郝南村的意思。这个时候他看上去不再像是一个风烛残年的老人，而更像是一名斗士。一丝痛苦的表情在他苍老的脸上浮动着，但他的语气里不再有丝毫的感情。“那我们只能恩断义绝。”他拿起桌子上的电话。

但是江哲心立刻捂住了胸口，一把样式古怪的刀子贯穿了他的右胸。他看着殷红下滴的鲜血，脸上的表情像是面对一件不可想象的事情。

“不——”何夕突然从墙角现身出来，刚好目睹了弑师的一幕。郝南村的脸一下子变得惨白，他惊恐地朝后退去。

何夕看了一眼江哲心的伤势，他愤怒地瞪着郝南村：“你还算是人吗？”他悲愤地问，“他是你的老师，你说过他对你恩重如山。”

郝南村镇定了一些，他神经质地叫喊着：“他要阻止我！无论谁要阻止我都是死路一条！我是神，是至高无上的神——”

“你是魔鬼！”何夕狂怒地打断他，与此同时他的手里多出了一把枪，“你该下地狱。”

郝南村突然笑了，他满不在乎地盯着何夕手里的枪：“你应该知道这没有用。我们两个人都是上天凭借概率之手选中的人，世界上没有什么东西能够伤害我们。等你的子弹打过来时，我早就跃迁到另一层空间里去了。”

“我相信报应，报应啊——”何夕虔诚地大喊，似乎想借助上天的力量帮助自己除去眼前这个恶魔，几乎就在同时，他手里的枪喷出了长长的火舌，震耳欲聋的枪声充斥着整个密室。

硝烟散尽，对面的墙上布满了弹孔，但是郝南村不见了。没有报应，也没有上天的力量，什么也没有。何夕扔掉枪绝望地跪倒在地，掩面长泣。

“你是……谁？”是江哲心的声音。他苏醒过来，迷茫地看着何夕。

何夕急忙迎上去：“是我，何夕。”他握住江哲心的手，感觉生命正一点点地从这个老人身上消失。“我该怎么办？”何夕痛苦地呻吟，“他是超出6层世界的恶魔，任何力量都奈何不了他。告诉我，我该怎么做？还有什么能阻止他？还有什么？告诉我——”

一丝淡然的近于彻悟的神色自江哲心苍老的脸上漾开，他低垂着眼睛一字一顿地说：“天——网——恢——恢——疏——而——不——漏——”他的头猛地一低。

何夕一动不动地跪在原地，他的心中麻木得没有一丝感觉。没有人知道这里发生的事情，密室对外界隔绝了刚才发生的一切。不知过了多久，一阵急促的电话铃声突然响起，何夕抓起听筒。

“江哲心博士，”听筒里是一个焦急的声音，“几分钟前凯瑟琳博士和崔则元博士在实验室里遇刺身亡。据郝南村博士分析，这是一名叫作何夕的恐怖分子所为，政府已经发出了通缉令……”

何夕不禁哈哈大笑，这太荒唐了，自己居然成了通缉犯，而真正的恶魔却依然正人君子般高高在上。他大笑着对着听筒说：“我就是何夕，江哲心博士就在我旁边，他已经死了，来抓我吧。哈哈哈……”

何夕扔掉听筒，继续放声大笑。密室的门打开了，荷枪实弹的警卫冲了进来。但是何夕的身躯渐渐变淡变空，最终消失不见了，只有凄厉的、绝望到极点的笑声还在四处回荡……

十　九

牧野静穿过拥挤的人群，她的目光须臾都不敢从前方的那个身影上滑落。四周充满了男人的汗臭与女人的香水混合而成的刺鼻气味，让人呼吸不畅。天知道这么多人怎么会突然聚拢来，看上去人数也许超过了10万。这里本来是一片荒凉之地，现在却变得像是在开交易会。不同的是这里没有什么货物，只有狂热的人群。所有人的精神都健旺至极，他们的脸上充满兴奋，一个个红光满面的样子就像是过足了瘾的吸毒者。四下里的火堆照亮了天空，噼噼啪啪的木头爆裂声清晰入耳。松枝燃烧析出的油脂“吱吱”地往下淌，恰如人们高到极点的情绪。在广场的前方搭有一座几米高的平台，台子正中是一具巨大的十字架。在十字架的中心处悬挂着一张精美的座椅。在平台的四周都牵着条幅，上面书写着血红的大字——“自由天堂”。

牧野静不知道何夕为何一到晚上就到这里来，自从10多天前他突然失魂落魄地找到自己之后，就每天都要到这里来。找到自己的那天，何夕的样子就像是刚刚走了几十里路似的，人刚一倒在床上便人事不省了。那一觉他睡了将近20个小时，醒来后他便像是换了一个人似的，脸上是一种大彻大悟的神情。牧野静问他到底发生了什么事，为什么政府现在要通缉他，他是不是真的杀了人。对于这些问题何夕的答案只有一个，那就是一语不发。不过他每天都会消失一段不算短的时间，回来的时候总是面色苍白，疲倦得像是散了架，有时身上还带着青紫的伤痕。牧野静问他到底在干什么，但他只是笑着摇摇头，然后便是蒙头大睡，醒来之后又是一副大彻大悟仿佛看透了一切的神情。

人群中突然爆发出一阵巨大的欢呼声，牧野静知道准是快到那个时刻了。往日里，每到这个时候人群都会像炸锅一般掀起震耳欲聋的狂喊，而到那个什么“神”突然出现在高台的椅子上时，四周却又立刻静得好像连一根针掉在地上的声音都能听得见。接下来便是更加声嘶力竭的呼喊和狂热的掌声。那时的人群就像是疯了一般且歌且舞，无数的人朝那个高台冲过去，口里嘶吼着“带我走吧”“你与我同在”“我愿意为你死”。片刻之后“神”却悄然逝去，就如同他的出现一样神秘。牧野静感到这里的人明显一天比一天多，她记得 10 多天前还只有几百人而已。听别人说，以前这里的“神”是极少现身的，但是近一段时间以来却从未让人失望。

牧野静心里有一个猜想，虽然她实在不愿相信这是真的。每当“神”现身的时候，她就会发现何夕不知上哪儿去了，而当“神”离去之后，何夕却又会悄无声息地突然出现，脸上是一种极度满足的神情。那种神情让牧野静没来由地感到恐惧，她疑心那个“神”就是何夕。她甚至想过，如果何夕真的决定去当一个“神”的话自己应该怎么办。她知道何夕不是常人，甚至可以说他本身就是一个神。这样想着的时候，牧野静觉得何夕就像是一个令人不安的陌生人。

牧野静咬咬牙，她决定今晚一定要眼睛一眨不眨地看住何夕。她快步向前几步，拽住了何夕的手。何夕悚然回头，见到是她立刻轻松地吁出了一口气，脸上露出明朗的笑容。牧野静看着他的笑容，心里想，为什么有着这样明朗笑容的人会想到去做一个“神”？她轻声叹了一口气说：“你今晚一直陪着我好吗？”

何夕怔了一下，笑容消失了，他低头看看表：“等一会儿吧。我办完事情就回来陪你。”

牧野静盯着何夕的眼睛：“什么事情？是不是比我重要？”

有一丝亮光自何夕的眼睛里闪过，但立即就变暗了，他缓缓地将手从牧野静手里挣脱：“比什么都重要。”他停了一下，眼里划过一丝无奈，“包括你。”

说完这句话，何夕就无声无息地从牧野静面前消失了。周围的人群都狂热地盯着高台的方向，没有人注意到这奇怪的一幕。

但是人群突然安静了下来，所有人都拼命地伸长了脖子，朝着高台的方向望去。牧野静擦干顺着脸庞流下的泪水，她的心已经碎了，她终于知道，一个女人的柔情在男人的所谓理想面前是多么渺小可笑。她真想一走了之，离开这个伤心的地方。但是她还是本能地望向了高台的方向，她知道“神”就在那里，不，应该说何夕就在那里，享受着万众的膜拜。

但是事情变得有些古怪，因为高台上突然凭空出现了两个身影　　两个“神”？！他们居然还在说着什么，只是无人能够听清他们的话。其实就算听得见，也没有人听得懂他们在说些什么，因为那是“神”与“神”的对话。

二十

“你怎么会在这儿？”郝南村坐在高台的椅子上，一条长长的披风斜拖在身后。他居然化过妆，这使他的面容看上去更加威严和神圣，如果不仔细看的话几乎认不出他是郝南村。

“我为什么不能在这儿？”何夕惬意地伸了个懒腰，环视着疯狂的人群，“这里很不错嘛。”

郝南村突然笑了：“我听说每天都有‘神’在这个盛大的聚会上现身，原来是你在这里。”他露出了解的样子看着何夕，“你终于想通了。其实你何必冒我之名来偷偷享受这种无上之福呢？凭你的实力你可以另起炉灶的，我保证和你井水不犯河水。不过也好，像今天这种规模的盛会并不多见，说起来我还应当谢谢你才对，毕竟你帮我扩大了‘自由天堂’的影响。”郝南村陶醉地聆听着震耳欲聋的欢呼声，“想想看，造物主待你我不薄。世界就在我们的掌中，众生也在我们的掌中。这真是妙不可言的感觉。”

“我不大懂你的意思。”何夕淡淡地说。

“这有什么难懂的！”郝南村轻慢地指着黑压压的人群，“我知道你迟早会想通的。我和你属于另类，相对于这些人来说我们是‘神’。人生短促如朝露，何不利用上苍的恩赐享受？”他志得意满地大笑，“我和你都将有精彩的人生。这些人心甘情愿地让我们驱使，这个世界上的一切都将属于我们。”

“可是你想过没有，这样的世界是不稳定的。”何夕插话道，“随着时间的推移，6层空间的世界将面临越来越多的问题，也许在下一个时刻灾难就会降临。”何夕指着狂热的人群，“这里有 10 万人，如果地下突然冒出火热的岩浆来将会是怎样的一副情形？”何夕紧盯着郝南村的眼睛，“就算是炼狱也不过如此吧。”

郝南村稍稍愣了一下，也许何夕描述的情形让他有些害怕，但仅在瞬间之后他即恢复了常态：“这对你我都是没有影响的，我们可以马上穿梭到另一层安全的世界去。”

“可他们呢，这里有 10 万人，你就看着 10 万人在火海里挣扎着死去吗？”何夕激动地大叫，他的脸涨得通红。过了几秒后他平静下来，用同样平静的口吻说：“不过我倒是很满意你的回答，简直可以说是满意透顶。”他的脸上露出奇怪的笑容。

“满意？为什么？”郝南村问道，他隐隐觉得什么地方有些不妥。

“因为这使我永远都不必为自己下面要做的事情感到后悔。”何夕的手指微微一动，一道亮闪闪的金属圈从椅子上弹出来，箍住了郝南村的身体。

“你这是什么意思？”郝南村迷惑不解地看着何夕，“你要做什么？”

何夕看了看那道亮闪闪的金属圈，又看了看椅子上的郝南村。

“这把椅子已经不再是原来的椅子了，它能够捉住魔鬼。”何夕认真地说。

郝南村哑然失笑，他觉得何夕大概是受刺激过度，有点儿神经不正常了：“不要玩这些噱头了，你知道这不会有用的。这个世界上没有任何东西能够伤害到我，子弹不能，这玩意儿更不能。”

何夕没有理睬郝南村的话，他一脸虔诚地朝前逼近：“你没有试过怎么就知道不行？等到你真正被捉住的那一刻肯定就不会这么说了。记得我说过一句话吗？”何夕顿了一下，“我说过我相信报应。我知道你是不信报应的，这正是你和我之间最大的不同。不过快了，你马上就会知道什么是报应了。”

郝南村有些惊慌地盯着何夕，就像是看着一个疯了的人：“你准是疯了。我不想和你纠缠。我奈何不了你，可你也同样奈何不了我。你慢慢玩吧。”说着话郝南村的身体开始变淡，轮廓也开始消失。只一瞬间的工夫何夕的面前便只剩下了一团虚空。

但是何夕的姿势没有变化，他依旧站在那把椅子旁边，脸上满是虔诚地望着苍穹，目光里有希冀的光芒闪现，他的口里念叨着什么，就像是在祈祷。

大约只过了几秒的时间，郝南村突然重新出现在了何夕面前的金属圈里，他的脸由于极度的惊恐已经扭曲变形，看上去令人害怕。

“你做了些什么？”郝南村挣扎着大叫。

何夕低叹了一口气：“你终于知道害怕了。你知道你的老师江哲心博士临死前对我说了什么吗？他说，天网恢恢，疏而不漏。”何夕指着那个金属圈说，“我给它起的名字就是天网。它并不是单一的，在6层世界里的同一位置都有这样的一个圈，所以无论你逃到哪一层世界，都会发现自己刚好被它牢牢地箍住。这就是天网。”

“天网。”郝南村面无人色地重复着这个词。

“你以为我每天到这里来就是为了享受这种令人作呕的狂热崇拜吗？”何夕鄙夷地看着郝南村，“我承认那种滋味的确让人飘飘欲仙，但是它不值得我留恋。你想主宰这个世界，可我不这么想，我从不认为哪个人有权那样做。而且我说过的，我相信报应。我每天来这里只是为了等你。如果你想避开我的话我是毫无办法的，所以我设计了这一切，我知道这样的盛会对你的诱惑力是不可抗拒的。你不是喜欢万众的膜拜吗？你不是喜欢坐在宝座上面高高在上的感觉吗？这些我全给你。当然，还有天网。为了布置好这些，我在每一层世界里费尽周折。”何夕撩开衣袖露出伤痕，“这个位置在其中一层世界里甚至是火山口。”何夕扫视台下激动无比的人群，“这些人都是你的信徒，你是他们心中至高无上的‘神’。不过——”何夕露出冷酷的表情，“你马上就不是了。”

郝南村彻底瘫软了，他的身体剧烈地哆嗦着，汗水从他的脸上大滴大滴地滚落下来。“你放过我吧。”他呻吟着哀求，“我不是人。”

何夕用更高的声音打断了他的话：“到现在才说这些已经太迟了。”他的眼里有隐隐的泪光闪动，他的眼前晃过一些故人的面孔。“想想为你而死的那些人吧，想想你将把世界引向的去处吧。这就是你的报应。一切都结束了——恶魔！”何夕高声喊道。

全场轰动了。

“以上天的名义——”何夕紧紧抓住了郝南村。

郝南村在惨叫。座椅跌落在地，摔得粉碎。人群发出惊呼。

“以10万人的名义——”何夕睁大了双眼。

郝南村喉咙里发出咕咕的响声，他已经说不出话来。“以死难者的名义——”何夕的手更加用力。

郝南村的身躯扭曲着忽隐忽现，他在6层世界里左奔右突却无路可逃，他的眼睛瞪得很大，就像是要暴突出来。

“以正义的名义——”何夕继续说。郝南村抽搐着，眼里满是绝望。

何夕停下来，但是立刻又补上一句：“以我的名义——”

郝南村的身体渐渐软了下去。何夕已经筋疲力尽，但是他还是强打精神转向已经惊呆了的人群。一时间何夕有些茫然，他不知道应该如何向人们解释发生的一切。是该让所有人知道真相的时候了，尽管这个真相并不美好，里面浸透了人类的贪婪与疯狂。但是，它是真实的。

“这就是你们的‘神’。”何夕走到麦克风前，“但是他并不是万能的，和所有人一样，他也会死，现在他不再是‘神’了。”何夕任郝南村无力地倒在地上发出巨大的声音，“我来告诉你们这一切究竟是怎样发生的吧。这个故事实在太长了，它从200多年以前蜿蜒至今，但几乎所有人都对它一无所知……”

……

四下里的火堆已经燃尽，收敛了曾经喧嚣直上的妖冶的火光，有气无力地冒着烟。而东方的天空已经现出了淡淡的天光，预示着真正的光明就要来临。

何夕还在讲述着。

周围安静极了，所有人都静静地站立着，就像是一座座雕像。

“后来的事你们都看到了。”何夕轻声叹了一口气，他像是要虚脱了一般，“这就是真相。也许你们现在还不愿意相信我，但是迟早你们会明白的。”何夕龇牙笑了一下，目光惨淡，“有时我会忍不住想，人类真是伟大，能够凭借智慧发现那么多自然的秘密，用以造福自己。但有时我又想，如果大自然是一位母亲的话，那么人类就是她最聪明但也是最可怕的一个孩子。这个小家伙顽劣不堪却又自以为是，他总是不断地向母亲要这要那。母亲疼爱自己的孩子，但是她并不想纵容他。可是这个孩子实在是太‘聪明’了，他总能变着花样地从母亲那里得到自己想要的东西，而有些东西是母亲本不愿意给，不能给，同时也给不起的东西。但是因为‘聪明’，他总是如愿以偿。他每一次背着母亲偷偷地火中取栗都是有惊无险，每次都自以为得计地享受着自己的‘聪明’，却不知母亲一直就站在他的身后，为他将来的命运暗自垂泪。”

何夕说不下去了，他的眼中淌出了泪水。泪光中他见到一个人走上高台，轻轻地依偎在他的胸前——那是一个姑娘。这就是结局了，何夕想。

尾　声

微风扫过无人的城市，蓝色天幕上巨大的云影缓缓移动。

134岁的何夕已是白发苍苍，他站在宽大的街道上，环视着雄伟壮观的枫叶刀市。一座高大而荒凉的过街天桥横亘在他的面前，昔日人流上下奔忙的景象已是白衣苍狗。周围没有一个人，也没有有人的迹象，这里就像是一座死城。死城，何夕回味着这个词，是的，这里是一座死城。“重归计划”是从100年前启动的，也就是郝南村死后不久。何夕想着这个时间，他在心里惊叹自己居然活了这么久。也许是因为他的身体异于常人，但是他知道自己确实老了，他已经能够看到死亡的身影。在这个计划里，人们用了100年的时间返回故里——谁能想到回家的路竟然这么长。

牧野静已经离开这个世界很久了，在不太遥远的未来的某一天，何夕自己也终将离开这个世界。但是这个世界将继续存在下去，连同他们的子孙。何夕想到这一点时，内心充满宁静。

阳光还在，反射万丈光芒的玻璃幕墙还在，但是人们已经归去了。这片异域的土地本来就是不存在的，它也不应该存在。它只是空中楼阁，就如同镜子的反光。但是它毕竟存在过，并且在那么长的时间里承载过无数人，连同他们的爱与悲哀。只是，现在不需要它了。

何夕看了一下时间，再有几分钟，当“重归计划”结束之时，位于另一个世界的一些人将启动巨大的机器湮灭5个新创的世界。何夕周围的一切将消逝无痕，就如同它们根本就不曾存在过。在这个时刻何夕想了许多，无数思绪在他的脑子里匆匆而过。他仿佛看到了百余年前那个惊梦的童稚少年，仿佛看到许多故人向他微笑着走来。

何夕抬起手，做了一个挥手道别的动作——向往昔的一切，也向这座令他永世难忘却终将在繁华落尽之后归于虚幻的城市。微风吹过来，掀动着他的白发。当何夕的手还停在空中的时候，他的眼前突然闪过一阵亮到极点的白光，他不自觉地闭上了双眼。他知道那件事情发生了。

等到何夕重新睁开眼睛的时候，刚才的一切都已消逝不见，他发现自己身在一间亮着灯光的屋子里，脚下是真正坚实的大地。何夕跺跺脚，享受着沉闷踏实的声音。不会有雪崩了，也不会再有离奇的大灾难，这很好——他想。

这时房门突然窸窸窣窣地被推开了，一个小脑袋小心翼翼地钻了进来，那是一个七八岁的长得胖乎乎的小男孩。

男孩见到屋里有人先是一惊，但是立刻问道：“你在我家厨房做什么？”

“厨房？”何夕一怔，他环视了一圈，这里果然是个厨房，“我……路过这里。”他来了兴趣，“那你到这里又是做什么？”

小男孩不好意思地笑笑，他指着肚子说：“我饿了，想找东西吃。我妈妈只要过了吃饭时间就不准我吃东西。”

何夕心念一动，他这才发觉周围的景物是那样熟悉。时光的流逝终止了，窗外小园子里花草的身影随风摇曳。“告诉我，这是什么地方？”他轻声问道。

小男孩打开冰箱，食物的香气扑鼻而来，他的脸上立刻写满幸福。“檀木街，10号。”男孩咽了一口唾沫，嘟哝着说。

作者后记：向来没有写后记的习惯，主要是因为我一直认为作者想说的话应该通过作品反映出来，除此之外不必多言。不过写完《异域之六道众生》（不知道编辑会不会用这个俗套而奇怪的名字）之后，我倒是有了写点儿东西的想法。这篇小说可以看作是发表于《科幻世界》1999年第8期的《异域》的姊妹篇。《异域》发表后我常觉得还有些话想说，因为自己比较喜欢《异域》表达的主题，所以这篇作品应该说是对这个主题有所深化。这两篇作品都反映了人类对自然的过度索取带来的后果，《异域》里的“异域”是时间上的，而《异域之六道众生》里的“异域”则是空间上的。能够在时空两个方面写出自己心里假想的“异域”，我个人是感到愉快的。

顺带在这里和读者诸君讨论一下文中的科幻成分。《异域之六道众生》的幻想比较大胆，一眼看上去有点儿神怪的味道。不过我只想申明一点，就是我没有打算写怪力乱神的东西，因为我不愿意给读者讲述我自己也不相信的东西，这是我给自己定下的几条写作原则之一。关于物质空间可否分层这个想法，其实它在我脑中存在已久。当代科技面临的难题之一就是物质的连续与断续。相对论作为一种场论，所描述的世界是连续存在的。而与它同样伟大的量子力学却认为，世界是按照普朗克常数断续存在的。而这也是两者至今无法统一的根本分歧之一。问题的关键在于两者都是正确的，它们在各自适用的领域都可以得到无数现象的证明。像这样富有挑战意味的带有某种“终极”特性的谜题永远都能给人以激情和灵感，而我也一直认为，正是因为宇宙间有这些伟大谜题的存在才有科幻的存在，而科幻的魅力也如同这些谜题的魅力一样永恒。

田　园

归　来

从机窗俯瞰太平洋广阔无垠的海面是一件相当枯燥的事情。陈橙斜靠在座椅上，目光有些飘散地看着窗外，阳光照射进来，不时刺得她眯一下眼。陈橙看看表，还有3个小时才到目的地，这使她不禁又一次感觉无聊起来。林欣半仰在放低椅背的座位上，轻声地打着呼噜，不知道在做什么好梦，居然脸上还带着笑。

新四经济开始兴盛的时候，陈橙的志向是成为一名“脑域”系统专家。当时她刚开始攻读脑域学博士，那会儿正是新三经济退潮的时期，曾经时髦到极点的作为新三经济代表的JT业[①]颇相初露。JT相关专业的学长们出于对饭碗的考虑，正在有计划地加紧选修“脑域”专业的课程，陈橙不时会接到求助电话去替那些人捉刀写论文。用“新”这个词来

①“JT业”及后文的“光子商务”均系作者假想的专业技术用语，并无实际内涵。

表述一个时代的习惯已经有一些年头了。早先有不少“新浪潮”“新时期”“新经济”之类的颇令时人自豪的提法，但很快这种称谓便显出了浅薄与可笑，因为不久它便开始繁殖出诸如“新新人类”以及“新新经济”之类的既拗口又意义含糊的后代。所以到了现在出现“新四经济”这种语言怪胎实在是迫不得已，除非你愿意一连说上好几个“新”字。

“脑域”技术正是新四经济时期的代表，甚至可以说整个新四经济的兴起都与之相关。一位名叫苏枫的专家发明了这项将人脑联网的技术，将人类的智慧提高到了一个前所未有的水平，同时也有力地回敬了那些关于“机器的智慧将超越人类”的担忧。正是“脑域”技术的兴盛掀起了一个高潮，将全球经济从JT业浪潮后的颓势中拯救出来，带入又一轮可以预期的强劲发展之中。而现在，作为首批拥有“脑域”专业博士学位的青年专家，陈橙有足够的理由踌躇满志。

陈橙的思绪已经超越了飞机的速度，也就是说在思想上她已经提前到达了目的地。陈橙想象得到自己将得到何种热烈的欢迎，正如她近两年来所到的每一个地方一样。我终于还是选择了回来——陈橙在心里回想着——离开祖国已经差不多10年了。10年，陈橙在心里感叹了一声。只有在回想的时候才发觉时光过得真快。她在心里想象着朋友们的变化，10年的时间是会改变很多事情的。不过陈橙立刻意识到这是个错觉，因为在这个时代，地域的障碍根本就是不存在的。她几乎每天都会在互联网（这是古老的新经济时代的产物）上同国内的某个朋友面对面地聊上几句，更不用说通过电子邮件的联系了，所差的只是不能拉上手而已。当然，这不包括那个人。

陈橙悚然一惊，思绪像被刀斩断般戛然而止。为何会想到那个人，这不应该。对陈橙来说，那是个已经不存在了的人。是的，不存在。陈橙扭了扭有些发酸的脖子，从提包里找出一份资料来看。

不过有点儿不对劲，资料上的每个字明明落在了陈橙的眼里，但她看了半天却不知道上面写了些什么。她停下来，轻轻地叹了口气扔掉手中的资料，因为她已经知道这是没有用的。

新　知

欢迎仪式比陈橙想象的奢华许多。这片土地对于“脑域”这样的最尖端技术成果有着强烈的拥有愿望。陈橙和林欣婉拒了众多待遇优厚的研究机构的聘请毅然回国，单凭这一点他们也应该受到热情的回报。林欣是陈橙的同行，今年38岁，也是“脑域”技术专家，他们是在欧洲的一家研究所共事时结识的。林欣一直是一个行事相当洒脱的人，用他自己的话来说，有点儿像是“技术浪人”，也就是说他常常会更换工作内容及工作地点。从以光子商务为代表的新二经济时代到以“脑域”技术为代表的新四经济时代，凭着天生聪颖他总能顺时代潮流而动，这些年来他的足迹遍及世界各地。不过那都是与陈橙相识之前的事了，现在的林欣只是一个地地道道的跟屁虫。比如这次回国对他来说根本就是没有考虑过的事情，但是陈橙决定回来他也就跟来了。就林欣的体会而言，现在只有在搞研究时他还能用用自己的脑子，而除此之外他几乎完全成了陈橙手里的小棋子。

这事说起来稀罕，其实一点儿也不出奇，谁让他那样喜欢这个女人呢。本来林欣也是相当吸引人的，这些年也不知害多少女人伤心过。但是现在这一切都遭到报应了，因为他遇见了陈橙。上天让他爱死了这个女人，却又让这个女人对他没一点儿回应。其实如果按照传统眼光来看，他们的关系已经够亲密了，但在这个欲望与爱情早已彻底分离的时代，这根本不能表示什么。陈橙清楚地知道，他们之间的关系只是艰苦的研究工作之余的调剂，当下一个工作日来到的时候，就会像什么事情都没有发生过。当然这只是陈橙一方的情形，而林欣则是陷入了无法摆脱的情感煎熬当中。他曾经试过向陈橙表白，但是她每次都以精巧的语言艺术让他的盘算落空。林欣觉得自己自从认识陈橙以来，所受的苦比从生下来起受的苦都加起来还多。更要命的是，以前吃的那些苦——比如说生病或是受伤之类——还可以找人倾诉，而现在这种事情却是有苦没处说，而且看起来苦尽甘来的那一天简直就是遥遥无期。不过这些都是只有林欣自己才清楚的内情，而他表面上回国讲学的第一个理由当然是技术报国，另外一个理由则是国内正好要举办一届夏季运动会，作为体育迷的他岂能错过机会。

叶青衫教授亲自在机场出口处相迎，这使陈橙颇感汗颜。她快步上前挽住叶青衫的胳膊，口里连称“如何敢当”。这并不是陈橙作态，因为叶青衫正是15年前她大学时代的老师，那时她的专业是光子商务。这门学科是新二经济时代的支撑，但是在陈橙求学的时候，这门技术已经没落了很多。至少有一点，那时学这门专业的人要想找到满意的职位就得费不少周折了，以前那种“一家有女众家求”的热闹场面早已是明日黄花。

这次陈橙之所以选择回国，在很大程度上与叶青衫的力劝有关，在心里她其实一直对当年自己违拗老师意愿变更专业一事存有内疚。林欣不明就里地站在一旁，面对记者们连珠炮样的提问一语不发。有人拉出了大幅标语，上面写着“欢迎世界著名脑域技术专家归国讲学”。好事的人群围拢来，虽然他们都是外行，但对于“脑域”这种最最热门的技术都是耳熟能详的。政府已经将“脑域”技术列入了国家发展纲要，当下几乎在任何角落都能听到与之相关的各种声音。现在所有人都认识到，未来国家能否强大就在于能否占领“脑域”技术领域的制高点。语言学家统计过，“脑域”是近年来出现频率排名第二的词汇，排名第一的是“新四经济”，而从实质上讲，这两样可以算成一回事。

叶青衫兴奋得满面红光，头上的根根银丝一抖一抖地像在跳舞，这次陈橙能应他之邀回国令他颇感欣慰。“脑域”技术是诞生于国外的尖端科学，国内极度缺乏相关人才，更何况是陈橙与林欣这样卓有建树的专家。一时间叶青衫不禁有些感慨——陈橙与林欣都那么年轻，都只有30多岁，像他们这样的年龄如果是在传统领域里恐怕连新锐都还算不上，而现在他们却都已经是独当一面的权威了，说起来还是新兴领域造就人。

陈橙与林欣在人潮的簇拥下朝停车场走去。这时，陈橙突然看到远处僻静的角落里晃过一道似曾相识的背影，刹那间她的感觉就像是被从天而至的一道闪电击中了。陈橙轻叫一声，仿佛晕眩般扶住了额头，之后她旁若无人地朝那个角落奔去。人们不知道出了什么事情，都眼睁睁地看着这奇怪的一幕。但是陈橙奔过去后并没有见到她要找的人，空荡荡的地上只有一张随风翻动的报纸。陈橙下意识地俯身，她看到在报纸的头条处醒目地印着一行字：世界著名脑域技术专家陈橙、林欣定于明日回国。有人在字的下面画了一行波浪线，笔迹凝重而粗壮。

直到见到这张报纸，陈橙才确信自己刚才的确是看到了那个人。何夕，她在心里低喊一声，宛如咀嚼一则古老的故事，而与此同时，一滴泪突兀地从她的眼角沁出来滑落在地。陈橙茫然无措地四下张望着，但她找不到遥远记忆中那双充满灵性的眼睛。

在场的人都在心里留下了一个谜，只有叶青衫除外，他在心里轻叹了一口气，了解地望了陈橙一眼。叶青衫可以确定的一点是，此时令陈橙落泪的正是这么多年来令他内心始终无法平静的那个人。这么久以来，那个人一直是叶青衫心底隐隐作痛的伤口。在遇见那人之前，他从未想过世界上竟会有那样聪颖的人，同时也想象不到这样的人一旦误入歧途竟会是那样地可悲可叹。

旧　雨

6个月来紧张的日程几乎让陈橙吃不消，这段时间以来她简直就没有了休息。她一方面主持由政府出巨资建立的“国家脑域技术实验室”，另一方面则是一个讲座接着一个讲座。叶青衫已经感到局面有点儿无法控制了，他出于关心曾经试图拒绝一些地方的邀请，但是没有一次成功，“脑域”技术在这片土地上正在掀起不可抑制的热浪。

陈橙对这一切也有些意外，但真正感到吃惊的是林欣。至少陈橙以前曾经在国内生活过很长时间，见识过人们追逐世界新浪潮时的热情。而林欣则是第一次回国，他完全被人们那种充满虔诚的情绪感动了。有很多次，当他在讲台上看着台下那一双双仰望着的眼睛时，几乎有要流泪的感觉，因为从那些眼睛里放射出来的光芒让他觉得自己此刻扮演的是一个神的角色，就仿佛传播火种的普罗米修斯。每当这种时候，林欣就会放慢自己的语速，并且尽可能声音洪亮一些，让每句话都能够一字不漏地传到每个人的耳朵里去。他觉得似乎只有这样才对得起那些虔诚的目光。

今天是一次总结性的报告会，近一段时间的讲学将暂告一段落。“国家脑域技术实验室”的工作非常顺利，已经产生了多项重大成果。现在林欣正在向听众分析“脑域”技术的应用前景，他的话不时被热烈的掌声打断。

陈橙埋头浏览资料，思考着哪些地方需要强调，但是一阵突如其来的心悸让她无法继续，她有些恍惚地抬起头，隐约觉得一双很亮的眼睛正从某个地方看着自己。陈橙循着感觉的方向望过去，她看到一个倚在入口处的人急速地低头离去。陈橙心中一凛，她迅速写下“我有急事”几个字递给旁边的叶青衫，之后便悄悄退到了后台。

广场上的寥寥几人与大厅里的拥挤形成了鲜明对比。前面那个人身形踟蹰地朝停车场的方向走，一副心事重重的样子。过了一会儿他终于上了一辆很旧的车，朝郊外的方向开去。陈橙急忙挥手拦住一辆出租车。

那人开得有些慢，似乎内心充满犹豫，恰如他先前的背影。陈橙紧张地盯着前方，生怕落下了。出租车司机是一个上了年纪的胖子，不时转头笑嘻嘻地打量一眼漂亮的陈橙，一副什么都知道的神情。陈橙当然明白，他多半认为这是一个妻子暗地里跟踪不老实的丈夫的游戏，但她也知道这种事情根本就无从辩白。

一个多小时过去了，前面那车丝毫没有停下来的意思。四下里是葱郁的田野，一些低矮的山丘连绵起伏地铺展开来。看来这将是一次长途旅行。

"这条路通往什么地方？"陈橙问。

胖老头眯了一下眼说："这条路朝西，再走下去就是大山区了。你那位还真会找地方。"

胖老头这句没深浅的话让陈橙不禁有些脸红，她不知道该说些什么，只好不吭声。胖老头突然踩住刹车说："原来是到这儿来。"

陈橙朝车窗外看去，原来前面那车停在了一间路边店旁边。那人已经跟着服务员进店去了。陈橙付了车费，头也不回地下车。出租车调转了方向，却没急着走。胖老头从车窗里伸出头来朝店里张望着，似乎想发现点儿什么事。但是他很快便失望了，店里很安静。胖老头有些无趣地缩回去发动了车子，口里大声吆喝着："返空车，半价！"

那人佝偻着背坐在凳子上，很认真地吃着午餐。桌上只摆着一盘炒青菜和一碗汤，他大口地扒拉着碗里的白饭，目不斜视，额上粗大的青筋随着他的咀嚼一隐一现。他夹菜的动作很慢，吃得也很慢，就像一头反刍的牛。他吃得很干净，尤其是饭碗，简直都不用再洗了。这本来只是一个夸张的说法，不过这一次这个碗的确用不着再洗了，它突然从那人的手上滚落在地，碎成了几瓣。那个人并没有去关心碗的命运，因为他听到一个不知是熟悉还是陌生的声音在叫自己的名字。

“何夕。”陈橙又轻轻地叫了一声，然后她便见到那个佝偻的背影缓缓地回过头来。

山 谷

兼葭山是一条支系山脉，山势不高，亦无出奇的风光，平日里人迹罕至。山道旁多为杂草及灌木，偶尔亦能看到藤本植物。木本植物种类不多，栾树算是主要的一种，分布很广，但并不连续。其他木本植物有小叶榕、刺枣、蒙桑及胡枝子等。在草本植物里面，为数最多的是芦苇，密密分布在低处，其次是藜草、荻草、芒草等。再有就是竹子了，稍稍夸张一点儿的话，可以说是漫山遍野。

山间小屋坐落在一道很僻静的山谷里，如果不是有人带路的话很难找到，只有在这附近才看得出有人居住的迹象。地里长着木薯样的植物，如果经过加工，它们可以被做成口味一般的面包。树上缠绕着葡萄藤，结着青涩的果实。小片水田里长着水稻，但是生长状况看上去不怎么好。

“想不到你真的选择了这样的生活。”陈橙环视着周遭的田园，她觉得这真是太荒唐了。尽管她早就知道何夕的那些奇怪的思想，但是她从未想到一个光子商务学的高才生居然会真的实践这样的生活。

何夕没有开口，他急速地四下转动头颅，目光贪婪而迫切，不放过任何让他起疑的事物，看上去就如同一个正在庄稼地里巡视的老农。过了半天他似乎没有发觉有何不妥，这才如梦初醒地回过头来看着陈橙："你刚才说什么？"

陈橙在心里叹了口气："算了，那不重要。你一直独自住在这里？"

何夕咧嘴笑笑："本来还有一个人，但7年前忍受不了寂寞离去了。"

"是一个女人？"陈橙突然问道。话一出口她就觉得后悔，这样问话太唐突了，而且显得自己挺在意似的。

何夕幽幽地看了陈橙一眼，缓缓开口道："不是。是一个合作者。"

陈橙刚要开口，她口袋里的卫星电话突然响了。其实在路上的时候电话就响过几次，但陈橙一直没有接听。

林欣的语气很焦急："陈橙，是你吗？为什么突然就走了？你在什么地方？"

"我有点儿事情需要处理。你不用担心，我现在很好。"一抹暖意自陈橙心头划过，语气情不自禁地变得有些软软的。

"那我就放心了。"林欣在电话那边吁出一口气，陈橙几乎想象得到他擦汗的样子。"这边的事情我会处理，不过你最好还是早点儿回来。"

陈橙收起电话，这才发现何夕一直默不作声地盯着自己。她不太自然地笑笑说："是一个同事。"

"我知道，是那个叫林欣的'脑域'专家。"何夕低声道，"我知道你们是一块儿回国的，我都知道。"

陈橙很想说"事情并不是你想的那样"，但是她张不开嘴，她觉得此时由自己来说这句话会显得很奇怪。

"你饿了吧。"何夕换了话题，"我去给你拿点儿吃的。待会儿你早点儿休息，今天肯定累坏了。"

就连何夕自己都没有意识到，他的语气中那种疼惜的意味恰如多年以前。

隐　者

兼葭山的早晨是美丽而多姿多彩的。朝阳从远处的群岚中探出头来，慷慨地将光芒洒向大地。翠绿的植被覆盖着每一片山坡，不知名的鸟儿正在吟唱今天的第一支歌。空气里混合着野花的香气，沁人心脾。

陈橙站立在一处地势较高的坡地上，享受着这一切，记忆中她已经很久没有这样放松过了，一时间陈橙竟有几分羡慕这样的闲适生活了。不过这只是一刹那的感受，陈橙立刻意识到这种念头的可笑，田园牧歌的时代已经被历史的车轮远远地抛在了后面，人类精彩的生活篇章其实正是现在。陈橙的思绪很快飞驰到了自己的研究领域，那里的一切才是真正让人醉心不已的生活。想想看吧，生而为人并且能够置身于人类智慧成果的最前沿，这才是真正无上的精神享受。

“吃点儿东西吧。”何夕突然在身后低声唤道，他系着一条围裙，似乎刚从厨房里出来，手里端着一盘点心。

陈橙注视着何夕，心里掠过一丝叹息。直到现在，她都不敢相信何夕竟然真的安于这种遗世独立的生活，当年那个意气风发、挥斥方遒的何夕已经不存在了，成为记忆里褪色的旧影。

“是有点儿饿了。”陈橙有些不自然地拿起一块点心，这是用磨得粉碎的米饭做成的，吃到嘴里味道很普通。“是你种的？”陈橙随口问道，心里却很奇怪地闪过一个念头，她希望何夕不要说“是”。

但是何夕点了点头：“是我亲手种的，是今年的第一次收成。你是第一个品尝的人。”

正是何夕说话时的语气让陈橙感到了彻骨的失望，因为那是一种充满无限满足似乎别无所求的语气。陈橙终于相信，记忆中那个聪明剔透、志向超凡的何夕真的已经不在了，不知道是什么时候，也不知道是在什么地点，总之不存在了。只剩下一个陶醉于田园牧歌式生活的隐者，满足于他所选择的生活。

“我该走了。”陈橙突然对着远方说道，她没有看何夕。是的，这不是她应该待的地方，她有更有意义的事情要做。

“你这么快就要走？”何夕愕然地看着陈橙，“我以为你会喜欢这里。”

陈橙笑了笑：“也许吧，不过得等到我退休以后。”她下了决心，几乎是义无反顾地朝山坡下走去，丝毫没有理会何夕的反应。

何夕应该听懂了陈橙语气里的讽刺，他的脸一下子涨红了，口里想说什么却张不开嘴。

陈橙已经下了两道坎，她突然回头加上一句话：“还记得当年我们常说的一句话吗？”

“什么……话？”何夕嗫嚅道。

“看来你真的忘了。”陈橙并不意外地开口，“那时我们说，我们为改变世界而思考。也许你现在会认为那时的我们很可笑，但我要说的是——我珍视当年的一切。而现在我正在实践当初的诺言。”说完这些话陈橙头也不回地离去，因为她知道此时的何夕将无话可说。

但是一个意外事件拉住了陈橙的脚步——何夕突然开口了。

“你错了。改变世界的不是你们，”何夕的声音变得有点儿异样，“是我。”

少 年 狂

“国家脑域技术实验室”由两幢相邻的30层豪华大厦组成。两幢大厦都是完全封闭并且隔音的，工作人员饮用的全部是纯净水，空气经过最严格的过滤。大厦间依靠5道全密闭天桥通道连接。楼顶上停放着4架C2060直升机，随时处于待命状态。大厦内配备有完善的工作设施和生活设施，从日常用品直至虚拟实境的旅游及游戏节目等应有尽有。葱茏的植物散布在大厦的各个角落，给人感觉这里是一座花园——尽管在人工环境里养护这些奇花异草的花费高得吓人。大约有300名研究人员在这里工作，从理论上讲，一个人即使一辈子不下楼也能过得相当舒适。在目光所及的远处高高低低地矗立着一些类似的建筑，传输速率每秒上万兆比特的通信线路将这些大厦与世界相连。建立“国家脑域技术实验室”的总投资大约4亿美元，而7个月来整个实验室的产值已经是这个数字的30倍。

唯一让人有那么一点点不愉快的，是透过玻璃窗能看到楼下纷乱的街景，以及那些如过江之鲫般奔波来往、灰头土脸的行人。

林欣有点儿心烦地拉上百叶窗，将目光从天空晦暗、空气肮脏的户外收回到这间宽敞明亮、设施完备的办公室里来。叶青衫坐在对面的沙发上，他们正在讨论陈橙的去向。

“我觉得应该报警。”林欣坚持自己的看法。

“陈橙不会有事，我们一直都能和她联系上。我们还是先处理手上的事情吧。”叶青衫露出了解的神情，他发觉林欣简直是六神无主了，这让他禁不住想笑。以叶青衫的阅历当然明白是怎么回事，但他同时也发觉这件事情到目前为止还处于“剃头担子一头热”的阶段。按理说，林欣是个不错的选择，不过感情的事从来就没有什么道理可讲。

林欣叹了口气，将目光放到投影在大屏幕上的一份文件上。那是政府方面为加快“脑域”技术发展而做的决议案，中心意思是国家必须在新四经济的浪潮中迎头赶上，文章末尾写着：脑域兴国。

叶青衫不动声色地观察着林欣的反应。这份文件他事先看过，实际上他可以算得上参与了议案的制订，最末的那句话可以说是所有议案制订人的心声。叶青衫心里滚过一阵难言的感慨，多少年了，这片土地已不知多少次与机遇失之交臂。而现在“脑域”技术却带来了全新的契机，这不仅因为它是能够创造巨大利润的产业，更重要的一点在于，由于陈橙等顶级人才的加盟，这项技术使自己的国家从新四经济时代一开始便与其他国家站到了同一起跑线上，准确地说是领先一步。国内专有的多项“脑域”技术已经投入实际生产，前景看好。当叶青衫看到月度统计数字的时候，他内心涌起的狂喜简直无法用语言来形容。如果叶青衫再年轻 20 岁的话，仅仅因为这些统计数字他就会脱口狂呼“我们是世界之王”。实际上那些同样也看到了数字的年轻人真的那样做了，他们欢呼的声浪几乎要将屋顶掀翻。一时间叶青衫禁不住两眼湿润，眼前这个场面让他近乎有种幸福的感觉，他依稀觉得那个属于这片土地的令人向往的时代正在走来。

伤 心 谷

陈橙回头看着来处，曲折迂回的道路已经被埋没在了茂盛的植被间。从地理上分析，这里只是小屋所在山谷的延伸，但是地势却变得开阔了不少，有些别有洞天的意味。同时也正因为这样，阳光失去了遮蔽，晒得人头顶发烫。

陈橙突然有些想笑，她禁不住想，难道真的要相信何夕会让自己见到“奇迹”吗？她环视四周，这里只是一个农场，这里能有什么“奇迹”呢？说不定到时何夕会让她去观赏一头小牛的出生，或者是一大片盛开的紫云英。这并非不可能，因为在一个农人眼里，这些就是奇迹。何夕在前面停下来，等着陈橙赶上，目光里带着歉意。

“就在前面。”何夕环视了一眼两边并不十分陡峭的山崖，“这个地方看不到什么风景，几乎没有人来。不过这并不是无名山谷，它叫伤心谷。这里面还有一个故事。”

“什么故事？”陈橙来了兴趣。

“大概是说很久以前曾经有一个很伤心的人来到这里，然后他便在此幽居一世，再也没有出去过。”

“这算什么故事。”陈橙哑然失笑，“没头没尾的。”

“我倒是觉得这个故事很不错。”何夕若有所思地看着前方，“我们并不需要知道到底发生了什么事情，伤心的人总是有自己的理由。中国有句古话：‘伤心人别有怀抱。’我觉得这个故事听起来既凄凉又美丽。”

陈橙不再搭话，她觉得很累，她已经很久没有徒步行走过这么长的距离了。

“就是这里。”何夕终于停下来，他回过头，神采奕奕地望着陈橙，眼睛里是一种难以用语言形容的妖异的光。

“这里？”陈橙四下张望，她没有看到什么特别的东西。“你难道没有感到凉爽吗？”何夕指指上面。

陈橙抬头，然后她看到了满目的苍翠如同一把巨伞撑在了头顶，将骄阳挡得严严实实，几乎透不下一丝光线来。陈橙从来没有见过这么深不可测、这么令人难忘的绿色，触目所及的每一片地方都仿佛是美玉雕成的。但这就是“奇迹”吗？

“是很漂亮。”陈橙淡淡地说，“在这里避暑会很不错。”

何夕没有开口，他目光痴迷地盯着那些绿得有些过分以致显得有几分怪异的叶片，就仿佛那些叶片是他多年未见的老朋友。何夕自顾自地四下查看，最后在一根细小的枝丫前停下来。有一些白色的小颗粒坠在细枝上，随着凉爽的微风轻轻颤动。

“你到底想让我看什么？”陈橙稍显不耐烦地问，她的心思已经飞回到了实验基地，开始盘算回去后怎样才能把这两天耽误的工作补上。

何夕良久都没有出声，他的脸颊上荡漾着一团不正常的红晕，目光紧盯在那根细枝上。

“我该走了。”陈橙终于下决心结束这次也许本来就不应该开始的行动。

何夕抬起头，长长地吁出一口气。“你真的没有看到吗？”他指着头顶上的那条细枝说。

“我当然看到了。”陈橙没好气地应了一声。

“不，你没有看到。”何夕郑重地摇头，仿佛是在宣判什么，“这是一枝……稻穗。”

“你说什么？”陈橙像是被人重击了一拳，立刻僵住了，“稻……穗？”

“当然是稻穗。”何夕用力拍了拍身边的那根曲折粗大仿佛盘龙虬结的树干，“你还没看出来吗？”何夕的声音变得低而古怪，神色也异于平常，就像是一位来自黑暗森林的巫师。

“我们正站在一株稻谷的下面。”他用巫师一般的声音说道。

警　员

刘汉威是那种天生的警察料子，一米八五的个头，目光敏锐，浑身上下的肌肉都紧绷绷的。这块身坯再配上咄咄逼人的眼神，其震慑力可想而知。刘汉威前不久一直在执行运动会上运动员的安保任务，几天来他尽心尽力地保卫着这些运动员们的安全，总算没出什么事。相处久了，他还交上了几个运动员朋友，听他们说些体育界的趣事。刘汉威最喜欢的事就是和运动员们掰手腕，他在警局里可从来没遇到过什么对手，但是在这里却一败涂地。单从手臂的外观上看，刘汉威似乎还不怎么差劲，但是真正较量起来却根本不是人家的对手。不过刘汉威这个人天生就是倔脾气，他怀着“怎么也得赢一次”的心理挨个儿找明星们交手，当然最后的结果都是一个“输”字。如果不是被那位脾气暴躁的教练发现并制止的话，刘汉威的征战还将继续下去。

刘汉威接到的新任务是参加一个特别行动组，寻找一位失踪的名叫陈橙的专家。但是以刘汉威的经验来看，这并不算是严格的失踪案件，因为当事人并没有失去联系，而且也不像失去了人身自由。刘汉威被分在第一组，他将参加首轮行动。上边对此次行动极为重视，公安部的首长亲自坐镇指挥，单从这一点便足以看出此番行动的重要性。随着刘汉威对案件了解的加深，他也体会到这绝非小题大做。陈橙是当今的“脑域”技术权威之一，她所掌握的每一项专有技术都是身价惊人的机密。同时她还是技术报国的典范，无论从哪个角度讲，其人身安全都需要加以绝对保障。

为了不惊动对方，刘汉威和另外两名组员下了警车后只能步行，从最近一次卫星定位的数据来看，陈橙所在地应该是在 5000 米之外。由于山地的关系，实际路程肯定要远不少，不过这点儿小事对于训练有素的警员来说根本不算什么。根据计划，他们 3 个人将分散行动，到目的地附近再会合。刘汉威朝身后做了个手势，然后他整个人便立刻像一条蛇一样滑进了郁郁苍苍的林莽。

奇　葩

“中国的《山海经》里曾经提到过一种叫木禾的植物。它生长在海内昆仑山上，长五寻，大五围。”何夕目光灼灼地注视着四面的绿色，口吻平静地叙说那个几乎与这个国度同样古老的传说。

直到现在，陈橙才稍稍缓过气来，一种疲倦的感觉让她不自觉地倚在了树干上。她的头有些晕，额角的地方一扯一扯地跳动，就像是有人拿着绳子在牵动那里。《山海经》、昆仑山、木禾……她听见这些只有神话里才有的名词从何夕的口中不断流淌出来。“这些都是神话。”一个声音在陈橙脑海里说。但是另一个更高的声音立刻说道：“不，你现在就靠在一株木禾的树干上，你能够触摸它的每一片叶子，能够听到风吹动树叶时发出的声音。”

“这到底是什么植物？”陈橙的声音低得连自己都几乎听不见。

“我称它‘样品 119 号’，因为它是由第 119 号样品培育的，别的那些样品都失败了。从某种意义上讲，它的确是稻谷的一种，但是——”何夕停了一下，“它是多年生的木本植物。”

“木本植物？多年生？”陈橙重复着何夕的话，脸上的表情仿佛是听不懂这些意义明确的词汇表示的是什么意思。

“你怎么了？”何夕宽容地笑笑。

陈橙镇定了些，她开始认真地观察这株初看上去并不起眼的植物。它的树干扭曲，直径约 10 厘米，树皮很光滑，摸上去一点儿也不扎手。陈橙现在才发现它的叶子形状很奇特，又细又长，像是薏仁或者芦苇的叶子，印象中很少有树木会长这样的叶子。从树干看上去它无疑具有木本植物的全部特征，但从叶子和穗状花序来看，却又更像是一种草本植物。木禾？也许真的只有用神话里的这个名字形容它才是最贴切的。

“它已经生长了两年。”何夕幽幽开口，“这是它第一次开花。前两天我来看过，当时没有一点儿动静。但是你一来它就突然开花了，就仿佛是专门等着你来似的。”

“是吗？”陈橙有些神不守舍地应了声，何夕的话让她有种被什么东西击中的感觉。你一来它就开花了……仿佛专门等着你来似的……这两句话在陈橙心里盘桓着，如同一条无孔不入的蛇。

“我觉得自己并没有做什么，我只是做了一点儿小小的改动。”何夕接着往下说，“木禾在传说中的仙山上已经自由自在地生长了千万年，所有人都认为这是神话，但是——”何夕突然笑了，额上露出深长的皱纹，“我把它带到了人间。”

“你所说的改变世界就是因为它？”陈橙已经从最初的震惊里恢复过来，她觉得自己又可以思考问题了，“你凭什么认为它能够改变世界？按照预测，全球的粮食贸易总量不会比‘脑域’经济的多。”

“我并不去理会那些数字。”何夕轻抚着光滑的树干，动作很温柔，“我只知道有了‘样品 119 号’，人们就用不着为了增加耕地而砍伐森林了，到时他们每种下一株粮食也就是种下了一棵树。我还知道有了它以后，人们将再也不用像千万年来一样重复每年许多次的翻土、播种、收割等繁重劳动，他们只需要播种一次就能够轻松地收获几十年甚至上百年。同时由于木本植物远比草本植物的根系发达，人们几乎用不着浇水和施肥，水土流失也将不复存在。只要阳光照得到，只要大地能够容纳，它就可以自由生长，把氧气、淀粉、蛋白质这些自然的馈赠源源不断地提供给人们。到时候人类将与整个自然融为一体，再也不会分开。”

陈橙这次是真的傻了、呆了，她完全不能说话，甚至不能动弹，何夕描绘的情景就像神话般让她完全沉迷于其中而不能自拔。改变世界？何夕是这样说的吧。但是这何止是改变世界，这根本就是重塑了一个世界。陈橙目不转睛地盯着仍然沉浸在自己的世界里的何夕，她觉得有一种难以用语言形容的光芒笼罩着何夕的脸庞。

“我真的看到了——木禾？”陈橙觉得自己的声音像是别人的。

但是陈橙没有料到何夕竟然摇头：“我说过的，它是‘样品 119 号’，不叫什么木禾。”何夕的神情显得有些古怪，这一点任谁都看得出来。他就像是突然想到了什么，一种阴郁的神色从他脸上浮现出来。

陈橙心里纳闷儿，她不知道什么地方说错了话。明明一分钟之前何夕还在讲述着那个关于木禾的神话，但转眼之间却又像是变了一个人似的。陈橙不知道自己这时候该说些什么，她无意识地用指甲刮着弯曲的树干。这时陈橙突然嗅到一股很奇怪的气味从树干被刮掉表皮的地方散发出来，就像是腐烂多日的物体发出的，简直令人作呕。“怎么回事？”她吃惊地跳开，“这是什么气味？”

何夕怔了一下，摇摇头说：“这种气味是它与生俱来的，我曾经想去掉，但是没能成功。不过这种气味只在树干和树叶上才有，种子里没有。也许当年它在昆仑山上时就已经是这样的了。”何夕淡然地笑了笑，为自己找的这个理由。但是笑容并没有持续，他的表情重又恢复到几秒之前的样子。“我们该走了。”何夕补上一句，“我的工作场所就在前面。”

迷　雾

从外表上看这间屋子并不起眼，直到何夕带陈橙参观了建在地下的实验室之后，她才发现这其实是一所具有相当规模的研究所。在实验室里陈橙见到了不少稀奇古怪的装置，有些简直称得上闻所未闻。陈橙去过几处世界知名的农作物培育基地，有不少这方面的见识，但是何夕这里的确有许多不同之处，给人的感觉是他似乎走了与主流不大相同的另一条道路。有一个问题一直萦绕在陈橙心头：何夕告诉她在“样品 119 号”里包含有数十种植物的基因，并且称他之所以能够取得现在的成果，是因为他找到了一种被他称为“造物主的魔棒”的方法。正是这些因素共同作用才产生出了这种植物。陈橙的心中始终觉得“样品 119 号”上笼罩着许多妖异的迷雾，它一方面让人目眩神迷，另一方面却又丑陋得让人难以放心。比如它那奇怪的扭曲的枝干，还有枝干上难闻的气味。如果不是有那小小的稻穗作为点缀，它完全应该被归入令人厌恶的一类。但是，如果何夕真的能够如他所言随心所欲地挥舞“造物主的魔棒”，那么“样品 119 号”又怎么会是一副丑陋不堪的模样？这实在让人难以理解。

“你肯定想知道我是怎么建立起这个设施一流的实验室的。”何夕说这句话时的语气就像一个想在朋友面前炫耀的人那样，他的目光缓缓环视着四周，“当年我们一起求学时学到的那些知识还有用武之地。忘了告诉你，我一直是几家光子商务公司聘请的远程顾问。我就靠这个过活，而且还能攒不少钱来做我喜欢做的事情。”

陈橙露出戏谑的神色：“当初你不是说光子商务前途暗淡吗，现在还不是要靠这门技术过活？”

“这并不矛盾。”何夕反驳道，“其实当初我那样讲并不代表我不喜欢这门学科，我只是总结罢了。从新经济时代开始，各种让人眼花缭乱的新潮技术就轮番上阵，各领风骚若干年。唯一不变的就是每种技术都经历了几乎一样的发展过程。其实也不需要我多说，你应该有体会的。”

“我明白你的意思了。”陈橙喃喃点头，她死盯着眼前这个男人的脸，记忆里她曾经与这个男人有过无数次的争论，总的印象是：自己最后都是失败的一方。就像这一次，她本来以为自己会说服对方的，但是依然还是那样的结果。尽管陈橙永远都不会在嘴上承认，但是她的内心很清楚，自己已经再一次被说服了。恍惚间陈橙觉得时光的流逝仿佛停滞了，自己又成了很多年前的那个娇气而任性的少女，怀揣着彻夜不眠才想出的对策去找那个可气又可恨的人争辩，但三言两语之后就再一次失了面子败下阵来，只好一个人躲到校园角落里暗自赌气伤心。

影　像

“你们是说行动遇到了困难？”叶青衫带点儿恼恨地问，“不是说已经找到陈橙的所在地了吗？为什么不带她回来？”

坐在他对面的那个胖胖的警官做了个摊开手的动作：“我们不能强行那样做。根据调查，陈橙女士并未被劫作人质，警方在这种情况下没有理由干涉她的自由。现在我们只能在不惊扰她的前提下远距离监视那里的情况。”胖警官指着眼前的计算机屏幕说，“刘汉威警员就在现场附近，如果愿意的话，你先看一下他发回的一些录影资料。”

叶青衫不动声色地看着屏幕，他一眼就认出了那个男人。何夕，他在心里悠长地感叹了一声。这么说陈橙遇见的真的是他。叶青衫知道自己永远都无法忘掉这个奇特的学生，他聪明而偏激，我行我素却又害羞敏感，他就像是一个复杂的混合体。当年何夕全然不顾光子商务学每年给全球经济带来的上千亿美元的增长，公然宣称这只是昙花一现的片刻风光。为此叶青衫曾经与他有过几次正面的争论，虽然最后都以何夕认错了事，但叶青衫也知道这只是师威所致，算不得全胜。因为他私下里了解到，何夕在同其他人争论这个问题时总是驳得对方片甲不留。就连叶青衫心目中最听话的陈橙最后也在实际中认同了何夕的观点，她终于还是违背了叶青衫的意志转向"脑域"领域。

画面上的两个人进了屋，他们的声音越来越低，渐渐渺不可闻，而且就连红外波段的摄影机也失去了影像，他们看起来就像是从屋子里消失了。不过叶青衫很快想清楚了个中缘由，屋子里一定有通向地下室的通道。

"我们估计，可能有一个地下室存在。"胖警官在一旁说道，"现在我们正在计划下一步的行动。"

"我必须赶到那个地方去。"叶青衫突然下了决心地说道，一缕花白的头发随着他头部的运动在额头上一晃一晃的。他一边说一边朝屋子外面走，丝毫不理会胖警官满脸的诧异。

机　锋

转基因技术是多年前新经济时代的产物，它给当时的世界带来的争论之多，只有它所创造的利润可比，但是现在它只是一门夕阳产业。这并非说它在新四经济时代没有用武之地，恰恰相反，现在转基因技术产业的规模是新经济时代的几百倍，可问题的关键在于它现在创造的利润还不及当年的一半。这听起来似乎不合情理，说穿了却很简单，因为在新经济时代它是掌握在极少数人手里的尖端技术，当时一头乳汁里含有人体特殊蛋白的转基因奶牛每年能够创造两亿多美元的价值，而现在就算养上1000头这样的转基因奶牛，也达不到这样的效益。

何夕用探针从无菌培养基里挑出细小的一团物质放到显微镜下观察，他的神态很专注。陈橙靠在一旁的转椅上，有些随意地环视着四下的陈设。只过了半小时何夕便停止了工作，带点儿歉意地一边收拾一边说："让你久等了。这是每天必须做的工作。"

陈橙轻轻摇头："你不用管我。"

"已经弄妥了。"何夕已经收拾完毕，重新将培养基放入小型温室，"这是新培养的一批'样品119号'。我计划扩大实验规模，现在缺的是资金。"

陈橙心念一动，对何夕说："我记得农业部有这方面的专项基金。前不久我还跟农业部水稻研究所所长S博士见过一面，听他提到过这件事。他是水稻专家，一定会支持这件事的。"

何夕立刻被陈橙的提议打动，他的眼里放出光来，不由自主地握紧了陈橙的手。陈橙脸上微微一红，但是并没有挣开。何夕很快发现了自己的失态，急忙有些不自然地松开手。

"原来'样品119号'运用的只是转基因技术。"陈橙换了话题，"说实话我有点儿意外，我本以为这里面会有一些新的尖端技术。"

何夕露出神秘的笑容："我的确没有什么出奇的尖端技术，但这有什么关系呢？我只知道我造就了'样品119号'。所谓的技术就好比是一把锋利的刀，但很多手里有刀的人却未必能够雕刻出完美的作品，他们缺乏的是创造性的想象。也许人们早就具备造就'样品119号'的能力，但只有我做到了。你明白我的意思吗？"

陈橙不自觉地点头，她想起当年爱因斯坦评价自己创立的狭义相对论时说的一句话："苹果已经熟了，我只是摘下它的人。"但是，谁能否认爱因斯坦那超人的智慧呢？

也许何夕是有点儿自负，但是他的确有资格自负，因为他想到了常人想不到的东西。不，还不只是常人。陈橙接着想，自己不也是从未想到过这一点吗？陈橙突然有些气馁，她觉得自己多年来努力取得的那些曾经令她备感自豪的成就在何夕面前竟然有失色的危险。

"可我还是认定一点。"陈橙决定要有所反击，她的自尊心命令她这样做，"现在全世界都看好'脑域'技术，它才是世界经济新的增长点。尤其是对于我们这个依然不算发达的国家更是如此。这段时间以来，我们每个月的产值都超过20亿美元，我们在全球'脑域'技术市场上的份额占比已经过半，而且还在扩大。我们现在拥有世界第一流的实验基地，拥有世界上最好的'脑域'技术人才，我们将在新四经济时代确立从未有过的优势地位。"陈橙被自己描绘的前景所感染，眼角有隐隐的泪光闪动，"我永远忘不了那天我同叶青衫教授谈到这个问题时他说的一句话，他说，为了这一天的到来他已经盼望了整整一生。"

当陈橙提到叶青衫的名字的时候，何夕的身体微微抖动了一下，但是他没有说什么。陈橙用一句她认为最关键的话来结束整段谈话："而'样品 119 号'能够做到这一点吗？它是有许多优点，可是它生产的只是每个国家都能生产的，最普通的也是最原始的商品——粮食。"

何夕听到这里突然大笑起来："看来我们终于说到关键的地方了。我承认'脑域'技术的确是我们这个时代最尖端的科技，它只掌握在极少数人手里。你说你们每个月的产值都超过 20 亿美元，这我完全相信，而且据我分析其中的利润将达到 16 亿，也就是说是成本的 400%。道理很简单——那些'脑域'技术产品除了你们的实验室外，没有别的地方能够生产。其实这正是从新经济时代到新四经济时代所共有的唯一的不变之处。"

陈橙疑惑地点头，她很奇怪何夕竟然完全是在顺着她的意思往下说。

何夕高深莫测地接着往下讲："而'样品 119 号'呢？就像你说的那样，它的最终产品只是粮食，谁都能生产，我根本卖不了高价。结果可能还要更糟——你知道'样品 119 号'的性能，它被推广后可能使粮食生产变得几乎没有成本，粮食作物将成为野草一样的东西。到时候说不定粮食生产将不复为一个产业。"

陈橙不知道应该怎样理解何夕的话，她甚至搞不懂何夕想说什么。何夕所说的全都是实情，但是照他的说法，"样品 119 号"将是一种无法创造效益的成果。可是既然何夕已经认识到了这一点，他为什么不及早回头？

"可是，也许有一件事可以同它进行比较。"何夕话锋一转，"照刚才的逻辑，世上无用的成果还有一样，可那却是许多年以来全人类都梦寐以求的最伟大的理想。”

“你指的是什么？”陈橙喃喃道，她用力猜想何夕会说什么，但是她实在想不出。

“那就是可控核聚变技术。”何夕慢慢开口，“这种技术的产品是能源，如果它成功的话将永久性地解决能源问题，到时候能源将变得一钱不值。”

陈橙生平第一次觉得自己就像个傻瓜，竟然无法开口说一句话。她疑惑地望着何夕，望着这个她曾以为很熟悉，甚至一度有所轻视的人，脑子里响着乱糟糟的声音。木禾、“样品 119 号”、脑域、可控核聚变……陈橙恍然觉得支撑着自己世界的那些原本坚不可摧的柱石正在某种力量的挤压下崩塌。

但是何夕并不打算放过她，他的语气变得幽微：“对于一个人口不多的国家而言，‘脑域’技术会很有用，因为他们可以去赚世界上剩下的几十倍于他们人口的那些人的钱，再用赚来的钱去享受那些廉价的谁都能生产的传统商品。这样的游戏在新经济时代就开始了，当时世界上那个最强大的国家的人口只有世界人口的三十分之一，但每年购买并消耗的是世界上三分之一的石油。脑域兴国——你们是这样提的吧——对于我们脚下的这片土地来说这只是可笑的画饼而已。你真的以为自己改变了世界吗？你们待在一尘不染与外界完全隔绝的豪华大厦里，但世界上仍充斥着肮脏、贫穷、疾病以及污染。你们掌握着世界上最先进的‘脑域’技术，薪水丝毫不逊于世界上任何一个国家的科技精英，其中的个别人——比如说你或是林欣——很快就会成为世界首富。但是，如果你们将头伸出窗外看一眼就会发现，你们什么也没有改变。你们在设施一流的场所里，享受着普通人永远都不可企及的精致食品，有成百上千名各个领域的专家提供服务，你们的生活根本就与这片土地毫不相干。”

“老实说我都不知道自己应该怎样理解你的话，我觉得迷惑。”陈橙在短暂的沉寂之后插话道。

“我的意思其实很简单。”何夕望着天边，目光灼人，“对于浸透着苦难的古老土地来说，只有那些最最‘基本’的东西才会真正有用。除此之外的那些所谓新潮技术、所谓领先科技，最终都是些好看却作用不大的肥皂泡罢了。”

陈橙已经完完全全地沉静下来，她深深地看着何夕，目光如同暗夜里的星星。

异　端

叶青衫没能实施自己的计划。就在他正准备动身的时候接到了警方的通知：何夕同陈橙已经离开了蒹葭山。

水稻研究所是农业部下辖的所有研究所里最重要的一家。这是一片以米白色为基调的园林式建筑群。在大门的旁边立着一块仿稻穗形状的石碑，上面镌刻着一些令人肃然起敬的名字——他们是这个领域的先行者。

S 博士并没有刻意去掩饰脸上的不耐烦。陈橙昨天约请他见面时他原本打算拒绝的，这倒不是因为他有意端架子，他只是不喜欢陈橙的夸张态度，说什么“粮食产业的革命”。作为一名严肃的农业专家，他对任何放卫星式的做法一向不怀好感。S 博士是水稻专家，他的一生几乎都交给了这种与人类生活密切相关的植物。虽然并不能说他已经穷尽了这个领域内的所有发现，但至少不应该存在什么他完全不知道的“革命”性的东西。从这一点出发，他对陈橙的推荐基本上可以说是充满怀疑。不过现在眼前的这个人并不是他想象中的那种爱出风头的形象，S博士与何夕对视了一秒，他发觉有种令人无法漠视的力量从这个高而瘦弱的人身上散发出来，这竟然令他微微不安起来。

陈橙做了简单的介绍，然后把剩下的时间交给何夕，同时暗示他尽可能说得简短些。但是何夕的第一句话就让陈橙知道这将是一次冗长的演讲，因为何夕第一句话说的是：“《山海经》是中国古老的山川地理杂志……”

投射进房间里的阳光在地上移动了一段不短的距离，提醒着时间的流逝。S博士轻轻吁出一口气，他这才注意到自己的两腿已经很久都没有挪动过了，以至于都有些发麻。他盯着面前这位神情平静的陈述者，仿佛要做某种研究。在S博士的记忆中，他从来没有像今天这样一语不发地听完对方的谈话。并不是他不想发言，而是他有一种插不上话的感觉。这个叫何夕的人无疑是在谈论一种粮食作物，这本来是S博士的本行，但是听上去却又完全不对路，尽是些神神道道的东西。不过中心意思还是很清楚的，那应该是一种叫作“样品119号”的多年生木本稻谷。S博士的额上已经渗出了一层细小的汗珠，这是他遇到激动人心的想法时的表现。他终于按捺不住问道：“这种作物的单产是多少？比起杂交水稻来如何？”

何夕突然笑了，S博士一时间弄不明白他的笑是因为什么，在他看来，他们讨论的是很严肃的话题。“我不认为我有必要去过多地考虑这个指标。”何夕笑着说。

S 博士简直要怀疑自己听错了，他急促地反问：“难道对于一种粮食作物来说，单产这样的指标还不够重要吗？一种作物离开了这个指标还能够称得上是作物吗？”S 博士狐疑地盯着何夕看，他真想伸手去探一下何夕的额头，看他是否发烧。

“你误会了我的意思。”何夕了解地说，“我只是说‘样品 119 号’比起任何杂交水稻来，首先在出发点上就已经是天壤之别，它们根本就不可比。”

“是吗？”S 博士轻轻问了一句，抬头环视了一眼这间专属于他的设施豪华的办公室。一幅放大的稻株图片挂在最醒目的地方，这是多年前一位研究杂交水稻的先驱者发现的，并由此带来了一场杂交水稻的技术变革。现在 S 博士所做的一切都是沿着他闯出的道路往下走。这条路已经由许多人走了许多年，已不复当年崎岖难行的模样，而是很宽阔，很……平坦。

“我知道你们这里有专项的研究基金。”陈橙打破眼前这短暂的沉默，“何夕现在最缺的就是资金。他一个人的力量太小了。”

“你是说资金。”S 博士恋恋不舍地将目光从那幅图片上收回，“我们是有专项的资金，但是现在有几个项目都在同时进行。何况……”

“何况什么？”何夕不解地追问。

S 博士露出豁达的笑容：“我们不太可能将宝贵的资金投入到一个建立在神话之上的奇怪想法中去。想想看吧，你竟然不能告诉我‘样品 119 号’的单产。”

何夕静默地盯着 S 博士的眼睛，几秒后他仿佛洞悉般地叹了口气说："虽然我知道多余，但我还是想解答你的问题。由于没能规模种植，所以我现在的确还不知道'样品119号'的单产究竟是多少，但即使今后发现它比不上杂交水稻的单产，我也将坚持自己的观点，因为那种情况即使出现也肯定是暂时的。你注意到了一个现象吗？夏天的时候再茂盛的水稻田的地表也会发烫，这说明大部分太阳能根本没有被利用，而夏天的森林里却总是一片凉爽。这也是木本作物和草本作物最大的区别之一。就好比汽车刚刚诞生的时候根本比不上当时马车的速度，但这绝对阻挡不了前者最终取代后者成为世界上交通工具的主宰。"何夕苦笑一声，"我知道你们一直走的是水稻杂交路线，培育的作物始终都是草本植物，这同我走的完全不是一条路。在你们这些正统人士眼里，我根本就是一个不守规矩的异类。你们可以拒绝帮助我，但这只会让我从心里生出鄙视。你们不过是为了保持自己占有的一点点先机，但是却放弃了更多的可能性。"

何夕说完这句话便头也不回地夺门而出，陈橙仓促地起身朝S博士点点头后追了出去。屋子里安静下来，S博士突然觉得很累，就像是要虚脱的感觉。他无力地靠倒在沙发上，目光正好看到了那幅醒目的图片。这时就像是有一股力量注进了S博士的身体，他挺直身板痴痴地看着图片，目光中充满依恋，就仿佛是仰望着一种图腾。

秘　密

叶青衫在研究所门口截住了何夕与陈橙。这是一次意料之外的会面，何夕脸上的表情像是惊呆了。

“同自己的老师见面就那么可怕？”叶青衫有些伤感地说。

“不，您误会了。”何夕镇定了些，“我只是觉得自己对不起老师。”

“这倒不必。”叶青衫立刻明白了何夕的意思，“人各有志，岂能强求，就连陈橙不也是改了专业吗？我不怪你们。”其实这句话并没有道出全部实情，因为在叶青衫眼中，陈橙走的依然是正途，她今日的成就令叶青衫也感到荣光。而在叶青衫看来，何夕却是堕入了旁门左道，他甚至都不知道何夕究竟在干些什么。

叶青衫转头对陈橙说：“这段时间我们都很担心你。林欣现在也没法静下心来工作。”

叶青衫的目光突然飘向陈橙的身后：“说曹操曹操就到了。”

陈橙回头，林欣的头从一辆警车中伸出，车像脱缰野马般冲过来又猛地停下。林欣跳下车，忘情地扑上来紧紧拥住陈橙，脸庞涨得通红。“这些天出什么事了？”林欣大声问。但是看来他并不打算让陈橙回答，因为他将陈橙的整个脸庞都死死压在了他的胸前。

“别这样。”陈橙费力地挣脱出来，她的目光从何夕脸上扫过，她看到一丝复杂的神色划过何夕的眼底。“我先介绍一下。”陈橙指着何夕说，“这是何夕，我的老同学。”又指着林欣对何夕说，“这是林欣，我的……老同事。”

“何夕。”林欣念叨着这个似曾听过的名字，同时探究地看着眼前这个男人的脸。他既然是陈橙的同学，年龄应该也是 30 多岁，但是看上去的苍老程度却是接近 50 岁。很久没刮的胡子乱糟糟地支棱着，更加夸大了这种印象。林欣不由自主地摸了摸自己光洁的下巴。

“常听陈橙提起你。”何夕伸出手与林欣相握，“我知道你是世界著名的脑域学专家。”

“过奖过奖。”林欣照例谦虚地笑，同时礼节性地轻轻碰了一下何夕的手，就如同面对那些仰慕者一样。之后他便立刻将注意力集中到了陈橙身上，同叶青衫一道对她关切地询问着。

何夕在一旁孑立，沉默地注视着这幅热闹的重逢画面，一丝几乎难以察觉的落寞的神色划过他的眼角。长久以来，他已经习惯了遗世而独立的生活，对于外界的喧嚣几乎从不在意。但是眼前这似曾相识的情景却在一瞬间不可抵抗地击中了他，一股久违的软弱的感觉从他心里翻腾起来。

我在这里做什么？何夕问自己。这是他们的世界，我不该留在这里，我应该回到自己的山谷中去。何夕最后看了一眼正沉浸在相逢的快乐里的人们，慢慢地朝后退去。

但是一个声音止住了他，是陈橙。“何夕快过来！”她神采飞扬地喊道，“我有一个提议。”

何夕的脚步立即停了下来，这并非因为有什么“提议”，而是因为这是陈橙在叫他。他淡淡地笑着迎过去，加入原本离他很远的热闹之中。

“我计划从我们的研究经费里抽出一部分来资助你。”陈橙大声地说，“加上老师和林欣，到时候凭我们3个人的支持一定能通过这个提案。”

“支持？那……当然了。”林欣转头看着何夕，目光就像是看着一个靠着女人的荫庇而生活的男人，“我没什么意见。”

“怎么说话有气无力的。”陈橙打趣地望着林欣，“何夕不会浪费你的那些宝贵经费的，他从事的是很有意义的事情，他研究木禾。”

“什么……木禾？”叶青衫迷惑地看着何夕，“那是什么东西？”

“木禾是一种长得很丑又有臭味的树，不过它很了不起。”陈橙的语气有点儿卖关子的味道，这么多年来所有人都误会了何夕，现在她真的替何夕感到骄傲。

但是何夕脸上的神色却突然变得阴沉起来：“从来没有什么木禾。我研究的是‘样品 119 号’。”

陈橙悚然惊觉，这已经是何夕第二次这样强调了。他似乎很不愿意听到别人提起“木禾”这个词，就像是有什么不为人知的东西一直梗在他的胸口。陈橙不解地望着何夕，但是后者已经紧抿住了嘴，也许那将会是一个永远的秘密。

绝 尘

陈橙有些不耐烦地敲着桌面。“国家脑域技术实验室”各个部门的负责人基本都已到场，今天他们将讨论向“样品 119 号”项目（这真是一个奇怪的名称）注入资金的事宜。时间已经到了，但是何夕却没有现身，这让陈橙有些不快，也许长久以来的农夫生活令他也变得疏懒了。

去催问的人回来了，他径直走到陈橙面前，交给她一个金属盒子：“是那个人留下的，指明交给你。”

盒子很厚，有种沉甸甸的感觉。陈橙有种不祥的预感，她两手颤抖着打开盒子。里面最上层放着一台微型录音机。陈橙戴上耳机，何夕那浑厚的声音传了出来。

“陈橙，凭你的聪慧，当你收到盒子的时候，一定就意识到什么事情发生了。是的，我走了，这是我费了很大力气才决定的。你一定奇怪我为什么这样做，老实说一时间我自己都无法完全说清楚。我知道你们即将讨论资助我的研究的事，而正是这一点促使我尽快离去。很奇怪吧，等你听我说完就会明白了。

“我的研究其实早在两年前就完成了。一切都很成功，甚至近乎完美。我挥舞着‘造物主的魔棒’创造出了我想要的东西，我将世间植物的所有优点都赋予了它，在那令人永生难忘的一刻里，我将木禾从高不可攀的神山上带到了人世间。

“是的，我是说木禾，而不是什么‘样品 119 号’。那时的木禾还只是一株幼苗，却苍翠而修长，可以想见它长成后的伟岸与挺拔，也许就像《山海经》所说的那样‘长五寻，大五围’。我目眩神迷地注视着它，大声地赞美它，就像是面对自己倾心不已的恋人。但是接下来我却伸出脚去将它碾作一团泥。不仅如此，此后我全部的工作便是搜寻植物中那些令人不快的基因表达，比如弯曲的枝干以及恶心的气味，并且挖空心思地将与这些性状有关的基因嵌入木禾中去。这样做的结果便是你看到的那种奇怪的植物——‘样品 119 号’。长久以来，我一直就在做这些事情，那天我说希望得到研究资金，其实是因为我还想在‘样品 119 号’中加入某种制造植物毒素的基因，以便让它的树干中含有剧毒。

“听到这里你一定以为我疯了。但是你错了，我并没有疯，恰恰相反，做着这一切的时候我很清醒。我之所以这样做只有一个原因，那就是我太喜欢木禾了，它是我半生的心血。中国有句古话：匹夫无罪，怀璧其罪。你明白我的意思吗？大象因为象牙之美而招致杀身之祸，犀牛死于名贵的犀角，而森林则因为伟岸挺拔的树干而消失。人类主宰着这片多灾多难的土地，按照自己的意愿支配着一切。我将这些性状加入木禾中去只是为了起某种防御作用罢了，我这样做只是希望有朝一日木禾能够遍布这颗历经沧桑的星球而不是被砍伐一空——这种事情实在太多，让我根本无法相信人类的理智。如果资金到位，我准备马上开始。

“但是我最终决定放弃了，这真是一个难以做出的决断，我为此彻夜不眠。不过现在我总算下定了决心，我想自己总该对世界保留一些希望吧。也许有了教训后的人们不会再像以前那么贪婪了呢？也许这都是我的杞人忧天呢？所以我把最后的决定权交给你，在盒子里有两支试管，里面分别培养着木禾以及‘样品 119 号’的幼体，但愿你内心的声音能够引领着你做出正确的决断。

“你一定会问我将到哪儿去。别为我担心，我有自己的路可走。还记得我们说过的，这个世界除了木禾还有一项研究也是‘无用’的吗？最大胆的预测是，有实用价值的可控核聚变技术将在 50 年至 100 年后问世，也许那便是我的归宿。这次重逢让我知道，经过这么多年，我们的人生之路已经相隔太远，同学少年的美好时光就让它在记忆里永存吧。

“再见了，陈橙。向林欣问好，他是一个很不错的人。”

整个屋子里鸦雀无声，所有人都面面相觑，不明白发生了什么事。

陈橙从盒子里抽出两支试管，一时间整个屋子都仿佛变得明亮起来。左边的试管壁上标着“样品 119 号”的字样，里面有几株黄绿色的不起眼的植株。而另一支试管则没有任何标记。陈橙将目光集中到右边的那支试管上，她并没有意识到自己的手已经开始颤抖。试管里也是几株小苗，纤细而柔弱地斜躺着，除了那夺人心魄的绿色并没有什么出奇之处。

木禾，陈橙在心里轻唤了一声，如同呼喊一个奇迹。

霎时陈橙的心中滚过万千难以用语言形容的感慨，她仿佛看到了掩映在云雾深处的海内昆仑山，千万年来簇簇仙葩自由自在地在绝顶之上生长着，山腰风雪肆虐，一个渺小而倔强的身影若隐若现……

“你怎么了？”林欣关切的询问将陈橙从短暂的失神中惊醒。“那个没有标记的试管里是什么植物？”林欣追问道，“它叫什么名字？”

陈橙陡然一滞，竟然不知道该怎样回答这个问题。她的目光停留在了试管上，是的，那个人将决断权交给了她，那个人将神话里的木禾带到了人世间，但是很快便发现它太完美了，几乎不可能在这个早已摒弃了神话的世界上生存。

“它也是‘样品 119 号’吗？它也是稻谷吗？”林欣挠挠头，“不过看起来有些不一样。”

“它会是一棵擎天大树。”陈橙脱口而出，泪水在一瞬间濡湿了她的双眼。

审 判 日

一

“如果你上辈子是一个坏人，比如说总是忘记太太的生日或是爱占别人的小便宜，那么公正而万能的上帝就会在这辈子让你事事不顺，处处吃亏忍让。也就是说，你这辈子将是一个好人。而如果你有幸在上辈子过着坏透了的生活的话，那么毫无疑问，因果的力量恐怕会让阁下这辈子除了诸如解放全人类之类的苦差事外无事可干了。请欢迎我们‘前世的罪人’何夕先生！”

何夕并不知道蓝一光是什么时候变得这么会调动气氛的，印象中他的这个助手并不能言善道。何夕缓缓走上前台，恍惚间他觉得这几米的距离长得就像是人的一生。

“女士们，先生们，今天我站在这里首先想起了一个人，那就是我的母亲。关于她，我最不能忘记的是她离开这个世界的时刻，甚至可以说我一直都在赞美那一刻。”何夕停顿了一下，一阵意料中的嘈杂声响了起来，“请原谅我这么说，不过这是真话。那无疑是我一生中最重要的时刻，其重要性肯定超过了我的诞生。在那之前，我和无数生活在这个科技时代的人过着几乎一样的生活。我知道地球是圆的，宇宙中有无数的星球，科学还告诉我生命是由遗传密码控制的大分子序列，是由那些冰冷的元素在亿万年的亿万次碰撞中偶然聚合出来的。我也相信这一切，即使是在今天也没有谁能说这一切是错的，但我觉得这一切也许还可以换一种角度思考。”

“我丝毫没有跟各位开文字玩笑的意思。我不妨问各位一个问题，从这些正确的科学理论出发，我们应该怎样生存呢？很显然，我们可以得出最重要的一点就是，生命的两极是生与死，生前死后对生命而言没有意义。这听起来像是废话，但我倒是觉得这人人皆知的道理恰恰是我们这个世界多灾多难的最大根源。当年法国国王路易十五曾说过：‘在我死后哪管洪水滔天。’如果一个人多读几遍历史的话就会发现，这个世界上最可怕的事情正是像他这样的人干出来的。当一个国王像路易十五那样思考的时候，他唯一的可能便是成为恶魔一般的暴君，历史也正是如此。而如果一个普通人也这么想，那么他就会毫不犹豫地把糖水当成奶粉卖给那些贫穷的母亲，然后心安理得地看着婴儿死去。至于说到我的母亲，她只是一个普通的基督徒。我永远记得母亲去世时的每个情景——她从连续几日的昏迷中突然苏醒，吩咐我们去找牧师来。但牧师来了之后她却拒绝忏悔，她说这一生没有做过需要忏悔的事情。直到今天我仍无法形容当时的感受，只觉得母亲的脸庞四周笼罩着一层淡淡的光芒，也许是幻觉，我觉得她的脸庞白净得透亮，让人感到必须要仰视。除去那些在昏迷状态中告别人世的人，母亲的去世是我所见过的最宁静祥和的死亡。奇怪的是，我心中没有一丝面对死亡的感觉，倒像是送母亲到一个美好的去处。后来我常想，也许人的死亡本来就该这样，也正是从这一天起，我开始相信，在我们的智慧以外的某个地方存在着我们永远无法了解的力量，这种力量是这个世界上真正的智慧者和审判者。或者说应该存在这样一种力量，因为丧失了最终审判的世界不是一个公正的世界。我们要让好人享受福报，让坏人得到惩罚；让死者开口，让沉冤昭雪。当审判日到来的时候，过往的一切会如同重放的电影般展现在人们眼前。”

何夕停了下来，四周安静极了。他挥挥手，示意助手协助，大厅正前方的半空中立刻出现了一个何夕的三维头像。听众席上出现了一些议论的声音。

何夕笑了笑：“现在我要在这里演示一下我们多年来的工作成果。这是一套叫作‘审判者’的系统。它的原理非常简明，谁都能听懂。现在各位看到的这个人并不是通常我们所认为的一个虚像，严格地说那就是我本人，因为在这个人像后面起支持作用的计算机里储存着我全部的记忆。”

何夕撩起额前的头发，一根黑色的细管显现出来：“这是一根天线。我想先阐明的一点是，大约在20世纪的时候人们就已经知道，思维和记忆活动作为精神运动，其实总是伴随着脑电波以及细胞间物质交换等物质运动。换言之，我们能够通过分析可以定性定量的物质运动来达到洞察精神活动的目的。当时的人们已经通过脑电波的形状来分析人的精神状态的好坏，比如他们认为阿尔法波形表示人的精神状态最佳。简单扼要地讲，这实际上是个解码的过程，只不过现在我找到了一些更完善的方法，可以精确解释每一次物质运动后所对应的精神运动。我的脑中被植入了一块叫作‘私语’的生物芯片，它能截取我脑中每时每刻的记忆，并通过这根天线将其实时地发送到当代功能最为强大的电脑中储存起来。”

听众席再度传出低低的讨论声，何夕不得不停下来。这时一个年龄很小的记者模样的人突然站起来说：“你是说这机器是一台读心器？”

“大致是这样——如果你愿意这么说的话。”

小记者走上前凑到何夕耳边低声说：“何夕是个骗子。”然后他走到头像跟前问道，“说吧，刚才我最后一句说的是什么？”

“何夕是个骗子。”头像的声音由电脑合成，显得有些瓮声瓮气。

四周传来一阵意料之中的讪笑，小记者十分得意。

何夕平静地问道：“你是说的这句话吧？”

小记者胸有成竹地说：“这句话没错。不过这种把戏几十年前就有人玩过了。我打赌在你的身上藏有微型窃听器，头像的话只不过是你的同伙做的配合罢了。”

人们的笑声变得有些肆无忌惮了。

但是一个声音很快结束了这种混乱场面。头像瓮声瓮气地说：“你一定喜欢吃大蒜，刚才我闻到你的嘴里有高浓度的臭味。”

周围立刻安静下来，小记者不自觉地捂住了自己的嘴，这次他的脸真的红了。众目睽睽之下，头像的这种感受除了直接从何夕的大脑中取得外别无他途。一丝很浅的笑意自何夕的嘴角漾起，他在想，小记者口中的大蒜味的确难闻，头像的抱怨一点儿也不夸张。

于是接下来的一切自然而然地变成了喜剧。观众沸腾了，他们对头像提出一个个稀奇古怪的问题，诸如“何夕有多少钱”“何夕是不是处男”“何夕睡觉磨牙吗”……不过对这样的问题，他们得到的回答一般都是一句“无可奉告”。何夕不得不站出来解释道：“不要说是一个活着的人了，即便是一个死去的人的内心世界都应该得到保护。如果没有得到法律的许可，我认为谁都无权公布他人的内心世界。今天为了这场发布会，我们特意开放了部分数据，但只限于一些很平常的记忆。请大家不要再询问刚才那些问题了，那都是些没有开放的数据。不过不管政府以后制定什么样的法律，反正等到我离开这个世界的那一天，我倒是不反对解答各位的所有类似问题。”

二

过道被挤得水泄不通，闹哄哄的人群始终不肯散去，组织者不得不动用警卫才将何夕护送回60千米外的实验室，其实这里也算是何夕多年来的家。何夕刚走进办公室，政府方面的代表马维康参议员就走过来和他握手。马维康60岁出头，头发花白，精神矍铄，眼睛看人的时候常眯成一条刀样的缝。在政坛上的多年沉浮让他脸上的表情没有任何可供他人参考的东西。何夕知道这都是表象，说起来他们是患难之交，马维康是政府方面少数几位对“审判者”系统持支持态度的人，并且因此还受到不少非难。他一直会同几名议员游说政府，要求批给研究经费，在几年前何夕处境最艰难的时候，还让他的女儿马琳中断了医学博士的学业，将她推荐给何夕当助手。

“欢迎我们的上帝先生。”马维康半开玩笑地说，“在你面前我感到自己就像是真理，我的意思是说，赤裸裸的。”

何夕撩起自己额前的头发指着那根黑管说：“那得等到你们批准给所有人都装上这个东西才行，至少到目前为止你还是穿着衣服的。”他顿了一下，“到时候给你选个花白颜色的天线使其与头发匹配。”

马维康议员想了一下：“但愿人们能够理解这一切。”

“没有人会理解。”何夕接着说，“没有几个人会喜欢把自己脑子里的东西翻出来晒太阳，即使里面早就长满了霉菌。这也是我愿意同政府合作的原因。如果政府不通过立法来推行，我是毫无办法的。”

“你想把我们拉进来当你的挡箭牌？”

“我敢肯定，只要实施这个计划我马上就会成为众矢之的，但我是不会后悔的。‘审判者’虽然防不了天灾，但绝对可以避免给人类带来巨大灾难的人祸。实际上人类到现在为止的历史完全就是一本糊涂账，我以为仅仅依靠像中国古代的司马迁一样的几位敢于拼命的史家，是无法还历史以真面目的。脆弱的真相常常无法得到保留。”

“我懂你的意思。不过政府内部对这套系统持反对意见的人占大多数。”马维康耸耸肩。

何夕冷笑着，情绪有些激动：“如果当年有‘审判者’系统的话，希特勒根本就上不了台，他脑子里的那些东西如果预先让德国人民见到的话，又哪来的第二次世界大战？”

这时马琳从门外走了进来，她二十八九岁的样子，明眸皓齿，长发飘飘，一身得体的衣服将身材的娇美衬托得恰到好处。看到何夕正在她父亲面前发火，她有点儿不知所措："怎么吵上了，好像你们俩一见面就没有清静的时候。"

当何夕情绪激动的时候，马琳是少数几个能令他平静下来的人，马琳是何夕见过的女人中称得上"美丽"的少数者之一。何夕一向认为，这世上漂亮女人不少，但"美丽"的女人就很罕见了。漂亮只涉及外表，而美丽与否却关乎整体。

"我已经说服政府给你追加了一些经费，不过我不能向你保证什么。政府方面由我去努力，你们专心搞好自己的研究就可以了。"马维康说到"专心"两个字的时候似有深意地瞪了马琳一眼。

马维康走后，屋子里就只剩下何夕和马琳，马琳看了他一眼说："如果没有别的事我先出去了。明天上午实验室见。"

何夕按捺住心中的失望点点头，然后便听到了她出门后合上门锁的声音。他刚掏出香烟准备点上却又犹豫了，因为屋子里还残留着一股好闻的气息，何夕知道那是马琳最爱用的香水。10 年前他在事业上放逐自己的同时，也将自己放逐到了感情的荒漠地带，但是 10 年后的今天，在这个值得纪念的日子，一些久远的东西却在他的心中不可抑制地泛起，让他体会到自己身上其实还蕴藏着另一种让人无法抵抗的情感。

但是门铃响了，何夕简直就是满怀期待地上去打开门，然后他看到了马琳如花的笑靥。她手里拿着一壶新鲜的咖啡。

三

上午8点10分，何夕进入位于基地主楼的一号实验室。在过道里，他听到窗外传来一阵喧哗，中间夹杂着蓝一光的声音。何夕好奇地向窗外望去。警卫正在阻止一群人进入基地，他们手里都拿着抗议条幅，上面出现最多的几个字是“神圣思权阵线”。这好像是一个新近成立的组织，抗议目标正是“审判者”。

对方的领导者是一个名叫崔文的年轻人，何夕知道以现在人类的心智水平，没有谁会愿意让他人探知自己的内心世界。但常人的隐私无非分两种：一种是于人无害但于己有羞，一种则于人有害。对后一种，无疑是正义社会本来就要千方百计调查清楚并提早预防的，对前一种的态度则完全受社会进步程度的影响。何夕认为，当“审判者”系统获得广泛应用之后，人们的思想将随之发生极大的改变，届时人们对他人的一些闪念中的恶念将持比现在宽容得多的态度。

单从相貌上看，崔文可以说是相当吸引人：30岁刚出头的样子，蓄着顺眼的络腮胡。“魅力男子”，不知为什么何夕心里突然闪过这样一个词，一丝按捺不住的笑意从何夕的嘴角漾出来。他说：“我觉得你们并不清楚什么是‘审判者’。”

崔文摆摆手：“请不要用这种居高临下的态度和我们讲话，在这个问题上，我并不认为你比我懂得多。我曾经在政府科研部门工作过，和你的研究方向是一样的。”

何夕来了兴致：“我知道政府以前开发过一个类似的系统，后来因故停止。你怎么会和自己曾经努力的目标过不去？”

“我只认定一点，那就是任何人都无权透视他人内心所想。”

看着崔文，何夕心里居然很奇怪地有一种面对老友的感觉。何夕知道个中缘由很简单，因为崔文真是像极了10年前的自己。那种语气，那种自以为只要手中持有真理就敢于向整个世界挑战的让人想笑却又有几分感动的激情，还有那脸红的样子、飞扬的眼神。何夕根本就是目不转睛地盯着崔文的脸看，他觉得自己简直是喜欢上这个“持不同政见者”了。

崔文真的感到愤怒了，何夕莫名其妙的态度让他无法平静下来，他大声说道：“尽管你现在是一个名人，可是在我看来你表现得又狂妄又虚伪。我们来这里只是想告诉你，也许你认为自己可以扮演一个救世主的角色，但那只不过是一厢情愿罢了。实施你的系统只会禁锢人类的思想，把所有人都变成头脑空白的伪君子，后果比中国古代的文字狱要严重百倍。你的失败只是迟早的事情。”说完他转身离去，背影竟然潇洒得令人过目难忘。

何夕还在那里愣着，过了几秒他突然大声对那个潇洒的背影说道：“那你为什么不留下来亲眼看看狂人的覆灭？”

四

墙上的大屏幕正在演示记忆的物质过程。实验的样品采自两天以前，受试对象同以前一样，也就是说是何夕自己。何夕愿意看到自己内心不可见的记忆被“审判者”系统通过可观测的物质运动抽取并归纳成条理清晰的内容。何夕曾经花时间考证过人类对自身思维的认识，结果发现一个有趣的现象，那就是世界上许多民族的祖先最早都是把心脏当成思维器官的。像中国古代的大哲学家孟轲曾说过：“心之官则思，思则得之，不思则不得也。”而古希腊哲学家亚里士多德也认为心脏是思想和感觉的器官，大脑的作用只是让来自心脏的血液冷静而已。直到公元 2 世纪的时候，古罗马一位名叫盖伦的著名医生才开始认识到大脑才是思维的器官，但对他而言，大脑究竟如何产生思维的记忆还是一个不解之谜。直到 19 世纪之后，人们对大脑功能的研究才真正走上正轨，法国医生布罗卡，俄国生理学家贝兹、谢切诺夫、巴甫洛夫等人的卓越研究让大脑的神秘面纱初步被掀起。当何夕想到这些先行者的名字时，心里很自然地升起敬慕之情，因为他现在就站在这些巨人的肩膀上。但他同时也不无自信地想到，自己很可能将成为这场旷日持久的奋斗历程的终结者，因为何夕对自己将要成为揭开大脑思维记忆这一千古之谜的人毫不怀疑。

屏幕上是部分脑细胞的三维显微图像，可以进行任意角度的旋转、任意比例的放大和多种效果的演示。如果何夕愿意的话，他甚至可以把镜头推到其中的某个大分子内部去做一番游历。实际上，何夕之所以能取得目前的成果，和眼前这种分辨率达到原子级别的计算机仿真显微技术是分不开的。经过几代人的努力，人们已经知道人的思维和记忆都是由大脑的多个部位来共同负责的。就记忆而言，大脑皮层的颞叶和额叶以及海马体都与记忆的产生有关，也就是说当这些部位受损后人将无法记住刚刚发生的任何事情，但不一定会遗忘以前记住过的事。研究发现，长期的记忆对应着神经元细胞的结构性改变，这一点正是“审判者”系统的理论基础。“审判者”系统正是通过分析神经元细胞的这种结构性改变来抽取人的记忆。几年来，何夕领导着这个实验小组记录并分析了几十亿个神经元细胞的结构图谱，包括它们之间相互组合所形成的更为复杂的网络，从中破译出了各种不同结构所对应的记忆内容。任何人都可以想象出这是一项多么庞大的工程。他们终于走上了正轨。正如演示的那样，“审判者”已经是一个接近实用的系统了，现在剩下的只是一些后期完善工作。

在充满了整个屏幕的细胞内，观看者可以看到棒状的线粒体正在剧烈地“燃烧”，由葡萄糖酵解而来的丙酮酸在三羧酸循环中释放出大量的三磷酸腺苷，这是一切生理活动的能量来源。人们可以看到长有几千个到上万个突触的神经元细胞相互纠结着，如果仔细观察，会发现没有任何两个神经元细胞之间有原生质联系，也就是说它们都只是通过突触“碰”在一起。每一个神经元细胞内都遍布着无数钾离子、有机大分子及少量钠离子和氯离子，而细胞外则布满无数的钠离子和氯离子，离子间保持着动态的电化学平衡。何夕知道此时在细胞膜上的电压是 -70 毫伏，正是这个电压维持着离子间的平衡。忽然，从某个树突传来刺激，导致神经元细胞膜上某个局部的电压突然减小到了临界值，细胞外的钠离子开始向细胞膜内扩散，膜电位也由负变为正。随着膜电位的升高，细胞膜对钠离子的通透性急速下降，对钾离子的通透性增加，最终细胞又回复到了初始的平衡状态，整个过程都在一毫秒内完成。虽然一切还原如初，但并不意味着什么事情都没有发生过，因为刚才的那个电位倒转将造成毗邻的细胞膜发生相同的过程。从效果上看就是，刺激导致的电信号会沿着神经纤维以每秒 90 米的速度不衰减地传输出去，直至下一个相邻的神经元细胞，并最终到达神经中枢。就在这个瞬间，最原始的记忆已经产生了，由于神经细胞的惰性作用，电信号实际上已经轻微地改变了神经元细胞突触的结构。其原理非常类似于眼睛的视觉暂留现象。当然，如果事情到此就结束的话，这种结构变化会很快消失，如同一根被外力压弯了的树枝会逐渐复原一样，结果表现为记忆消失了，比如人们并不会记得自己眼里看到过的每一幅图像。但是如果这种改变因为某种原因受到强化的话，那就可能发展为长期的记忆。这时的神经元细胞的突触将形成复杂网络，如果日后感受到某些相关刺激的话，复杂网络的活动就会被激起，重现过去的经验，这也就是所谓的“想起”的机制。

大约又过了20分钟那个片段才演示完，而这实际上只是发生在神经元细胞里的不足0.1秒的过程。同时计算机的分析结果也出来了，电子合成的声音听起来有点儿嗡嗡声：“高温，灼烧，肘部皮肤，132℃，时间持续0.2秒。”何夕满意地点点头，实验样品正是采集了他被一个高温物体短时灼烧的过程。当然他自己是不可能知道物体的准确温度以及持续的准确时间的，但计算机可以根据刺激的强弱程度测出这个温度和时间。何夕想，这也不能算是什么缺陷，最多可以说是“审判者”系统在对人的记忆描述上的拟真度还不够高而已，看来马琳还应该在模糊计算模块上再多做些改进。

这时有一名警卫走进来低声对何夕说：“马议员打电话说他马上要来，另外——”他转头看了看不远处的崔文——他正目不转睛地看着屏幕——欲言又止。

何夕有些不悦地皱眉：“这里没有外人，你尽管说。”

警卫踌躇了一下，还是凑到何夕耳边用很低的声音说：“总统先生和他在一起。”

五

总统看上去比媒体上的形象要显得疲倦，一丝忧虑的神色在他的眉宇间浮现。这是何夕第一次这样近距离地看到这位拥有巨大权力的人。

“听说你们搞出了一样新奇的东西，可以读出别人的思想。”总统温和地微笑着，“我觉得这很有趣。”

何夕觉得总统的话里有一处他很想提出异议的地方，他犹豫了一下还是开口道：“请原谅，总统先生，我以为‘审判者’不应该只用来读‘别人’的思想，我的意思是说，如果政府在最后的立法里使任何一个人享有审判豁免权的话，都是不公正的。如果是那样，我不介意亲手毁掉这个我为之努力了10年的系统。”

总统很明显地感到了吃惊，眼前这个目光坚定的科学家让他很有些意外。本来他没有到这个实验室来的计划，只不过因为马维康议员竭力建议并且顺路罢了。但他现在倒是来了兴趣，而且是大大地有兴趣。他直视着何夕说：“你真认为我们有必要去审判每个人的内心世界？我是说，以前我们没有这样做不也过来了嘛，让每个人独享自己的心灵不好吗？”

“问题在于这个世界上每一颗心灵并非都是无害的，其中的一些肮脏龌龊乃至剧毒的东西是需要用审判的形式来彻底荡涤干净的。想想古往今来的那些欺世盗名者，那些自诩救星而背地里却是男盗女娼、丧心病狂的独裁者，那些创立邪教为了害世人的骗子，这些丑恶的心灵都应当得到审判。”

总统的脸上闪过一丝尴尬的笑容：“你说的这些我也有同感，问题在于，严格地讲这个世界上可能没有一个人能禁得起审判。有谁一辈子都没有做过亏心事呢？”

何夕点点头：“我承认你的说法。但你用了‘亏心事’这个词，如果一个人在记忆里对某件错事有亏心的感觉，那么起码来说他还是有良知的。而如果这件事并非十恶不赦的话，那么我想‘审判者’系统把这件事情从他的记忆里发掘出来，对他而言并不纯粹是一件坏事。我不同意这个世界上没有人可以禁得起审判的说法。对真正有良知的人而言，审判不会是一件对他们有太多影响的事情。如果‘审判者’系统能让人们的行为受到向善的规范，那么又有什么不好？”

总统很认真地听着，没有插一句话，在马维康的印象中这是很罕见的事情。许久之后他才有些不舍地站起身，对马维康说：“我看可以给这个系统追加一些经费，你叫人写一份报告给我。”他转过头看着何夕，“我必须要说的是，你让我想到了以前不曾注意到的一些东西，改变了我对某些事情的看法。”

何夕淡淡地笑了笑，握住总统伸过来的手：“你也改变了我的一些看法，原来世界上还有可以理喻的政治家。”

总统用力握了握手：“如果这算是恭维的话，我接受它。当然，如果那个叫作‘审判者’的系统能证明这番话是出自你的真心的话，我将更加高兴。”

六

蓝一光冲进办公室，脸上的神色很焦急：“这段时间我调查了一下崔文的背景，我发现他很不简单。崔文曾经是‘深思’系统的一名助理研究员。”

“深思。”何夕念叨着这个名词，他知道这是政府在几年前资助过的一个项目，后来因故停止。“崔文说过他从事过与我们类似的工作，这么说他很诚实，没有撒谎。”

蓝一光不想掩饰自己的不满，他实在想不通何夕为什么信任崔文，那个大胡子崔文根本就是一个危险人物。

“问题在于，”蓝一光不自觉地提高了声音，“有报告称，崔文可能就是最终导致‘深思’系统失败的人。我们还是赶他走吧。”

“可是我们并不能肯定他就是破坏者。有一点你们想过没有？现在‘审判者’系统面临的最大难题已经不在技术上，而在于人们接受与否。这个视‘审判者’系统为洪水猛兽的崔文正好可以作为一个代表。我正是因此才留下他的，我希望能说服他。”

这时突然从门外传来一声异样的响动，何夕警觉地走过去拉开房门。他看到崔文慌张的背影正飞快地离去。

今天是《世界新论坛报》预约采访的日子，何夕简单地准备了一下，便随同两名警卫一道前往报社。快要出门的时候何夕想了一下，然后朝着正在不远处闲逛的崔文招了招手说：“和我一起去吧。”

崔文稍稍犹豫了一下，似乎不明白何夕为何叫上自己，但他并没有问什么。

汽车在海滨公路上飞驰着，一名警卫负责驾驶，另一名则警惕地注视着周围一切可疑的事物。道路两旁秀丽的景色不断向后退去，湿润的空气中充满了海边特有的清新味道。何夕发现身边的崔文身体坐得笔直，与自己也保持着相当的距离，他不禁哑然失笑，觉得这个年轻人简直有趣得很。

“你是不是觉得我是一个偏执狂之类的角色？”何夕饶有兴致地看着崔文。

崔文没有回答，眼神仍然直视着前方，但这种态度等于默认了何夕的问题。

“我们有麻烦了。”这时坐在前排右边的警卫突然说道，他抽出了腰上的手枪，“后边有一辆白色轿车已经跟了我们足有 10 分钟了。”

何夕回头看去，的确有一辆车跟在后面。当前正是最荒僻的路段，警卫的担心不无道理。正当何夕还在犹疑的时候，只听到耳边响起了震耳的枪声，在本能的驱使下他伏下了身体。

警卫开启了卫星定位紧急报警系统。枪战仍在继续，汽车在公路上剧烈地扭动着前进，有几次何夕的头都撞到了坚硬的物体上，差点儿令他晕倒。他听到其中一个警卫发出了中弹的惨叫。就在何夕以为这次自己就要在劫难逃的时候，他听到了直升机的轰鸣声。

一切都过去了，何夕站在了道路旁，面对着山崖下犹自冒着浓烟的白色轿车的残骸。荷枪实弹的士兵还在做最后的检查，听他们说白色轿车里共有 4 个人，但都已经死了，两名警卫一死一伤。崔文的额头上擦了一道口子，并不碍事，但显然惊魂未定。

七

《世界新论坛报》的资深专栏记者廖晨星快人快语地说：“我主要想知道‘审判者’系统的实用性。我听说你似乎很热衷于审判我们的政治家。恕我直言，我总觉得‘审判者’系统像是一把双刃剑，一方面它可以像你说的那样惩恶扬善，但另一方面，如果它被人利用的话，又会带来更大的恶行。不知道我是否准确表达出了我的意思。”

何夕一怔，但他马上就明白了廖晨星的意思，同时他也意识到，廖晨星之所以能够成为资深记者，的确有他的过人之处。“你是说当有朝一日‘审判者’成为我们这个世界上评判善恶的唯一标准之后……”

廖晨星的目光中含有深意：“你能保证‘审判者’系统能够毫无错误地行使它至高无上的审判权吗？”

何夕神情自若地说：“虽然我想不出你担心的情况会如何发生，因为在技术上我认为‘审判者’系统是无懈可击的，但我可以肯定的是，如果有朝一日‘审判者’系统有愧于它的名字的话，我愿意亲手毁掉它。”

廖晨星有点儿意外地抬起头来看着何夕，他听出了何夕这句话里的诚意。

何夕接着说：“我们最终的目的是让每一个人都接受审判。在我们先民的时代这并不是必要的，那时人类的灵魂里还没有那么多罪恶到需要用审判这种最为极端的形式来荡涤的东西。而到了今天，我觉得除了审判没有什么事情能让这个世界有所改观了。在大街上，在世界的各个角落，你能看到什么呢？反正我总是看到无数末世浮华的东西。审判将是人类最终的宿命。”

尽管整个采访过程都有录音，但廖晨星还是飞快地在小本上写着什么。以廖晨星多年的经验，他觉得何夕这个人是足以信赖的。在他看来，何夕也许应该算是一个愤世嫉俗者，不过却是那种希望这个世界变好的愤世嫉俗者，这就和另外那些站在世界的边缘诅咒这个世界的人有了天壤之别。

八

这段时间何夕感到蓝一光对自己有点儿冷淡，几乎到了他不主动询问就无话可说的地步。何夕心知自己的这个助手脾气十分倔强，但他想也许过几天就会没事了。今天是休息日，马琳说她打算趁这个机会陪蓝一光出去散心，顺便劝劝他。何夕当时毫不犹豫地表示同意，因为这正是他的想法。

蓝一光和马琳离开后，何夕突然感到一种想要立刻工作的冲动。实际上何夕很少会在休息日这样想，但今天他不想浪费这种热情。与一般的计算中心不同，“审判者”并没有一个统一的主机系统，环绕在控制台四周的几百台计算机共同构成了“审判者”系统的神经中枢。它们都是平权的，也就是说它们之间是合作而非从属的关系。它们的这个特征类似于脑细胞之间的关系。“审判者”系统的全部信息资料以及用于分析破译人类记忆行为的电脑软件就储存在这个机群里。平时何夕很少过问程序细节，因为自从马琳加入“审判者”系统的开发并且表现出了极高的计算机水平之后，何夕就很少有机会展现他在电脑方面略低于马琳的才能了。

何夕随意地打开了一段程序快速地浏览，马琳行云流水般的编程风格令他赞赏不已。电脑屏幕上不断滚过一行行代码，在何夕看来那简直就是一串串悦耳的音符。何夕突然停了下来，他的目光盯在了屏幕上。有一个地方有被改动的痕迹，记忆非真实性的判断阈值从94变成了89。应该讲这只是一个极小的改变，带来的结果在于对受试对象的记忆非真实性的判断要求降低了 5 个百分点。当阈值为 100 的时候，受试者全部的记忆都将受到最严格的检验，即便是有 99％的可能性是想象或是梦境的记忆，都会被认为是有效的必须予以注意的记忆，也就是说每个人的每一丝记忆都不会被放过。由于这个世界从本质上讲是一种概率性的存在，所以引入阈值是绝对必要的措施。何夕主张尽可能高地设立阈值，他曾一度将判断阈值设成了 99，但他很快发现这样做的结果是“审判者”系统变得极端幼稚，在实验中记录下了无数莫名其妙的东西，根本无法使用。比如说系统将何夕从小到大所做过的梦全部写进了实验报告——即使它们荒诞离奇到无以复加的地步。

在阈值这个问题上，何夕还与蓝一光有过一次不大不小的争论，蓝一光认为应该设定较低的阈值，比如说九十一二或者八十几就能够达到审判的要求了，这样可以剔掉受试者那些毫无意义的记忆内容。结果是大家都做了让步，何夕放弃了他曾坚持的 96，蓝一光也同意采取一个相对较高的阈值，这也是后来采取的 94 这个阈值的由来。

但是现在这个阈值被更改了。进入计算中心大门的密码每天都不一样，它由一个精心设计的密码公式而产生。知道这个公式的人只有 3 个，除了何夕就是蓝一光和马琳，看来更改者应该是他们中的一个。不过何夕想不明白他们有何必要瞒着他做这样的修改。何夕不自觉地摇摇头，心想也许因为出了崔文的事情，马琳和蓝一光变得有点儿害怕与自己商量了。想到这里何夕不禁感到微微的汗颜，他想自己是不是应该找时间和他们俩心平气和地谈一谈。

这时突然从合金门的方向传来开启的声音，何夕有些吃惊地回过头去。走进门的那个人看到何夕时，脸上的惊讶程度也丝毫不亚于何夕的。

那个人是崔文。

“怎么——你会在这里？”崔文有点儿语无伦次，由于事出仓促，他有些脸红。

“你是说我不该在这里？”何夕保持着平静，他觉得今天崔文脸上的络腮胡看上去没有以前那样顺眼了，“你的确很善于观察，知道我在休息日都是不工作的。”

“噢，我不是这个意思。”崔文挠挠头皮，似乎也觉得此情此景不好解释，不过他很快就恢复了正常的语气，“我是无意中知道计算中心的密码公式的，当然，没有经过你的允许我不应该使用这个密码。可是，谁都会有点儿好奇心的。”

“无意中知道的……”何夕重复着崔文的话，意味深长地说，“如果无意地试探差不多 700 万亿次的话，你的确可以找出这个密码公式。”

崔文仍然是满脸无辜的样子，凭何夕的阅历竟然无法看出他的这副表情是装出来的，而他越是这样越是让何夕感到他的可怕。

“好吧。”过了一会儿崔文缓缓开口道，“现在我要走你总不会再拦着我了吧。”崔文顿了一下，语气变得幽微，“不过说实话，你令我难忘。”

九

和心仪的恋人在海滨漫步总是令人感到惬意的，即便是你的身后不远处牢牢跟着两名身形彪悍、荷枪实弹的警卫人员。夕阳的斜晖把沙滩染成了金黄色，海浪一波波地涌上来，又一波波地退下去，在沙滩上留下道道鱼尾样的花纹。

何夕斟酌着开口，他的眼神停在马琳娇美的脸庞上："以前为了工作，我曾经放弃了'家'这个东西，并且自以为这样做非常正确。但是现在我不这样想了。"何夕轻轻执住马琳的手说，"嫁给我吧。"

马琳低下头，过了许久才轻声地说道："就在前天，也是在这个地方，蓝一光说了跟你几乎完全一样的话。"

何夕有些颓然地坐在沙滩上。蓝一光，怎么会是蓝一光？尽管已经是好几年前的事情了，但何夕还记得自己最初见到蓝一光时的情景。那时何夕的实验室还只是一处租住的狭小公寓，刚从一所名牌院校毕业的蓝一光从朋友那里听到了关于何夕的一些事情，然后这个本来不用为前程忧愁的年轻人便鬼使神差地找到何夕，要求加入他的研究。用蓝一光自己的话来说就是："这件充满风险的工作听起来让人着迷。"当然，因为这句话，蓝一光后来陪着何夕吃了足够多的苦头，但他从没有动摇过。在何夕看来，蓝一光无疑是一个好助手，他也知道，蓝一光的智力水平虽然不算低，但对于从事"审判者"系统的研究还显得不太够，比如说，马琳或是崔文都在他之上。但是何夕在心里是非常喜爱这个助手的，他虽然不够聪明，却既专一又踏实。

"算了。"何夕洒脱地站起身，"这个问题太复杂了，超出了我的控制范围，还是把它放在最后来解决吧。现在我想到一个问题，从你的角度看，'审判者'系统对于记忆真伪判定的那个阈值应该定为多少？"何夕说到这里停顿了一下，"这段时间我一直在想这个问题，我的意思是，可能我这个人有时会显得太偏激了，那个94的值会不会高了点儿？”

“那个值的确太高了。其实根据我们的实验，取值为86或是87是最恰当的。那些实验都是你亲自参与的，我承认世界上有你所说的那种极具心计的人，就像以前在测谎仪下也有少数逃脱者一样。但是‘审判者’系统远非当年的测谎仪可比，如果什么人能够凭借心智的力量逃脱审判的话，”马琳轻轻叹口气，“那他根本就不是人而是神。”

何夕望着天边，沉默了半晌之后说：“也许我这个人最大的缺点就是刚愎自用。好吧，等回去后我们就把阈值定到86。”

这时有一个稍大的浪头涌来，打湿了他们的鞋和裤脚。浪头退去的时候意外地留下了一条身上镶着淡蓝色花纹的小鱼，在沙滩上痛苦地挣扎。何夕轻轻拈住它的尾巴提到眼前，注视着它半透明的身体，然后在第二个浪头涌来的时候把它放回了广阔无垠的大海。

十

何夕特立独行的思想与廖晨星犀利无匹的文字结晶而成的报道获得了强烈的反响，在一片毁誉声里，“审判”这个并不让人愉快的字眼立即成了这个世界上最为流行的词汇。人们已经开始猜度审判将会在什么时候以及会在什么情况下来临，某种既紧张又热切的情绪渐渐蔓延开来，像一场传播速度很快的疾病。有个别政府官员甚至惶惶不安地递交了辞呈。

是的，也许那个日子就要来临了，那个审判日。

但是无论是谁都没有料到，第一个接受审判的人竟然会是总统。当马维康议员向何夕转达了总统的这一意愿时，何夕简直不敢相信自己的耳朵。

“总统先生说，如果审判不可避免的话，不妨由他来带这个头。当然，我的建议也起了一些作用。”马维康语气平静地说着。

何夕没有掩饰自己的意外：“这样是不是风险太大了？毕竟他的身份过于特殊，如果因此造成社会动荡不安，岂不是得不偿失？”

马维康突然很少有地笑了：“我记得你是最热衷于把政治家们都押上你的审判台的，怎么现在机会来了反而退缩了，是不是有什么顾虑？或者是不忍心对总统先生第一个下手？我不想对你隐瞒什么，新一届总统大选就要开始了，现在的民意测验对执政党不大有利。总统先生自认为这辈子没有做过什么该下地狱的坏事，如果能通过‘审判者’系统让人们知道总统先生是一个表里如一的人，形势将会向对我们有利的方向发展。”

何夕本能地大叫道：“我不会让‘审判者’成为你们的工具！怪不得你们一直向我们提供经费，原来都是为了达到你们的目的。”

马维康毫不吃惊地等着何夕平静下来：“你太激动了。总统先生所做的不正是你一向期望的事情吗？这件事对‘审判者’来说正是一次难得的契机。总统这样做其实是需要极大勇气的，如果有人觉得不公平的话，他们也可以来试试被审判的滋味。”

何夕回想着马维康的话，然后他不得不承认马维康说出了真理。"'审判者'系统已经具备了足够的实用性，总统先生只需要接受一次脑部手术以植入记忆采集芯片，然后就……"

马维康摆摆手说："你不用对牛弹琴了，这些我都听不懂。"

威廉姆博士是何夕长期的合作伙伴，不过这并不意味着他了解"审判者"系统，实际上他只是一位著名的显微手术大夫，他在"审判者"里充当着实践者的角色。威廉姆博士其实并不清楚他的工作有什么作用，他只是严格按照何夕的要求将那种叫作"私语"的生物芯片植入受试者的脑部。这种奇特的芯片看上去有些像蜘蛛，当然，自然界里不会有任何一只蜘蛛能长有这么多只脚。对任何一位大夫来说，要将"私语"芯片上 327 条细丝一样的引脚与人的神经系统天衣无缝地连接起来，无疑是非常具有挑战性的工作，即使他有最为先进的仪器作为帮助。

如果一个不明就里的人突然见到威廉姆博士的话，他一定会以为这位头发花白、服饰整洁的大夫正在打太极拳。因为威廉姆博士面前很开阔，也没有病人，而且他一直就那么站立着，两只手伸到面前的虚空之中，一动一动的，就像是在理一团线。不过这些只是表象，实际上威廉姆博士正在进行最为复杂的虚拟现实脑部显微手术。从病人脑部拍摄的三维图像被送到数字眼罩里，同时他手部的每一个动作也通过数字手套传送到真正位于病人脑部的微型机械手。每次手术完毕威廉姆博士满意地取下头盔时，他总会从心中升起一股感念之情——他庆幸上帝让他出生在这个伟大的时代并让他成了医生。

手术进入了关键时刻，威廉姆博士的表情看上去让人害怕，他一会儿龇牙咧嘴，一会儿又露出呆滞的笑容，汗水不断地从他的额头上沁出来，他身边的助手不停地给他擦拭。看样子威廉姆博士已经完全沉浸在了那个由三维摄影机和计算机共同构筑的亦真亦幻的世界当中。手术进行得漫长而没有尽头，当威廉姆博士成功缝合了最后一根引脚的图像传来时，蓝一光兴奋地打了一个响指。是的，手术成功了。现在“私语”芯片的每一根引脚都天衣无缝地同总统的神经系统连接到了一起。从这个时刻起，总统成了世界上第二个与“审判者”系统相连的人。

总统从手术台上坐起，在最初十几秒的时间里他的表情看上去显得呆滞。何夕上前去握住他的手说：“从今天起，你和我就是同类了。”

总统想了一下说：“你知不知道，在手术进行的过程中我时时感到眼前飞过一些很奇怪的亮点，耳边也听到了某种非常空灵而神秘的声音。也许站在你们科学家的立场上会认为这只是人的神经系统受到刺激之后的正常反应，但是从我的角度却无法这样理性地去看。作为普通人，我只会相信自己的亲身体验。我觉得那些影像和声音都仿佛有所暗示，它们在告诉我，从今往后我就不再是以前的那个我了，现在我的全部内心都不再专属于我一个人，而是——”总统停了一下，似乎想找到一个恰当的词来形容他此时的感受，“怎么说呢？中国古代的圣人曾经说过，当一人独处或是处在一个谁也不认识自己的陌生环境的时候，尤其需要注意自己的行为举止，因为在这种情况下人很容易做出可怕的事情来。他们用了一个词，叫作‘慎独’，并且说如果能做到这一点的话，就离圣人的标准不远了。现在的我再也不可能有所谓的人前人后的区别了，当我意识到这一点时的第一感觉是害怕，但与此同时我又觉得这种‘举头三尺有神明’的真实感受正让我远离一切邪恶的力量。”

十　二

“你如果后悔现在还来得及。”何夕向总统提醒道，与此同时他瞟了一眼正在进场的人们。

“我早上起床的时候的确感到有些后悔。”总统笑了笑，脸上浮现出刀削样的皱纹，“不过有一点你肯定弄错了，现在后悔已经来不及了。如果我此时拒绝审判的话，各大媒体马上就会以最大篇幅发表这一新闻，同时还会发布不知多少有关我的逸事——肯定会比‘审判者’以及我自己知道的还要多。”

何夕伸出手同总统握别，然后他立刻赶往实验室。蓝一光和马琳已经就位，再过一会儿一个三维的头像将代表总统回答人们的提问。由于总统身份特殊，其记忆中有大量国家机密，所有获准前来旁听的人都被禁止提出涉及类似方面的问题。

大厅里的灯光暗了下来，虚空中浮现出一张面孔。

马维康拿过话筒：“请允许我成为第一个提问的人。”他说，“你是谁？”

头像瓮声瓮气地说：“我是总统。”

……

很久之后何夕都难以忘却发生在议会大厅里的那一幕。那天开始的时候一切正常，头像坦然地回答了人们写在纸条上的各种问题，包括他的生活、童年、学生时代，还有工作。其中有些事情听起来温馨可人，让人觉得总统也是一个普通的人。而有些事情听起来令人不快，比如少年的任性以及成人之间的激烈竞争与钩心斗角。不过在何夕看来，这些都是人们可以理解的，算不得什么恶行。更多的时候，人们通过头像的回答看到了一位心中充满理想的有责任感的人。但是后来出了点儿问题，有一位记者问到了总统的私人生活。有一个女人，是的，似乎在总统的生活中曾经有过对婚姻不忠的行为，那是很多年前的事情，当时他还很年轻。提出问题的记者简直兴奋到了极点，以至于声音都有些变调。“快点儿讲，”他急促地说，“都在什么地方？有多少次？”

何夕记不起那天的审判是什么时候结束的，他只记得记者们狂热而兴奋的欢呼声，还有当头像回答了某次幽会的过程之后全场充满嘲弄意味的哄笑。有些人跳上了桌子，有些人刚刚向报社传完稿件就开始畅饮啤酒，有些人则露出了幸灾乐祸的表情。当然，还有一些人感到了失望，政府官员们有的黯然退场，有的则对总统怒目相向。他们并不是介意总统的那些韵事，而是认为总统不该接受这次莫名其妙的实验。不知不觉中，人潮渐渐地分开，一个孤独的身影凸显出来。那是总统，他一直站在原地。从他的表情谁也看不出他在想些什么，这是多年政治生涯锻炼的结果。但是现在这种毫无表情的脸庞再也无法给他以保护了，因为“审判者”正在忠实地向所有人讲述他的内心世界。尽管如此，此时他的身体仍然站得笔直，神态仍然显得高贵而庄严，即便是那些肆意大笑的人，如果从他面前经过仍然会有想要仰视的感觉。

但是那些人并不打算放过他，有一名记者带着捉弄的口气向头像提问道："现在你在想些什么？是的，就是现在。是不是想故作镇静啊，你脸上那种清高的神情是不是故意装出来给大家看的呀？啊哈哈哈。"

何夕在监视器里看到了这一幕，然后他立刻非常清醒地伸出手去关掉了开关。头像消失了。"系统出现故障，预计短时间无法修复。"他说。

十　三

议会大厅里已是人去楼空。没有了辉煌明亮的灯光，这间巨大的厅堂显得空旷而荒凉。

而那个人仍然站在那个地方，一动不动。何夕清楚地从那个人略显佝偻的身影里读出他此时的心境。这个身影显得苍老而无奈，就像是突然之间——垮掉了。

何夕走近了些，轻轻地咳了一下。那个人仿佛吃了一惊，瞬间的第一反应是挺直了自己的身体，如同他平日里的样子。不知为何，他的这个举动竟然差点儿让何夕落下眼泪。

"今天的事我感到抱歉。"何夕缓缓开口，"我不知道事情会变成这样。"

总统回过头来："你不用抱歉，你没有什么过错。"他说话的时候开始用手在衣兜里搜索，何夕理解地递过去一支香烟。这时立刻听到不远处的一名警卫高喊道："总统先生，这支烟没有经过安全检查！”总统苦笑着点燃香烟说：“就让我相信一次自己的判断吧。”

“他们仍然忠于自己的职守，仍然把我管得死死的。”总统接着说道，“只不过我不知道他们还能管我多久。”

何夕听出了总统话里的意思，他摆摆手说：“今天的事情未必就无可挽回。如果人们理智的话，他们应当多看你的政绩，而不是看那些与他们无关的事情。”何夕顿了一下，“你明白我的意思吗？”

总统叹了一口气：“你不用安慰我。有些事情一旦发生就是不可更改的，今天‘审判者’挖出了我内心深藏的秘密，我反而有种解脱感。我早已从那件事情里挣脱出来，就连我自己都基本上忘记这件事了。”总统停了一下，声音变得低沉而虚弱，“现在我觉得最对不起的人是我的妻子，我现在感到后悔不是因为别的，就是因为她。”说到这里，这个到目前为止仍是这个国家最有权力的人突然用手蒙住了自己的眼睛。

这时马维康议员走了过来，他看上去显得疲惫而苍老。他低声对总统说：“我们应该回去了。按照今天的日程安排，您和企业界人士还有个会晤。”

总统立即挺了一下身板，就像是换了一个人似的，他再次握了握何夕的手说：“不管怎么说你都令我敬佩。我真想知道你们是怎样做到的，这一切太神奇了。”

第二天，几乎所有的报纸都用极大篇幅报道了一则新闻——“总统宣布退出下届竞选”。何夕看到报纸之后的第一个反应便是拨通了马维康议员的电话，他说：“我想见总统。”

……

从总统官邸出来之后，何夕感到了深深的失落，因为他没能劝说总统回心转意。总统回绝了何夕的建议，他的神情就如同一个看破了世事的人。

“就让这一切成为我的结局吧。”总统说，“你可以认为我懦弱，但是我觉得这是我正确的做法。”

何夕感到自己无力说服眼前的这个人了：“但是你有没有为你的政府想过？”

总统慢吞吞地说：“我退出竞选之后将会有新的人选代表执政党参选。你的老朋友，马维康议员。有件事我想提前告诉你，马维康议员提出他准备接受审判。”

“不——”令何夕想不到的是，自己竟然惊呼起来，“这不行。”

十　四

后来的事情证明何夕错了。在同样的地方，几乎同样的观众，但是结果却完全不同。个中原因却是相当简单——马维康是一个品行高尚的人。

是的，就是这个原因。“审判者”系统忠实地表明了这一点，马维康出生至今的记忆也都清楚地证明了这一点。在总统的事情之后马维康还有勇气走上审判台，单凭这一点他就已经通过了一半的审判，除了内心无畏的人还有谁敢这样做？他没有让人不能接受的恶行，除了年轻时的青春幻想之外也没有什么绯闻。有的是对民生的关注，对清明政治的向往，当然，还有对世界没能变得更好的遗憾。那些花尽心思提出刁钻问题的记者最后的结果都是自取其辱，除了暴露自己的小人之心，他们别无所获。

现场安静得能听到人们的呼吸，所有人在这一刻都沉入到了另一个人的心灵当中，感受他的温和、正义，以及面对不公不义时的愤懑。马维康面色如常地坐在头像的旁边，同所有人一道聆听自己的内心世界。他看上去是平静而自信的，就像是在听别人的故事，甚至不时露出着迷的神色。

最后一个被允许提问的人站起来，因为激动他的声音有些颤抖，他仰视时的神色就像是面对圣人。“请问，如果你成为总统的话，你最想说的一句话是什么？”

“我将效忠于我的国家和人民。”头像和马维康同时说出了这句话。

掌声的海洋淹没了整个大厅。

……

“以审判的名义，”电视屏幕上马维康一字一顿地说，“我宣誓永远效忠于我的国家和人民。”

马维康议员以从未有过的巨大优势当选为下一任总统，他最后的得票率超过了99%。在大选结果公布后的第5天，总统递交的辞呈获得通过。而与此同时，为了保证政府的连贯性，马维康宣誓就职。也就是说，本届总统的任期比以往提前了一些。

总统的离去多少影响了何夕的心情，所以他只是委托蓝一光和马琳前去参加就职仪式。电视里闪过不少熟悉的面孔，包括蓝一光、马琳、廖晨星，还有威廉姆博士。马维康的“私语”芯片植入手术也是由威廉姆博士做的，他的技术的确已经到了炉火纯青的地步。这时镜头重又对准了马维康，他还在宣誓。

这时何夕突然有一种奇异的感觉，他觉得马维康的样子和威廉姆博士看上去有几分相像，但他又说不出是在什么地方。响彻大厅的掌声经久不息，记者们手里的闪光灯几乎亮成了连续的一片。马维康容光焕发地走下台来，接受着人们的祝贺。他所过之处，人们都以面对圣人般的崇敬目光注视着他，有些人甚至流淌出了热泪。

电话铃突然响了起来，何夕拿起听筒，他立刻听出是崔文的声音。

“很早就想同你联系。”崔文说，语气竟然有些害羞，“但每一次都觉得下不了决心。通过这两次事件我想了很多，也许你是对的。有一件事情要告诉你，”崔文犹疑了一下，“当天在海滨公路上发生的事情是我一手安排的。”

何夕愣了一下，他想起了那天自己邀请崔文时他的迟疑和一路上他坐立不安的情形。何夕突然大笑起来，而且是那种非常彻底的足以舒筋活血的笑。

崔文大惑不解地问道：“你笑什么？这有什么好笑的？”

过了好一会儿何夕才平静下来说：“这么说来，那一次你本来打算陪我一块儿死？”

“当时情况紧急，我如果不陪你去怕会让你怀疑。当时你在我心中是——”崔文斟酌着说，“一个将要危害世界的狂人。”

何夕沉默了半晌之后叹了一口气说：“这个世界上像你这样的人已经很少见了。一个人只要能忠于自己的原则就是可敬的，相比之下他的原则是否正确我看倒在其次。我佩服这样的人。现在我倒是有一个请求，我想请你加入‘审判者’系统的研究。”

崔文在电话的那一头几乎没有任何犹豫地说："我明天就过去。"

何夕感慨了一番，然后他出门朝计算中心走去，他准备在计算机里给崔文建一个用户账户。

十　五

"口令错。""口令错。"

何夕有点儿不相信地看着屏幕上的几排字。他没想到自己作为"审判者"系统的缔造者居然会被拒绝访问。何夕觉得脑子有些乱，他怔怔地坐了一会儿，像是在想什么问题。末了，他抬起头来俯身到键盘前，坚定地敲出了一个字符。

大约40分钟之后何夕取得了突破，他破解出了系统的口令字，尽管这几乎令他耗尽脑汁。然后他简直迫不及待地朝系统隐藏最深的地方寻找。

"审判者"系统核心程序代码、阈值维护、"私语"生物芯片构造、神经元细胞突触结构图谱……一个个重要的模块资料自何夕眼前掠过，他目不斜视地搜寻着任何可疑的地方。现在到了受试者记忆存储区，1号受试者的资料何夕一扫而过，然后是2号受试者也就是总统的资料，何夕没有发现什么值得注意的地方。接下来便是马维康的，何夕放慢了浏览的速度。资料按照阈值分为两大部分：一部分是按阈值被判断为有效记忆的部分，大约占了十分之九。何夕看了一下，基本上是在上次审判中都见到过的东西。他把注意力集中到剩余的那十分之一上，这些都是按照阈值被判定为无效记忆的部分。

时间一分一秒地过去，何夕不知道自己是什么时候才又回到这个世界上来的。他擦了擦满头的汗水，心里是虚脱了一般的感觉。是的，就是这种感觉，就像是一个人刚刚从一场可怕的梦魇里拼命挣脱出来的感觉。天哪，何夕几乎听得到自己内心里发出的惊悚的叫声，那都是一些什么样的记忆啊——

死尸遍布的荒原，可怕的森森白骨，血丝密布的眼球。黑漆漆的树林，灰尘满布的老宅。面色苍白的少年，灰色的天空，黑色的大鸟怪叫着飞远。镜子里古怪而扭曲的笑容，杀手冷酷的脸，巨大的蘑菇云。恶毒的诅咒，对世界极度的绝望与仇恨……

……89%的可能性为梦境等非真实记忆。……87%的可能性为梦境等非真实记忆。……91%的可能性为梦境等非真实记忆。……87%的可能性为梦境等非真实记忆。

……

在每一个单元的后面都跟着这么一段说明文字。按照现在的86这个阈值取值的话，这些记忆都是无效的。但是何夕感到了极度的害怕，尽管他知道这个阈值是足够高的，但他的身体仍然一阵阵地发抖。那些地狱般的场面就像是无数只鬼手般攫住了何夕的心脏，令他感到喘不过气来。太可怕了，他知道那些情形应该只是梦境或是想象中的场景，可是什么样的人才会做这样的梦和想象出这样的场景啊！

这时何夕才突然注意到有一个黑色的影子出现在了面前的地上，看来这个影子已经在那里站立很长时间了，过度的投入让何夕没有听到这个人进门的声音。从眼睛的余光里，何夕看出那是一个身着白衣的人。

何夕缓缓抬起头来，然后他便看到了掩藏在头发里的一张苍白的脸以及失神的双眼。

那是马琳。

十　六

亿万年过去了，地球停止了转动，世界化为了乌有，静谧的荒原成为万物的归宿。高扬的旋律充斥了何夕的耳孔，灯光在他眼前旋转，幻化成无数闪烁的亮点。天堂的轻风与地狱的烈焰同时向他袭来，一切都变得不那么真实，就像是在梦里……

不，只是一瞬间。何夕定了定神，前因后果开始在他的脑海里急速地翻转。

“那个值的确太高了。”马琳的声音在回响，“如果还有什么人能够凭借心智的力量逃避审判的话，那么他根本就不是人而是神。”是的，马琳是这么说的。“取值为 86 或是 87 是最恰当的。”回忆中马琳的声音如银铃般悦耳。

何夕痛苦地摆摆头，他的心正在往无尽深渊的最深处沉落。是的，他竟然忘记“魔鬼”也是可以做到这一点的。他遇见的是“魔鬼”，那个人竟然骗过了“审判者”。老天，何夕在心里哀叹一声，我竟然亲手给“魔鬼”装上了天使的翅膀，并且将他送上了亿万人顶礼膜拜的神坛。

“这是为什么？”何夕喃喃地说，他的眼睛直视着马琳，仿佛要用目光从她的脸上剜下肉来。现在一切都可以解释了，包括阈值，包括她在何夕与蓝一光之间制造的芥蒂。现在想来，从一开始她就是抱着不可告人的目的进入到“审判者"系统中来的。白嫩的肌肤，艳丽的红唇，雾蒙蒙的像是会说话的双眼，飘飞的长发，让人热血沸腾的娇媚体态，她依然是那样美丽动人，但此刻马琳看上去越是美丽就越是让何夕感到可怕。他的心脏一阵阵地痉挛着收缩，像是要收缩成一个点。

"你不要再难为马琳了，她只是按我的安排在做。"马维康突然从门口走了进来，他的手里拿着一支乌黑的手枪。同时他反手关上了计算中心的密码门。

"马维康议员……"何夕微微一惊。

"怎么不称我为总统先生？"马维康有几分揶揄地开口，他的脸上写满了得意，"我能有今天，可以说有大半功劳都是你的。"

"这是为什么？"何夕直视着马维康，就像是看着一件难以理解的事情，"怎么会这样？你到底是个什么人？你内心的那些东西……"

马维康大笑道："我当然就是我自己。是的，我的内心世界绝不是上回审判表现出来的那样。可我要说，这世上真有什么圣人吗？我只知道这个世界已经无可救药了，你选择的道路是当医生，而我只想顺时势而动。"

何夕反而平静了下来，他觉得自己又能思考问题了。"有一点我能确定，你不可能凭意志来骗过'审判者'。这倒不是在为我自己的成果辩护，我只是从理智出发认为那是不可能的事情。告诉我吧，你们是怎么做到的？反正，"何夕注视了一下马维康手里的枪，"我也活不了多久了，就算是让我死得瞑目。"

十　七

马维康露出得意的神色："其实答案很简单。你只要多想想你的老朋友威廉姆博士做的那些手术，就应该知道真相了。"

"手术。"何夕讷讷地重复道，他的眼前浮现出威廉姆博士奇异的表情和古怪的动作，他的手伸在虚空里，一动一动的，就像在理一团不可见的线，脸上是呆滞的笑。刹那间，一道亮光有如电光石火般自何夕脑海里掠过。"虚拟现实。"他脱口而出。难怪当初他会觉得马维康和威廉姆博士有几分相像，其实相像的不是他们的相貌，而是他们不经意间流露的那种神情。

"不错。"马维康抚弄着手枪的枪把，"差不多有 4 个月的时间，我每天都要花近 7 个小时在一套精心设计的虚拟现实环境里生活。那真是一套了不起的系统，它将'审判者'和虚拟现实技术结合在了一起。我让女儿加入你的研究的目的之一也在于此。"马维康拍拍头，面露得意，"我早就由另外的医生植入了一套'私语'芯片，我脑子里的记忆被抽取出来作为搭建虚拟环境的素材，我的脑神经与系统沟通后，那个世界和真正的现实没有任何区别。我以前经历过的所有事情都在这套系统里得以重演，而我就如同一个可以反复出场的演员般生活在其中。在那个世界里畅游真是一种妙不可言的体验。"

"并且你还可以按照意愿重新改变事情的本来面目，你扮演编剧的角色。"何夕倒吸了一口凉气，他全身都在不可抑制地发抖，"重新设计了人生的剧情，可以让自己的全部恶行都得到纠正，还可以虚构本来并不存在的善举。你就是凭这些欺骗了全世界。原来这一切都早已在你的安排之中，甚至连总统也被你算计了——你居然有脸说你是他的朋友？你真是一个伟大的天才，相比之下我们简直就是一群白痴！”

马维康并未因何夕的讽刺而脸红：“老实说我自己也是这样认为，不知道我这种坦率算不算是你所说的善举。不过假的总是假的，用虚拟现实技术造就的记忆不管怎么说总是有漏洞的，所以后来才会有那个阈值之争。比方说‘制造记忆’这件事情也是我的记忆之一，但是不可以让人知道。为了掩盖这一事实，我们便在后来的实验里设计了一些场面来消解它，比如将其设计为一场梦境等。多做几次实验之后，这件事情就成了一件半真半假的事情，然后我们便可以通过设定阈值来控制它了。唯一麻烦的地方是，我总共做了 3 次手术，一次植入，一次取出，再加上后来的这一次植入。”

何夕现在才知道当初自己的确是冤枉崔文了，当然，他也知道自己永远也无法当面向崔文道歉了，除非能出现奇迹——何夕下意识地看了一眼不远处的密码门。

何夕的这个小动作没能逃过马维康的眼睛，他举起了枪：“不要枉费心机了。现在最少有 10 个警卫眼睛一眨不眨地盯着蓝一光。告诉你，我会让所有人一个个地走上审判台，他们其实是接受我的审判——感谢你给予了我这个权力。所有人都不可能对我的权力提出异议，因为我是圣人。到时候我可以随心所欲地主宰这个世界。”马维康说到这里笑起来，他的手指用上了力气，“好了，说再见吧，我的上帝先生。”

何夕听出了马维康最后一句话的意思，他叹了一口气闭上了眼睛。其实真正让何夕坠入深渊的并不是马维康手里的枪，而是他描述的世界未来的可怕情形。但愿这只是一场噩梦，但愿我此时不在此地，何夕想，与此同时从他的眼中淌出了绝望的泪水。万劫不复，这个词是何夕听到枪响前的最后一个念头，是的，这将是他最后的归宿。何夕自己知道，马维康说得并不对，他根本不是“上帝先生”，他是“魔鬼”的帮凶。

十八

荒原，陵墓，晦暗的树影，天空中飘荡的生者与死者。

怪异的笑声，青紫色的脸，沾着腐肉的利齿，腥臭的气味。

绿色的火焰环绕四周，发出炙人的热度。滚烫的红色岩浆遍地横流，吞噬着经行的一切。

还有似乎永不停止的颠簸，颠簸。

……

何夕大叫一声，从梦魇里醒来，一时间竟不知身之所在。他急促地看着四周，这才发现自己躺在一辆熄火汽车的后排座位上，右肩散乱地缠着从衣服上撕下的布条，一些滑腻的液体正慢慢地从布条里渗透出来。何夕撑起身体，他看见前排方向盘上伏着一个男人，那是崔文。

崔文的下腹部有一个很大的伤口，直贯后背，没有经过包扎。何夕想起了发生的事情，枪响的时候正是崔文冲进来救了自己。

“何夕，是你吗？”崔文的眼睛慢慢睁开。

何夕正在从衣服上撕下布条给崔文包扎，右肩的疼痛使他的动作很不协调：“是我，你先不要讲话。”

崔文用力地摆头，他的脸色白得吓人：“我本打算明天再到基地去的，但我放下电话想早点儿和你见面。没想到会发生这样的事情。”崔文露出了笑容，“那个密码公式居然还能用，你真是太信任我了。否则，我也救不了你。这真是天意。”

何夕难过地埋下头，他知道眼前这个昔日的“持不同政见者”的伤势已经不治，当初崔文神采飞扬的情形又浮现在了何夕的眼前，一切就仿佛发生在昨天。

“你是对的。”何夕说，“我不应该研究‘审判者’，事情到了现在的地步我真的很难过。”

“这不是你的错。”崔文吃力地喘了一口气，“马维康不会得逞的。”

“可是他已经得逞了。”何夕悲伤地说，“现在还有谁能阻止他？我恨我自己，是我亲手把世界推向了深渊。”

“你能阻止他。”崔文一字一顿地说，“你必须阻止他。我们不能让披着天使外衣的魔鬼主宰这个世界，如果是那样的话，我会死不瞑目。”

何夕还没有想清楚应该怎样回答这个请求，崔文的身体已经软了下去，他的眼睛直视着虚空，从他口腔里吐出了最后的两个字：“审……判……”

何夕给廖晨星打了一个电话，他几乎是出于本能地认为廖晨星可以信赖，而实际上他们仅仅才交往过一次而已。这也是何夕决定和他联系的原因之一，因为他知道自己平日里的社会关系已经无一不在政府监控之中。电话里廖晨星一个劲儿地问到底发生了什么事情，但何夕只约了见面的时间和地点便放下了电话，他知道时间稍长就可能暴露自己的行踪，甚至还会祸及朋友。

这是一家叫“雨栏”的小酒吧，生意很冷清。何夕进门后稍稍闭眼才适应了光线的变化。廖晨星坐在深处角落的一个小间里等他。何夕伸手摸了摸唇上的假胡须，走到廖晨星身边落座。

“……原来是这样。”廖晨星听完何夕的讲述后倒吸了一口凉气，“想不到马维康会这样可怕。这不是帮不帮你的问题，这只是我的天职，”廖晨星想了一下，“这里面肯定会涉及很多技术性问题，我怕自己讲不清楚，你现在能不能到我家里去一趟？”

何夕知道廖晨星说的是实情，但他还是摇摇头：“如果你有地方感到不明白就在这里问吧，我尽量说得浅一些，那样做对你来说太危险了。我已经失去了一个朋友。”

廖晨星有几秒没有说话，然后他低头在随身带来的提包里找出采访录音设备以及纸和笔。廖晨星做着这一切的时候显得有条不紊，当他郑重其事地将纸和笔铺开的时候，一丝近乎虔诚的光泽在他瘦削的脸庞上浮动着。正是这种光泽将他与那些平庸的同行们区别开来。何夕完全相信，对廖晨星来说新闻报道就是他生存的意义所在，就如同“审判者”在何夕心中的位置一样。但不同之处在于廖晨星的新闻报道此时仍然是他手里的长剑，可以掷向敌人，而“审判者”此刻却已成为“魔鬼”手里的刀叉。这样想着的时候，何夕的心不禁如坠深渊。

出于安全的考虑，何夕叫廖晨星比自己晚 5 分钟离去。出门之前何夕习惯性地摸了摸唇上的假胡须，同时回头与仍坐在原位的廖晨星相视一笑。天已经黑了，但路灯正将金黄色的光线洒在热闹的街道上，整个世界显出温暖的样子。何夕看了一下表，再过不到10个小时早报就会上市。邪恶终究压不过正义，廖晨星是这样说的吧。何夕感到自己的心情已经同几小时之前判若两样。

何夕走到街道拐角处的时候听到了一阵惊天动地的爆炸声，他几乎是出自本能地匍匐倒地。几秒过后何夕慢慢地挣扎着起身，同时他下意识地朝自己的来处看去。

“雨栏”酒吧已是一片火海。

何夕的嘴里满是苦涩的咸味，在巨大的悲伤冲击之下，他完全没有注意到有几个黑色的身影正从不同方向朝他逼近，他们手里的武器在火焰的映照下闪着森冷的光芒。

……

十　九

小车在公路上一路狂飙，夜色笼罩下的景物飞一般地向后逝去。

何夕坐在车子的后排，自责的心情如同一条毒蛇般缠住了他的心，让他完全没有精力去想此时自己何以会身处这样一辆汽车上。

车子突然停在了路边。速度的变化让何夕从沉思里惊醒过来，他有些发怔地看着蓝一光的背影——爆炸，火光，呛人的烟雾，杀手冷酷的脸，然后蓝一光赶到，拖他上车。

“你只能在这里下车。”蓝一光没有回头，车内没有开灯，虽然月光从车窗外投射进来，但是仍然看不清他的脸，“警察在公路的出口处设了卡，你只能翻过公路护栏，然后步行到下一个小镇。”蓝一光递过来一张卡片，“这是信用卡，你可以在小镇里提取现金。”

何夕没有伸手去接：“你是叫我逃亡？”

蓝一光点点头：“只能如此，这是为你好。也许你还应该考虑整容。世界这么大，马维康想找到你也不是很容易的事情。”

何夕冷笑道：“那你呢，现在想来你应该早就知道其中的秘密了，却一直瞒着我。”他的脸上痛苦地抽搐了一下，“我们合作了这么多年。”

蓝一光的肩头不引人注意地抖动了一下，他的头埋了下去。“对不起。我并不知道事情会发展到今天这一步，如果知道的话我早就对你讲了。马琳当初只是对我说那个阈值太高了而你又不可理喻，所以让我私下里和她一起做些改动。又说你只信任崔文，眼睛里根本没有我和她的位置，我们跟着你是没有前途的。”

“马琳——”何夕轻叹口气，“她还对你说过些什么？”

蓝一光犹豫了一下说：“她还说，她喜欢我。”蓝一光的神色渐渐痴了，“她的眼睛那么大那么深，她离我好近，她的头发散发出阵阵幽香……”

何夕再次叹了一口气，他感到自己已经原谅了蓝一光。一个人在诱惑之下要想超脱实在是难之又难，就连他自己也曾经陷入对马琳的迷恋之中差点儿不能自拔。何夕直视着蓝一光说：“你是不是打算永远和马维康待在一起？永远把自己的灵魂出卖给‘魔鬼’？”

蓝一光全身剧烈地颤抖了一下：“我该怎么做？现在还有谁能和马维康对抗？马维康已经控制了一切，他现在是总统，是所有人心中的圣人。凭借着‘审判者’，他拥有了对任何人和任何事的最终评判权，和他对抗的人只会有失败的结局。”他神经质地大叫，“想想廖晨星的下场吧！当我看到廖晨星死去的时候简直快疯了，我当时觉得在火海里哀号着死去的人仿佛就是我自己。太可怕了！”

何夕仿佛没有听到蓝一光在说些什么，他的目光转向车窗外面。那里是黑漆漆的田野，树木的影子在薄纱般的月色笼罩下仿佛是一张张剪纸。不知名的夜鸟啾啾地掠过天空，道路上不时有几辆车疾驰而过。

“你是不是对‘审判者’系统很失望？”何夕突然开口道，他的目光仍然看着窗外，就像是在自言自语，“你是否后悔和我一起缔造了它？”

“审判。”蓝一光下意识地念叨着这个他一度自以为相当熟悉但在经过许多事情之后却变得有些陌生的词，一种不曾有过的感受自他的胸臆间升起，但更多的只是茫然。

二　十

今天是政府组阁后的第一次新闻发布会。

马维康站在前台，按照惯例向人们介绍他身旁的几位高级官员，他的脸色略显苍白。半个月前在术后例检中，威廉姆博士查出当初植入马维康脑中的“私语”芯片产生了轻微的免疫排异反应，所以两天前刚刚给他做完一次修补手术，现在还处在恢复期。当人们得知马维康抱病来到现场时，掌声变得更加热烈而真挚。

记者招待会有条不紊地进行着，气氛非常活跃。看得出马维康及其下属们得体的回答让大多数人都感到满意。

“总统先生，”这时坐在后排的一位年轻记者站了起来，

“你如何保证政府能够秉公办事？我是说，无论如何，是我们这些纳税人出钱养活了你们。”

“这点不成问题。”马维康脸上带着慈祥而甜蜜的微笑，“我和我的部属都经历过最严格的审判，一定可以忠诚地履行职责。纳税人的每一分钱都会物超所值，我尤其欢迎新闻界对我们的工作实行全面的监督。”

台下响起愉快的轻笑，年轻记者坐下来开始往本子上记东西。

“你这个没见识的家伙！”扩音器里突然传出一个高亢的声音，虽然有些变调但仍然能听出是马维康。“政府是我的，连这个国家都是我的，用得着你来操心吗！”

全场所有人立刻惊呆了，谁也想不到这样不可思议的话竟然从总统口中说出。每个人的目光都朝台上看去，马维康惊慌地捂住了嘴。

“有人破坏。这不是我说的。”马维康紧张地辩解道。

马维康的嘴刚刚闭上那个声音又来了：“哼，是谁在搞鬼？等我查清了我要让他全家死得和那个叫廖晨星的记者一样。”

这回人们不仅听得相当清楚，而且也看得清楚，这些话的的确确是从马维康嘴里说出来的。只不过似乎不是他自己想说出来，好像是有一个力量控制了他，一旦他停止说话这个力量就会操纵他的嘴说话，而且专说内心的真话。这一回马维康显然惊呆了，他甚至忘了捂嘴。

“各位，这是有人恶意破坏。请相信我，这不是我在说话。一定是有人控制了音响系统。”马维康面色苍白地解释。高亢的声音：“糟了，这件事情如果传出去怎么办？干脆让卫兵把他们抓起来，一个都不能放过。”

全场立刻炸了营，所有人蜂拥地朝外面跑去。

“噢，这不是我的意思。我怎么会这样想？我是一个品德高尚的人！”马维康用力摆手，声嘶力竭地大叫道。

高亢的声音：“事到如今，只有一不做二不休。宁可我负天下人，不可天下人负我！”

“快叫卫兵，快把所有人都抓起来。一个都不能放走！”马维康大汗淋漓地对身旁的人嚷道。荷枪实弹的卫兵冲进屋来，他们手里乌黑的枪管起到了强大的威慑作用。所有人都安静下来了。局面很快被控制了，人们惊恐地缩成一团，面面相觑，不知什么样的命运在等待着他们。

“都在这里了。”一名卫兵报告道，“没有一个跑掉。”

马维康如释重负地擦了擦汗：“很好，这些人都涉嫌危害国家安全，现在把他们都带走，路上不准他们讲话。”

卫兵们开始押着人们朝室外走去，外面已经清场。哭丧着脸的人们开始一个接一个地上车，有些人刚刚哭出声便被卫兵们粗暴地呵斥住了。马维康吁出一口气，脸上露出了笑意。现在好了，他想，一切都在掌控之中了。那些人正一个个地被带出大厅并被带上车，他们将终生保持沉默。是的，终生，直到他们死。马维康的脸上露出了得意的笑容，面目在灯光下竟然显得有几分狰狞。

我控制住了形势，我还是胜利者，马维康想，他的笑意加深了。

二十一

人群还在移动着，朝着马维康安排的方向。

高亢的声音：“对了，还有这些卫兵怎么办？他们也都听到了。等事情完了之后，另外找人把他们也干掉。”

卫兵们停下了脚步，一个个转过身来，连同他们手里乌黑的枪口，就像是突然被一阵风吹过来的一样。马维康这次是真的感到了惊恐，他面色惨白地捂住嘴，但是已经迟了。所有人都目不转睛地看着台上，悄无声息地盯着马维康惨白的脸，空气里充满了紧张的气息，沉闷得令人感到窒息。

“我是总统……”马维康语无伦次地说，看得出他的双腿在不住地发抖，“我是你们的总统……”

但不知是谁首先发出了一声呐喊，然后愤怒的卫兵连同人群开始冲向前去。马维康惊慌地挣扎躲藏，但很快便被人潮淹没了。

“揍他！”

“快打这个魔鬼！”

“别打了，饶命啊……啊，我不会放过你们的……不，这不是我在说……饶命啊！”

“天哪，你听听，他一边求饶一边还在心里诅咒我们。”

“撕烂他的嘴！”

“把他的心挖出来看看到底有多黑！”

“……我不敢了……我不会放过你们的……哎哟……”

……

有一个人没有动，他远远地站在大门边上，面无表情地看着这一切，就像是一尊石像。过了一会儿他伸手撕去了嘴上的假胡须。他是何夕。

是的，现在这一切都是何夕的安排。他在那次故意安排的修补手术中对马维康脑子里的“私语”芯片做了改动，蓝一光和威廉姆博士帮助了他。公道自在人心，一个人的内心世界便是他自己的终极审判台。何夕所做的只是在10分钟前启动了这个新增的功能。当然，这个功能只会用来对付这个世界上那些特殊的人。

不知过了多久，人群终于慢慢散去了，他们一边离去一边回过头来吐着唾沫发泄心里的余恨。在何夕面前的平地上蜷伏着一个黑色的身躯，那是马维康。马维康双手抱头蜷曲在地上，血污和着灰尘糊满了他的脸。看上去他的伤势并不会致命。“救命，饶了我吧！”他有气无力地喊叫着，就像是一只丧家犬。何夕皱了一下眉，然后拿出电话拨通了急救中心的号码。

天作孽犹可恕，人作孽不可活。何夕心里滚过一句感叹。他摇摇头，最后看了一眼脚下瘫软如泥的马维康，然后便头也不回地朝门外走去。

走出几步远之后，何夕突然听到马维康在身后念叨着什么，仔细听去却是一些非常古怪的句子。

“……今天天气好……晴天……我吃过了吃过了……杀死他杀死他……不，这不是我在说……天气好……吃过了……我叫马维康……男……62岁……我要你们都不得好死……噢，不敢不敢……从前有座山……山上有座庙……吃过了吃过了……啊，鬼，你们不要找我，别过来……救救我……吃葡萄不吐葡萄皮，不吃葡萄倒吐葡萄皮……天气好天气好……山上有座庙，庙里有个老和尚，老和尚说从前有座山……”

何夕有些纳闷儿地放慢了脚步，但他立刻又大步朝前走去。何夕想清楚这是怎么一回事了：只要马维康的嘴稍有空闲的话，他心里的那些令所有人——也许包括他自己在内——感到作呕和恐惧的脏东西就会不可遏制地通过他的嘴冒出来，于是马维康想到的唯一办法便是强迫自己不断地说话，以此来摆脱这种地狱般的精神折磨。看来这辈子马维康都将在这种令人发疯的无休止的唠叨中生活下去了，一直到他死。何夕深叹了一口气。

何夕没有看到后来发生的事情。他离开之后不久，有一个身影缓缓走进了大厅。马维康害怕地捂住头低声地呻吟道："饶了我吧……从前有座山，山上有座庙……"来人的身体颤抖了一下，然后便有几滴水珠样的东西落在了马维康面前的地上。马维康若有所悟地想要抬头看清来人的面孔，但等他抬起头来时，大厅里已经变得空荡荡，只有地上的几滴水渍表明刚才的事并不是出于他的幻觉。

"你下一步打算怎么办？"大厅外传来隐隐约约的一个男人的声音。

"我已经心灰意冷。"是一个女人的声音，"这是我咎由自取。世界之大，不知何处可以容下我这有罪之身。"

"不管你相不相信，我会一直陪着你。"

"你不该这么做，你还这么年轻，前途不可估量，何必为我做出这样大的牺牲。何况，我算不上是一个好女人。"

"我知道你心里也是充满无奈的。老实说，就算你是一个十恶不赦的人，我也会陪着你。"

"你终究会后悔的。"

"也许吧。但我知道如果不陪你走的话，我现在就会后悔。"

声音渐渐远去，大厅里只剩下马维康在永无休止地絮语。

"……今天天气好……晴天……我吃过了，吃过了……

吃葡萄不吐葡萄皮，不吃葡萄倒吐葡萄皮……天气好，天气好……山上有座庙，庙里有个老和尚，老和尚说从前有座山……”

尾　声

这是一座位于城市近郊的小公墓，很冷清的样子。一根石柱上钉着一块小小的塑料牌，上面写着：“南山公墓”。一圈不大整齐的石头墙把公墓围绕起来，地上打扫得还算干净。一些墓前放置的鲜花已经凋谢，瑟瑟地在风里颤抖着。下一场雨水到来的时候，这一切都会被掩埋。这时，从城市的方向驶来了一辆白色的汽车，停在了道路旁。然后一个人从车上下来，手里拿着一束说不上漂亮的花。

何夕慢慢走着，风吹乱了他已经很久没有理过的头发，有几次还遮住了视线。在公墓的一角何夕找到了他的目标。这是两块并列着的新墓碑，上面刻着两个名字：崔文，廖晨星。这时故人的面孔浮现在了何夕的眼前，带着他曾经熟悉的笑容。何夕环视着周遭，到处充满着宁静，只有树叶在微风里沙沙作响。

“你们好吗？我的朋友。”他低声对着墓碑说道，“你们知道吗？经过这么多事情之后，人们终于认识到为何要进行审判。新一届政府刚刚通过了一项提案，从明天起，我们将开始实施我和你们都盼望已久的审判，不是对某一个人或某些人，而是对所有人。理想社会的光芒终于要照亮这个世界了。明天，明天就是审判日。”何夕目光深邃，“现在想起来真是可怕，差一点儿我们就把自己出卖给了‘魔鬼’，好在这一切都过去了。”何夕合拢了双手，做了一个表示庆幸的动作。他慢慢地站起身，然后恋恋不舍地朝车子的方向走去。“还有我。”他继续低声说道，“我的灵魂终于可以安宁了。”

何夕启动了汽车，朝来时的方向驶去。这时他眼睛的余光看到有两个人在后视镜里一脸祥和地向他缓缓挥手，一如他们生前，何夕的眼泪立刻流了下来。他们静默无言地站在那里，好像很柔弱的样子，但何夕知道他们才是这个世界上最强大的力量，同时这种力量也正是这个世界得以长存至今的唯一理由。

何夕有意把车开得很慢，欣赏着一路的风景。今天是个艳阳高照的好天气。高大的行道树自由自在地舒展着繁茂的枝叶，阳光从树叶的缝隙里投射下圆圆的斑块，平坦的草地绿得发亮，空气里散布着清新的味道。快乐的人们与何夕擦身而过，他们脸上的笑容感染着何夕。所有的男人和女人都健康而富有力量，老人充满爱怜地牵着孩子们的手，他们的目光里充满对生命与生活的信任。一切都会变得美好，谁也不能破坏它，何夕想。

这时有一个两三岁模样的小女孩蹒跚着走过，吸引了何夕的目光。女孩伸出粉嘟嘟的小手，一晃一晃地指点着明媚动人的天空、高低远近的山峦、错落有致的楼宇，以及熙熙攘攘的人群，她稚嫩的语气里充满骄傲：“看，丫丫的家。”

达尔文陷阱

楔　子

入夜的布塔市街头依然有几分热闹。黄头发阿金斜倚在收银台旁边，百无聊赖地扫视着超市门外来来往往的红男绿女。来乌原国的布塔市打拼快 4 年了，面对这片以歌舞奔放著称的土地，阿金的内心早已经变得很麻木。阿金关心的只是超市的生意。还有一个小时就要打烊了，今天的营业额不太好，这多少影响了他的心情。阿金的确有些心不在焉，直到他站起来伸懒腰时，才注意到右边的货架下蜷缩着的那个小小的身体。

那是一个五六岁的小男孩，长着白净的圆脸，一头黑发微微卷曲。布塔市的这个季节气温很低，但男孩穿得却很单薄。他从短寐中惊醒，目光显得有些迷茫。

“谁带你来的？你的父母呢？”阿金问道。

男孩好像没听懂阿金的话，只是本能地摇了摇头。阿金觉得，这个男孩从上到下都给人一种反应很迟钝而又有些呆滞的感觉。

阿金试着重复了一遍问话，但男孩依然无动于衷。阿金放弃了，打算找电话报警。这时男孩的目光被货架上的食物所吸引，他的鼻孔大张着，有些贪婪地吸着气。阿金这才注意到男孩面带疲惫，脸色苍白得有些过分。他想男孩大概是饿了。阿金取下一块面包递给男孩，但让他意外的是，男孩接过面包嗅了一下便扔在了一旁。阿金刚想发作，男孩却径直在货架上取下一袋牛奶，插入吸管后大口吮吸。伴随着这个举动男孩脸上的疲惫减少了些，但依然没有一丝血色。

阿金宽容地笑了笑，另外取了一袋牛奶给男孩递过去。男孩伸出手来，阿金突然注意到男孩手臂的内侧布满了针眼，他几乎是本能地抓住男孩的手想看个究竟，也就是在这时阿金发现了那件更加古怪的事情。

阿金当场怔住了，他不明白发生了什么事情。他无法描述自己的感觉，男孩的手臂很纤细也很柔软，同别的小男孩的差不多，但是有一点：手臂上没有温度。阿金觉得自己握住的就像是一截刚从冷水里捞上来的橡胶棒，他本能地将手搭在男孩的额头上，结果那里也是一片冰凉。男孩这时突然轻声地说："谢谢。"

这时从门口的方向传来了杂乱的脚步声。"找到了，他在这里。哼！一眨眼的工夫他就从车里跑出来了。"一声高亢的喊叫让阿金回过神来，一名高大的乌原人带着满身酒气从门口径直进来，有些粗暴地拉着男孩的手往外走。

"哎，你干吗？"阿金做了个拦阻的动作，"你是他的家人吗？"

"当然是。"那人有点儿不耐烦地回答。这时可以看到门外又有两个人往这边赶过来。

“可是，他好像生病了。”

“他没病。”

“可是他没有体温。”阿金有些胆怯地说，他曾经吃过这些人的亏，这些人喝了酒之后常拿阿金他们撒气。

那人回过头来盯着阿金：“你还知道些什么？”

“我是说，他身体上没有体温。你明白吗？我握着他的手的时候，感觉像是握着一条蛇，很不对劲。我还从来没有遇到过这样的怪事情。应该送他去医院或者报警……”

阿金的建议没能提完，因为一把锋利的刀截断了他的话。阿金没有在事件中死去是因为有几位顾客正巧走进超市惊扰了行凶者。这个既不是抢劫也不是谋杀的案件没有引起多大重视，在警方档案里它被归入偶然犯罪。虽然卷宗记录了事件中出现过一个没有体温的小男孩，但所有人私下里都认为，这是当事人在极度紧张的环境里出现的幻觉。

一

车窗外划过浅丘地区特有的片片小山坡，但开车的人显然没有欣赏风光的心情，他身形瘦削、双眉紧蹙，显出心事很重的样子。在一旁的副驾驶座上斜放着一个信封，一张照片从没有封口的信封里滑落出来。那是一个 40 多岁的很美丽的女人，她虽然微笑着，但无法完全掩盖脸上那仿佛固有的忧郁。

兰天羽赶到“守园”的时候何夕正在修补一根受损的鱼竿。何夕经常垂钓，但与其他人以此为乐不同，何夕钓鱼的目的和几万年前的老祖宗一样纯粹，完全是生活所需。在

“守园”，许多事情都必须自己动手，有时候他还要侍弄几块菜地。何夕从兰天羽的语气里断定这是一件非常棘手的事情，不然以兰天羽的实力不会显得那么惊慌失措。其实兰天羽基本上都在说同一句话：“请你一定救救韦洁如。”

韦洁如，何夕在心里念叨着这个名字，端详着兰天羽手里的照片。兰天羽从几十千米之外赶来求助，看来这个人对他来说肯定非常重要。

“韦洁如是我的表妹，我们从小一块儿长大。”兰天羽顾不得一路的疲惫，“那时候我们两家人住在尼雅国的库达市。从小在几个表兄妹里我和韦洁如的感情是最好的。后来我们全家离开了那里，她家选择留下。要不是因为近亲的原因，她也许就是我的妻子了。”

“她现在的具体情况你知道吗？”何夕问。

“我不知道。”兰天羽痛苦地低着头，“其实我很久没见到她了。”

“那她有什么特点？”何夕斟酌着说道，“就是说她有什么与众不同的地方？”

“多年前她们家在当地经营着一些企业，但洁如从小就不喜欢生意上的事，而是对研究一些奇奇怪怪的事情感兴趣。”

“都是些什么事情？”何夕来了兴致。

“我也搞不太懂，在她还很小的时候就经常说些奇怪的话。比如她说，这个世界的设计充满失误，应该更有效率地运行才对。她还说，生命进化的历程太随机了，以致漏洞太多。”

“是这样，不过也不算太奇怪。”何夕若有所思，“后来呢？”

“她没有接手家里的生意，现在是库达大学的教授，研究方向好像是热带生物。这是她选择的道路，能从事自己喜欢的事情，我也为她感到高兴。”

何夕了解地点头：“她出了什么事？”

“她失踪了。家里人报了案，但是警方查不到线索。一个多月前有人把她从学校接走，开始她还同家里联系过，说正在乌原国从事一项重要工作。但后来就彻底失去了音讯。”

“乌原国。”何夕若有所思地重复一句，“韦洁如不是研究热带生物的吗？可这个季节乌原国还是冰天雪地，她去那里干什么呢？”

“我也不知道。”兰天羽显然方寸已乱。

何夕叹了口气，轻轻抚弄着手里的鱼竿：“就凭这些资料我很难帮上忙，感觉这是一件常规的人口失踪案件，要说找人的话，警察更在行。”

何夕说的是实话，这不算什么奇特事件，由警方来解决效率会更高。何夕一向认为朋友间应该有话直说，他的确认为这次兰天羽来找自己帮忙是有点儿病急乱投医。当然这也不能怪兰天羽，所谓关心则乱罢了。

“请你一定帮帮她！洁如的一生已经够坎坷了，我不希望她再受到伤害。”兰天羽听出了何夕的拒绝，有些失控地嘶喊道。

何夕眉毛微挑：“她以前遭遇过什么吗？”

兰天羽低下头，脸上现出极度的哀伤，显然很不情愿提及往事：“当年她才 10 多岁，在一场骚乱中，她的父母，也就是我的舅舅和舅妈都死了……”兰天羽眼里涌出泪水，身体不住地颤抖，看来虽然已经过去多年，这件事情仍然让他无法平静地叙述。

何夕没有开口说话，良久之后一声脆响传来，他右手两指间那根伽玛精工钓具公司生产的、可以承受数十斤大鱼力量的纳米鱼竿突然从中间断裂。

二

库达市街头人头攒动，兰天羽焦急地看着手表，何夕已经独自消失了3个小时，这里是约定的会合地点。兰天羽完全不明白何夕在忙什么——昨天专门赶到苏里达岛去参观那条世界上最大的蟒蛇，现在又玩起了失踪。

这时一辆插满彩旗的敞篷车在人群的簇拥下缓缓而过，车上一位身着红衫、身躯微胖的男子脸上带着和蔼的笑容，向四面频频点头招手，口里用方言问候着路人。兰天羽猛觉肩头被人拍了一下，回头一看正是何夕，他身上背着一个大包，一副要出远门的样子。

“你好像认识车上这个人？”何夕问，他看着横幅上的字不明就里。

“他叫山迪昂万，以前住在我家附近，当年他父亲就在韦洁如家的工厂里做工。”兰天羽低声道，“没想到他现在已经是商业巨头了，而且还领导着一个政党。”

“他说些什么？”何夕随口问道。“他在让大家支持他。”兰天羽说。

何夕看了看四周狂热的人群，不置可否地笑笑：“我看也就是为了拉选票嚷嚷几句罢了，好了，咱们别理会他们了。”何夕转身招呼计程车，“该赶路了。”

库达群岛是由两个构造板块碰撞形成的火山群，属尼雅国管理。奥克尔国家公园由奥克尔岛及附近的小岛组成。奥克尔岛四周普遍是悬崖峭壁，岛上有着成片的棕榈树林和广阔的草地。

“我们为什么不去乌原国？韦洁如最后的落脚点在那边啊。”兰天羽对四下的热带风光视若无睹。

“我不是说了嘛，铁琅已经赶过去了，他一有消息就会与我们联系的。”何夕走得很快，似乎身上背着超重的负荷对他没什么影响。

“可我们来这里做什么？”兰天羽茫然四顾，奥克尔岛上植被茂密，湿度很高，虽然背包交给了何夕，但一路跋涉下来兰天羽也累得够呛。

“嘘。”何夕突然停下脚步，仰头望向树上。兰天羽顺着方向看去，一个鸭子大小的黑影急速地一晃而过，躲进了浓荫遮蔽中。

“那是什么东西？”兰天羽悚然道。

“喏，就是它。你忘了这里是奥克尔国家公园了，我们当然就是来看奥克尔巨蜥的。”

“巨蜥怎么在树上？在电视里我看到那家伙都是待在地面上的。”

“巨蜥在小的时候有很多天敌，一般都生活在树上，等到成年之后才会在地上生活。”

“你好像什么都知道。”兰天羽没好气地说，“可是能不能说明一下我们为什么要来看这些大壁虎？”

“因为我看到了韦洁如的笔记……”

“韦洁如的笔记？”兰天羽惊叫道，“在哪儿？你怎么得到的？”

何夕摇摇头：“你以为我满世界乱跑是为什么？我们刚到

库达市的时候我就去了韦洁如的住处，结果运气不错，找到了她的一本工作笔记。”何夕的语气变得有些幽微，“老实说，看了她的笔记我有种很想见到她本人的感觉。”

兰天羽接过何夕递过来的一个蓝皮本子急切地翻看，两分钟后他迷惑地抬起头：“里面好像尽是些生物学方面的研究资料，我看不太懂。”

何夕了解地笑笑：“老实说，我一直对热带生物有兴趣，本子里前面的大部分我基本能看懂，但后面的部分我确实不明白她想说些什么。你看这段话——‘生命体的生存从本质上讲是一种逆熵而行的行为，所以生命体自身是一团逆天而行的物质集合。它从系统外攫取负熵，用来有序排列自身体内的原子，并向外界排出无效序列。’你能明白吗？”

兰天羽茫然地摇头：“我连前面的很多都搞不懂。”

“其实这段话还不算艰深，我想她大概是说生命体是从外界摄取能量用于自身运行吧。关键是下面这句：‘而在进化的巨力下，生命体将这个过程演进到了难以想象的地步。我认为进化过度的现象无所不在，这严重地加剧了负熵的耗减，对自然造成莫大损伤，称之为进化灾难也不为过。在这种灾难中，起最重要作用的正是对生命而言最根本的元素。’老实说看到这里我完全跟不上韦洁如的思想了。”何夕翻过几页，“还有这里：‘人类的参与更是将这个过程推进到了史无前例的地步，在进化选择的强大力量干预下，整个人类的历史也因之而充斥着暴力、欺诈、伤害、丑恶，祈盼上苍能听我苦祷，赐我力量，将这一切终结。’”

何夕停下来，这段让人不明就里但却感到莫名触动的话让他无法平静。兰天羽插话道：“我想这些也许只是韦洁如在平时生发的一点儿感慨吧，她一个弱女子又能改变什么？"

何夕摇摇头，他翻到笔记最后一页，赫然映入眼帘的是几个朱红如血的字：我在地狱里永夜歌唱。

"看到这几个字你有什么感觉？"何夕直视着兰天羽。

"我……说不太明白，我突然觉得她变得有点儿陌生。"兰天羽喃喃道，"也许我不够了解她。"

"我不认为能写下这些文字的人所说的话会是随便说说。"何夕收好笔记，"我还注意到一件事，你这个表妹的专业虽然是热带生物，但她绝大部分的精力只是放在两种生物上。"

"哪两种？"兰天羽回忆着笔记里的内容，里面至少出现过几十种生物的学名。

"蛇和蜥蜴。"何夕大步朝前，"我调查到韦洁如在这个岛上有一处实验室，我们先去那里。"

三

观光车有完善的安全措施，因为现在已经进入成年巨蜥生活的区域。虽然奥克尔巨蜥极少主动攻击人类，但谁也不敢拿性命冒险，要知道死于巨蜥之口是一个可能长达几周的漫长病亡过程。

"其实这个时候的它们没有什么危险。"司机兼导游虽然是当地人，但与何夕他们交流起来并无障碍。眼前这两个人在他看来是好主顾，在小费上毫不吝啬。看在钱的分上，他提起热情，指着不远处几只躺在阳光下的巨蜥说："它们前天刚好饱餐了一头牛，接下来的六七天里都不会想进食。"

"气温这么高，它们怎么不躲到树荫下？"兰天羽挥手抹汗。

“如果不依靠太阳的热量，它们无法消化食物。”何夕解释道。导游微微点头，看来这个说法比较靠谱。

兰天羽纳闷儿地搔头：“什么意思？因为它们是冷血动物吗？”

“只能说你猜得基本正确。”何夕接着说，“像蛇和蜥蜴这样的冷血动物，它们体内的消化系统必须依靠阳光的热量才能发挥正常功效，否则食物会在体内腐败。但并不是所有冷血动物都这样，比如鱼类就不需要，它们体内的酶对温度没有这种要求。”

兰天羽点点头算是明白了，而那个导游则是满脸惊奇地望着何夕。

“不是说爬行动物在进化史上比鱼类高级吗？我看在这一点上它们可比不上鱼。”兰天羽忙着下结论，“它们还真成了靠天吃饭了，要是吃饱了连着几天不出太阳会不会肠穿肚烂而死？”

何夕淡淡一笑：“我小时候养过的一条蛇就是那样死的。”

韦洁如的这个野外实验室其实还担当着一个观察哨的角色，出于安全考虑，架子搭得比较高。毕竟是野外，门禁系统不算强大，突破它只花费了何夕几分钟时间。

室内虽然不算太大但布置得井然有序，一张床靠在角落里，一张书桌紧挨床头。何夕想象着在无数个冷清的夜晚，一个柔弱的女子独自守着一盏孤灯，支撑她的不过是内心的一丝信念。不知为什么，何夕心里陡然闪过那句话：我在地狱里永夜歌唱。

令人失望的是，这里居然没有什么资料，甚至找不到一片纸。在柜架上摆放着一排直径约5厘米的玻璃瓶，瓶子上标明着一些动物名称：奥克尔巨蜥、亚马孙森蚺、新西兰鬣蜥、西伯利亚狼、倭水牛、鲔鱼等。不过瓶子里面装着的东西却似乎没什么差别，全是黑乎乎的一团。何夕打开背包，将这些玻璃瓶悉数收进。对周围的设备倒是秋毫无犯。

“你不能搞乱这里的，”兰天羽大急，“韦洁如回来可能还要用到这些东西。”

“放心。”何夕大大咧咧地说道，“我只是用一下，以后会还回来的。我主要是不熟悉这里设备的使用，不然也不必带走它们了。”

“看来洁如把资料全带走了。”兰天羽颓然坐下，“没什么文字线索。”

“是吗？”何夕若有所思地四下巡视，“我倒是有点儿发现。至少我敢肯定有人比我们先到一步。资料应该不是韦洁如带走的，否则这里不会被搜得像现在这么干净。”

“那个导游怎么不见了？”兰天羽突然嚷道，“我们叫他在外面等着的。”

糟糕！何夕暗忖不好，连忙拉着兰天羽朝室外冲去。兰天羽挣扎着说：“外面有巨蜥。”

“这个世界上最凶残的物种并不是巨蜥。”何夕拉着兰天羽一路狂奔，没多远就听得身后传来喧嚣的吵嚷声。仗着树林浓密，何夕停下来示意兰天羽噤声。只听得乱糟糟的人群从不远处经过，渐渐远去。

“我们也走吧。”良久之后兰天羽轻声提醒道。

“往哪儿走？3米长的巨蜥你能对付几只？它们的尾巴能一下打死水牛。如果被这些家伙咬上一口，你全身的血液就会在几小时之内生满几百种高毒性脓菌，这种超级败血症根本无药可救。”何夕露出狡黠的坏笑，“我们只能回实验室待着，那里现在应该又安全了。待会儿搭其他游客的车出去。”

四

库达是尼雅国的第三大城市，库达大学就坐落在这里。

兰天羽注视着街道上忙碌的人群对何夕说：“你知不知道在这里有一个家喻户晓的真实故事，叫‘没见过太阳的人’？”

“有点儿意思，说来听听。”

“说是有一个人，现在也没人清楚他到底姓什么叫什么，只知道他每天清晨天不亮就出发到库达市做工，晚上天黑后才回家。就这样直到死他一辈子也没有见过一天的太阳。”

“有这样的事？”何夕问得有些多余。

“我都说了这是一个真实的故事。他只是千万劳作者的一个写照。”兰天羽声音低回，“我的家人和韦洁如的父母都是那样的人。”

何夕沉默了。

接待他们的吴俊仁是韦洁如的同事，看得出来，这段时间他也关心着韦洁如的状况。“凡是我知道的都会告诉你们的，只要能早日找到韦洁如。”这个瘦高个儿的中年男人显得有些憔悴。

“这些标本瓶麻烦你做一下检测，看看里面都是些什么。”何夕本能地觉得这个男人是足以信赖的，“你看，这些瓶子上除了标明物种名称，还有一个各不相同的数字，在‘新西兰鬣蜥’上标的是3，在‘森蚺’上标的是23，在‘鲔鱼'上标的是 15，在'倭水牛'上标的是 2，我想知道，这些数字代表什么意思。此外，你能否告诉我们一些关于韦洁如的事情？"

吴俊仁的神色变得有些恍惚："怎么说呢？韦洁如是一位优秀的生物学家，取得的成就远远超过周围的人。不过我想也许不是因为她更聪明，而是她付出了远胜于别人的努力。实际上，在这个领域里的多数人和我一样，只是把研究当作是一种职业，但韦洁如显然倾注了别的东西在里面。"

"什么东西？"何夕急促地问。

"我也不知道说得准不准确，有点儿类似信仰之类的吧。这让她可以投入超出旁人几倍的精力，她可以在荒无人烟的小岛上独自待上几个月，或者是一个人一连几周吃住在研究所的实验室里。有时候我实在不忍心看到她这样劳累，想帮她，但老实说我确实吃不了那样的苦，所以只坚持了很短的时间。"

何夕和兰天羽对视了一下，心里都涌起一种难以言述的感觉。韦洁如就像被笼罩在迷雾森林里的精灵，她的内心不知埋藏着多少不为人知的秘密。

这时何夕的电话突然响了，何夕接听了几句后脸色突然一变："你先守在那里，我们马上赶到布塔市。"

五

兰天羽这些天紧绷的神经终于抵受不住了，一上飞机他便吃了点儿感冒药沉沉睡去。何夕虽然也感到疲倦，但那些林林总总的信息却顽固地在他脑子里飘来飘去。他觉得自己就像进入了一片浓雾中的森林，前方仿佛有依稀的光亮，但更多的是混沌和迷茫。

兰天羽侧着身，有点儿含糊不清地说："快到了吗？"

"你醒了？"何夕关切地问，他觉得兰天羽的脸色好了些，"刚才广播说还有一个小时就到了。你这一觉可睡舒服了。"

兰天羽猛地撑起身，想到离韦洁如更近了，他的感冒也似乎好了许多。

见面后铁琅照例给了何夕一记直拳，他的神色有些疲惫，可能没休息好。何夕破例没还手，蹙眉问道："怎么一下飞机就闻到这么一股怪味？"

"今天风向不大对头。在布塔市的冬天你总会闻到这股味道，那是因为住在市区周围的人烧煤取暖。"铁琅解释道，"现在乌原国一半以上的人都住在布塔市。你待会儿到市区就能看到，那些临时搭建的房屋已经将这个城市包围了。这也算当地特色。"

"有韦洁如的消息吗？"兰天羽直奔主题。

铁琅指着身边开车的身材壮硕的男子说："这位仁吉泰先生是朋友介绍的，这几天他一直和我一起调查这件事。"

"这没什么，大家的关系都不错，帮忙是应该的。"仁吉泰嗓门高亢，估计是唱歌的好手，"根据我们的调查，韦洁如可能是在特尔利煤矿。"

"那是什么地方？"何夕问。

"特尔利是乌原国近年发现的煤矿，起初是国有的，现在已经私有化了。大部分产权属于一位叫赤那的人。矿里有不少工人。"仁吉泰说。

"我们现在去特尔利煤矿吗？"兰天羽问。

“是的，还有几百千米路程。”仁吉泰说，“一个多月前发生了一桩离奇的伤害案件，受害人阿金是我的老乡，他亲口告诉我说他见到了一个没有体温的男孩。”

“没有体温？”何夕惊叫一声，“那男孩在哪儿？”

“被那些袭击阿金的人带走了，警方根本没有认真地调查这起案子，他们没把这当回事。铁琅来找我的时候，我们正在私下里调查这件事，我们要讨回公道，结果发现韦洁如当时就和那些人在一起，他们最后的落脚点就是特尔利煤矿。”

“韦洁如和那些人在一起，那岂不是很危险？”兰天羽方寸大乱。

“应该不至于。”何夕很镇定，“韦洁如说过是到乌原国从事研究，也许那些人想从韦洁如那里得到什么。”

“我也这样认为。”铁琅开口道，“那个煤矿肯定有些古怪。我去过一趟，那里的管理严得过分。那个叫赤那的人是乌原国有名的富商，而且好像还在一个什么恶势力组织里身居高层，总之很有背景。”

何夕悚然一惊。“现在只能从特尔利煤矿查起。”何夕若有所思地看着车窗外，“我希望那个结果能快些传过来。”

“什么结果？”铁琅急切地问。

“一个能将这些线索连起来的结果。”何夕没头没脑地说了句。巨大的疲倦袭来，何夕放弃抵抗，靠着椅背沉沉睡去。

六

趴在荒地里潜伏两个小时对何夕来说是小菜一碟，但对仁吉泰来说就有些吃不消了。不远处是特尔利煤矿的一个转运区，一些明亮的光柱循环扫描着整个区域。

“可恶，一个煤矿搞得跟集中营似的，这个地方肯定有问题。”仁吉泰低声咒骂道。

“人会来吗？”何夕也有些焦急。

“说好了的。估计是有事耽搁，看这阵势要出来也不容易。”仁吉泰的声音突然高了些，“那边过来个人。”

来人除衣服上划了几道豁口外还不算太狼狈，脸上充满庆幸的神色。“这位是张林，”仁吉泰介绍道，“也是我的老乡，一个星期前专门到煤矿里调查那帮人的下落。”

张林一把抓过仁吉泰手里的水壶大口大口地灌着，过了半天才长长地舒了一口气。

“这位是何夕先生，不是外人。”仁吉泰拍了拍张林的肩膀，“查到什么没有？”

“特尔利矿区最近可能要发生什么事。”张林说，“他们从几天前开始对工人加强管理，专门排查了工人的情况，像我这样的都接受了谈话，要求我们平时只能待在指定岗位，不得随意走动。”

“不过这也算不上什么大事啊。”何夕思索着说，他有些迟疑地问张林，“你想想看最近有没有这种情况，就是平时一直在某个地方干活的人突然不见了。”

张林回忆了一下：“这么说我倒是想起来，是有这种事。从前天开始，一个和我间隔几个工作位的矿工就没来上班，好像说是回国探亲去了。但我记得原先聊天时，他曾经说过现在已经没有什么亲人了。”

仁吉泰看了一眼黑瘦的张林：“这些天辛苦了，等事情办完后我请你吃烤全羊。”

张林笑了笑:“说起来这矿区里就存有几千只羊呢，但我们的伙食差得要命，老板太抠了。”

“你说什么？几千只羊？”何夕突然插话。

“当然，这几天我亲眼看见运过来的，兴许还不止这个数。喏，就关在转运站的设备仓库里。”张林指着30米外的一排房子说，“我也有些纳闷儿，看那房子应该装不了那么多羊的。”

何夕和仁吉泰面面相觑，他们俩的脸色变得有些发白。张林的鼻孔微张:“是有股羊圈的味道啊，你们没闻到吗？”他的声音突然颤抖起来，一种诡异的感觉浮上心头。是的，几千只羊就在区区30米开外的房子里，还能闻到它们散发出的气味，但是这里也……太安静了。

这时何夕突然拿起电话接听，他的脸上闪过阴晴不定的神色。

“什么事？”仁吉泰问。

“尼雅国那边调查的事有新的发现。我们先回酒店。”

电脑屏幕上闪过一排排数据。

“这是些什么东西啊？”仁吉泰在一旁大摇其头，以他的学识，完全不明白这些数字代表什么。

何夕与铁琅却是凝神注视，生怕漏掉了重要的信息。

“吴俊仁检测出那些瓶子里都是动物的胃容物样品。”何夕下了结论，“看来韦洁如是在研究那些生物的食物结构。”

“那瓶子上标的数字和这些数据有联系吗？”兰天羽插话道，当天充满惊险的经历令他记忆犹新。

“吴俊仁已经进行了比较，他分析出那些数字的大小似乎对应着胃容物蛋白质含量的高低，但比例却不完全吻合。”

何夕点点头，“你们看，按胃容物蛋白质含量从低到高的顺序来看，这些数字的排列完全正确，但却不符合比例，存在一个小的偏移。比如奥克尔巨蜥的胃容物标号为21，蛋白质含量为19%；倭水牛的胃容物标号为2，蛋白质含量为1.2%。吴俊仁对这些标本全部进行了这样的分析，结果显示所有标本都存在这个微小的误差，而且这个小的差异表现没有明确的规律，就像是一个混沌的扰动，吴俊仁对此也无法解释。”

“会不会是这些数字并没有对应着蛋白质，而是对应着别的什么成分？”铁琅分析道。

何夕很肯定地说：“不会的。按这个思路，其他的成分吴俊仁也考虑过，比如说碳水化合物或者维生素等，但完全对不上号。只有蛋白质含量显示出了与数字标号的关联，但是这个没有规律的差异又怎么解释呢？”

“我们还是先想想怎么找到韦洁如吧。”兰天羽有些着急地开口，他看不出何夕有什么必要为一些莫名其妙的事情耽误时间，“这些无关紧要的事情可不可以等以后再说？”

何夕理解地拍拍兰天羽的肩膀：“我们现在做的这些事情正是找到韦洁如的关键所在。”

“什么意思？”兰天羽不解。

“我们必须要知道韦洁如在黑夜里吟唱的是一支什么样的旋律。”何夕突然没头没脑地说了一句。

七

冰碴在靴底传来破碎的声音。两个黑影矫健地穿行在空地中，做出一连串标准的军事动作，躲避四处扫动的灯柱。

“看来这些库房已经改造过了。”铁琅打量着结实的合金门，“如果是采煤设备肯定不用这么夸张的，居然用的是以色列 DDS 的门禁。这里也就是个羊圈，就算跑几只也值不了几个钱啊，搞不懂这些有钱人在想什么。”

“看来是防止外人进去。”何夕猫着身子紧张地操作，便携式计算机的屏幕上快速滚过串串代码，20 分钟之后终于响起攻破密码的嘀嗒声。

何夕和铁琅一进门就僵住了。在仓库里搭建着层层叠叠的笼子，难以计数的羊倒在里面，一动不动，姿势千奇百怪。

“这么多死羊？”铁琅打了个冷战，“看来我们闯进了一座坟墓。”

何夕打开红外眼镜：“它们没有死，还活着。它们的平均体温比环境高半度左右，在红外眼镜下才能看出这样的微小差别。既然和环境有温度差别，说明有新陈代谢存在。”

“那它们现在这样算什么？”

何夕咧嘴一笑：“我觉得是在冬眠。”

“冬眠？就像冬天的熊那样？”铁琅吃惊地问。

“不一样。”何夕摇摇头，“熊冬眠时体温只降低 10℃左右，现在这些羊的情况和熊完全不同，体温和环境基本一致，还不到 7℃，新陈代谢几乎停止，倒是和蛇类的情况很相像。”

“像蛇？”铁琅盯着那些雕塑一样的生灵，如果不凭借仪器谁也看不出这些是活物。

何夕深吸一口气：“你还没明白吗？对这个草原国度来说，我们现在看到的是一个非常了不起的奇迹。”

铁琅立时明白了何夕的意思。的确，多少年来牧人们都在为牲畜的越冬而焦愁，不要说增重，能靠着大量积攒的饲草让牲畜骨瘦如柴地活到春季就算是老天保佑了。但现在让牲畜冬眠却使问题迎刃而解，也许只有何夕所说的“奇迹”这个词才能够恰当地形容这件事情的意义。铁琅一时间觉得头竟然有些晕。

“我现在有点儿明白韦洁如到底在做什么了。”何夕从震惊中恢复过来，“她付出那么多心血，看来是值得的。”

“这是件好事啊！但为什么搞得这么古怪？”铁琅不解地问，“这样的成就是可以造福全世界的。”

“说明其中还有一些我们不知道的原因。”何夕淡淡地说。这时耳机里突然传出监控警报声。“外面好像有人正在接近这里，我们赶快出去。”

“根据情报，以前这里是没有人巡逻的。”铁琅在山包后看着那些停留在仓库入口处的人员。“看来他们加强了戒备。我们下一步去哪儿？”铁琅小声问道，“我觉得那个赤那透着一股神秘，赤那以前是牧场主，近来取得了不少矿山的经营权，特尔利煤矿只是他的部分产业，这种急速扩张的背后肯定有玄机。”

但是铁琅发现何夕好像没有听他说话，而是目光飘忽地看着远处，不知在想什么。“原来是这样。”何夕突然轻呼一声，“对，应该是这样。”

“你说什么？”铁琅不明就里地问，“你在听我说话吗？”

何夕没有搭话，自顾自地拿出便携式计算机开始演算。过了几分钟他吁出一口气说：“尤里卡。”

听到这个词铁琅立刻知道何夕有了发现。当年阿基米德在浴盆里洗澡，突然来了灵感发现了浮力定律，因而惊喜地叫了一声“尤里卡”，意思是：找到办法了！

“原来那些标本上面标的数字并不是蛋白质的比例，而是氮元素的占比。虽然这两者存在正向关联关系，但毕竟有所差别。现在将数据换算到氮元素则一切都完美吻合了，误差不到1%。”

“这能说明什么？我觉得两者应该算是一回事啊。”铁琅插话道，“谁都知道蛋白质里的重要构成成分就是氮。”

“在韦洁如的笔记里提到过一种她称为进化过度的现象，她认为有某种对生命而言最根本的元素推动了这种现象。现在我想她应该就是指的氮元素。”何夕不紧不慢地说。

铁琅的表情有些发呆：“我不明白这是什么意思。”

“我也不明白。”何夕摇摇头，“我知道的不比你多多少。这里是转运区，3000米之外就是特尔利煤矿的核心所在地。那里应该有我们想知道的答案。”

八

“张林又传回了新的情况。”仁吉泰急匆匆地进门来。

“什么事？”何夕问。

“有一个片区长今天欺压工人，张林和几个人看不惯，一起把那个家伙揍了一顿，算是出了口气。”仁吉泰语速很快，“那人现在还被捆着，但现在张林他们不知道该怎么办。”仁吉泰摇摇头，“这个张林也太冲动了点儿，看来只能让他先撤回来了。”

何夕愣了几秒，一丝亮光从他的眼里闪现出来：“我们也可以利用这次意外。你让张林给那个家伙多拍几个角度的照片传过来。”

10分钟后何夕开始审视手机上发回的照片：“这个家伙的个子倒是和我差不多。”

“他叫李青。”仁吉泰补充道。何夕和铁琅对望了一眼。

“现在制作硅胶面具的话时间是紧了点儿，但达到八九分的相似度应该没问题。”何夕开始摆弄设备，铁琅自然密切配合。一个多小时后，何夕在镜子前戴上面具左右端详道：“我的脸形稍宽了点儿，不过应该能混过去的。”

铁琅点头：“我的身高差太多，也只有你去了。你一定要多加小心。”

何夕转头看着铁琅：“你今天再去查一下转运区的仓库，有情况就通知我。”

“就是那个羊圈吗？”铁琅有些意外，“上次不是看过了吗？”

“当时有人来打断了调查，不知为何，我总觉得里面还藏有什么秘密。发现什么就马上联系我。”

何夕朝着屋里的一群人点点头，他也知道此去祸福难料，他递给仁吉泰一张纸条：“记住这个电话。如果明天这个时候我还没有消息，你们就打电话寻求帮助。”

兰天羽突然开口：“我们不需要打那个电话。我相信你。”铁琅却是一言不发，只照例在何夕的前胸捶击了一拳。

从井下出来，何夕立刻望着灰蒙蒙的天空大口呼吸，他在井下待的时间并不长，是去取李青的工作牌。到了井下何夕才知道这个乌原国排得上号的煤矿的条件有多糟，工人在这种恶劣的环境下工作只是为了多挣那么一点点钱。

办公区散布着几幢启用不久的建筑，都是只有几层的楼房。何夕夹着一个袋子看似方向明确地赶路，就像一位急着传送文件的职员，一路上尽量不引起别人的注意。这时何夕停在了一幢灰白色的建筑前，这里看上去同刚刚去过的几处地方并没有什么不同，但是何夕眼里突然显出了一丝兴奋的光。他照例目不斜视地进门，穿过门厅径直上楼，到了顶层何夕直接右拐，他眼睛的余光已经看见左边走廊上转悠着几名警卫。何夕迅速推开一间贮藏室的门，现在他只能从顶上的通风道进到守备森严的左边。

通风道里也设置了监控，虽然不至于不可逾越，不过也给何夕增添了一点儿麻烦，但这样严格的防备也让他确信自己正在往正确的方向前进。刚才让何夕驻足的是某种气味，他判断至少有苯酚和氯仿的存在，何夕想不出在一个煤矿的办公区里这两样东西有什么用途，但他知道它们是 DNA 萃取工艺中经常用到的。何夕看看表，已是晚上 7 点。通风道下方的房间基本已经没有人了。通过夜视镜，何夕确定这里是一处设备完善的实验室，不时有一些动物的叫声突然撕破寂静，在黑暗中听起来有些瘆人。

何夕在一个通风口处停下来，通风口的下面亮着灯，是一间稍小的实验室。屋子的一角摆放着一张简易的午休床，一个白衣女子坐在上面看书。何夕端详着这个狭小的通风口，小心地取下上面的隔栅，然后探出右手，接着，他的身体开始奇异地扭动。

白衣女子吃惊地回过头，何夕这才发现韦洁如比照片上显得更瘦也更美，某种朦胧的光芒在她的眼里浮动着。实际上，她整个人都给人一种不大真实的感觉。韦洁如的紧张只持续了一瞬间，很快她就恢复了镇定，一语不发地看着闯入者。

“我以为你会尖叫。”何夕只露出了半边身体，悬在半空中有些尴尬地开口道。

“如果有用的话我会那样做的，不过实验室之间保持着完全隔离，外面听不到这里的声音。”韦洁如淡淡地说，并抬头看了一眼何夕胸前的工作牌。

“这个牌子是借用的。我叫何夕，是兰天羽的朋友。”

“哦。那你是想带我走吗？”韦洁如仍然是那种淡淡的口吻，仿佛早就料到事情会发生。一时间何夕有些疑心这个世界上没有什么事情能让这个女人挂怀。

何夕翻身落到了地上，脸上露出苦笑：“那些监控虽然没能阻止我进来，但想带你出去却是不可能的。至少这个通风口你是无论如何也穿不过去的。”

韦洁如看了一眼通风口：“要不是亲眼所见，谁都不会相信居然有人能穿过这个孔，这是瑜伽术吗？”

“这是中国道家的柔身术，和你说的瑜伽术差不多吧。不过我看你好像并不怎么吃惊。”

“别忘了我是一名生物学家。动物界有的是变形大师，你刚才的举动虽然神奇但比起章鱼来还差得很远。”

“你的亲人很担心你。不过我看你现在的情况不算糟糕。”

“我的研究资助方要求我暂时不同外界联系，等这里的事情忙完之后我会同他们联系的。”韦洁如优雅地抚弄着长发。

“什么事情？”何夕似笑非笑地问，“那群冬眠的羊已经足以让你在科学史上留名千载了。”

韦洁如急促地抬头起身：“你看到了那些羊？”

何夕点点头：“不过你的目标恐怕不光是让绵羊冬眠吧？虽然这已经是相当了不起的成就了。我猜想你想要改变的东西其实是——”何夕停顿了一下，“进化的方向。”

韦洁如第一次露出震惊的表情：“你到底是什么人？你想知道什么？”

何夕的表情变得有些古怪：“我想知道是一首什么样的歌让你在地狱里永夜歌唱。”

韦洁如如遭雷击般颓然坐下。

九

一缕轻雾在瓷杯上袅绕，韦洁如出神地望着这缕雾气：“这是来自我家乡的新茶，多少年来我和家里人都喜欢喝。可是我的家人……”

“我知道你的感受。”何夕的心里滚过一阵难过，“那些作恶的人一定会得到报应的。”

“报应。”韦洁如突然有些失态地大笑，声音撞击在墙壁上竟然带有金属的铿锵，大笑的同时泪水不受控制地从她的眼里淌出，她的身体急剧地颤抖着，几乎就要栽倒。

何夕急忙扶住韦洁如，他的肩膀立刻被滚烫的泪水打湿了，一时间何夕感到在怀里啜泣的就是一个失散多年的与自己血肉相连的妹妹。

良久之后，韦洁如平静下来：“让你见笑了。我已经许多年没有哭过了，没想到今天很失态。这个世界上每天都在上演着无数悲惨的事件，相比之下我的故事其实普通得很。”

“无数悲惨的事？”何夕问，“你指的是什么？”

“你听过一个故事吗？”韦洁如的声音变得和她的人一样有些不真实，“两个和尚在山路上遇到一只白羊哀叫求救，在它身后跟着一大两幼三只饿虎。小和尚正要杀虎救羊，老和尚却说：‘羊吃草、虎吃羊，物性本来如此，虎何罪之有？’小和尚说：‘那我只救羊不杀虎。’老和尚说：‘三只饿虎多日未食，随时有倒毙之虞，救羊同杀虎无异。”小和尚血气上涌说：‘那我今日舍了这身皮囊救下此羊总是可以吧。’老和尚却猛然掌掴小和尚道：‘此三虎并不曾食人，你今日妄自舍身让它们知道人肉滋味，却害得日后不知有多少乡民要死于虎吻。’”

“那怎么办？”何夕忍不住插话。

“小和尚也是这么问的。结果老和尚说了一句：‘不可说。’”

何夕倒吸了一口凉气，这个简单的故事让他陡然有种惊心动魄的感觉，如果换作自己面临这样的选择，恐怕也只能是“不可说”吧。

“这的确是个怪圈。”何夕说，“我想生命本身就诞生在这样的怪圈之中。”

韦洁如的眼睛亮了一下，有些诧异地盯着何夕。

“你的笔记对我有所启发。”何夕笑了笑，“生命本质上就是一团从外界攫取能量用于构建自身秩序的物质，而热力学定律的存在注定了这是以外部秩序的丧失为代价的。园子里的一茎草或一朵花很对称、很有秩序、很美丽，但羊要生存就必须把花和草咀嚼成无秩序的一团混乱物质，咽到胃里。”何夕的眼睛变得很亮，“在你的野外实验室里，我找到了一些标本，我想你重点研究的是生物的氮元素代谢吧。”

韦洁如难以掩饰自己的震惊：“说实话，我真的怀疑你是我的同行。”

“我算不上，我只是对你的专业有些兴趣。”何夕解释道，“在你的笔记里说自然界的进化已经过度，而且由于人类的参与，这个过程愈演愈烈。老实说，这些观点我理解起来感到吃力。”

“地球生命的自然进化说起来有30多亿年的历史，但实际上生命可以说是平静地度过了30亿年，直到6亿年前生命现象依然低级而简单，当时所有的生物都还是单细胞状态。我们现在所习惯的那种弱肉强食、适者生存的进化场面，实际上是从寒武纪生命大爆发之后才开始的。在那之前30亿年的时间里，生命体甚至还没有长出严格意义上的嘴巴，但后来短短3亿年里进化的力量便造就出了邓氏鱼每平方厘米5吨咬合力的恐怖下颚。”

“这很正常啊。就像猎豹和羚羊一个追一个跑，经过几万个世代它们的速度自然越来越快。”

“这的确就是自然选择的力量。人们都说适者生存，其实称其为弱者毁灭更准确。一只羚羊真正的敌人并不是猎豹，在羚羊的一生中并没有几次机会单独与一头猎豹较量，实际的较量很可能就只是最后的那一次而已。但它却会千百次地与同类竞赛，筹码便是自己的生命。”韦洁如的脸上泛起异样的光彩，“捕猎者选择对象时同样遵循着铁的规则，总是选择羊群里最弱的一只，否则它的生命也不会长久。就平均能力来看，没有任何一只羚羊能战胜猎豹，但在这种生死时速的竞赛规则中并不是冠军获奖，而是最后一名受到惩罚。所以羚羊从来就没有打算战胜猎豹，它只需要战胜任何一个同类就行。也就是说，同类的优秀是它的噩梦，它真正意义上的敌人是群体里的另一只，即使那只羊也许是它的同胞哥哥或弟弟。”

“萨特当年说过一句话：‘他人即地狱’，他说这句话时人类已经在地球上占据了食物链的最顶端。”何夕幽幽开口，“看来，这句话其实对任何层次的生物群落都适用，虽然它们并不能理解这句话。”

“这很难说。”韦洁如打断何夕，“也许羚羊早就明白这个道理了。”

这下轮到何夕吃惊了：“这个说法太牵强了吧。”

“羚羊虽然是一种弱小的动物，但头上那对锋利的角却是可怕的武器，可你看到过羚羊用角对抗猎豹吗？”

何夕茫然地摇头，他有些明白韦洁如的意思了。

“作为生物学家，我也几乎没有看到过羚羊用角来对付猎豹，却无数次地看到它们彼此用角殊死格斗，实际上可以说，那对锋利的角本来就是为了同类厮杀才进化而来的。不仅羚羊如此，所有生物都会把自己杀伤力最大的武器施加在同类身上。我在求学的时候看过一部纪录片，其内容是非洲某个狮群的故事。原先的狮王争斗失败身亡后，接任的狮王四处搜寻并屠杀老狮王留下的幼崽。画面上幼狮拼命逃跑，当时我们一帮同学都忘记了这是影片，大家都大喊着‘快跑啊快跑啊’。当最后一只小狮子也被咬死之后，除教授之外我们每个人都流下了泪水。教授对我们说，这就是自然进化的铁律，为了让雌狮尽快发情产下自己的后代，雄狮选择了这种做法。从自然选择的角度来看，这也是唯一正确的做法，因为那些不这样做的‘仁慈的’雄狮难以留下自己的后代，它们早已被进化的力量淘汰。”

“这听起来的确很残忍，我知道有些人类部族以前也有杀婴的习俗，进入文明时代之后才杜绝了这种现象。”何夕点头道。

“文明。”韦洁如低叹一声，“人类对付狮虎等异类用的不过是猎枪罢了，而对付同类却动用了原子弹这种来自地狱的武器。其实这一切的根源都出自达尔文发现的那个自然选择，它就像是水面上时刻准备吞噬一切的巨大漩涡，生命一旦掉进这个陷阱便万劫不复，所以它们选择了拼命奔跑。”

“但也正是自然选择让这个世界变得多姿多彩，甚至我们人类能成为智能生物也是拜进化所赐。没有自然选择，说不定你我现在还是一洼水坑里的原虫。”何夕忍不住提醒道。

“我没有否定自然选择的作用，但是这种力量过度发展会导致无法控制的结果。自从越过造物主的防线之后，加上人类的参与，谁也无法预料进化会把世界带向何方。”

“造物主的防线？”何夕陡然一怔，短短时间里韦洁如带给他的意外太多了，他觉得眼前这个女人浑身都笼罩着一层迷雾。

十

“这是我提出的一个概念。”韦洁如保持着淡然的口吻，“自然界早就设立了一条防线，这条防线就是氮元素。生命现象的基础元素无疑是碳，所以有人称我们是碳基生命，但构成蛋白质的最核心元素是氮。氮很不活泼，只有通过硝化作用转变成离子才能被植物吸收。能够完成这一转变的，除了闪电、宇宙射线辐射，就是一些极特殊的微生物。对植物来说获取碳非常容易，但获得氮却是很困难的事情，而这个问题到了动物出现后更是成了一道瓶颈。所以它就像一道奇特的防线。”

“动物不是以植物为食吗？只要植物里有氮就行了啊。”

“动物的生理多样性远远超过植物，这实际上依赖于蛋白质的多样性。一般草本植物的总体蛋白质含量低于1%，而一头牛的身体蛋白质含量可达20%，所以动物对氮元素的需求量远大于植物。史前有一种恐龙，身长超过50米，体重超过130吨，在原野上行走时每一步都会使大地颤抖，就像地震一样，所以学界将它命名为‘地震龙’。如此巨大的身体决定了它的食量惊人，但是它却长着很小的脑袋和嘴，也就是说它的嘴根本跟不上身躯的演变。根据推测，它每天必须要用23个小时的时间来进食，为了进食它几乎连睡觉的时间都没有。你觉得这种生物算是成功吗？”

“我不知道。”何夕老实地回答，“不过也许地震龙自己喜欢这样。”

“从进化的角度看地震龙算不上成功，庞大身躯大大降低了它们适应环境的能力，实际上地震龙很快就灭绝了。那个时代的草食恐龙都长着一副庞大的身躯，传统的解释是为了防御肉食恐龙，但实际上肉食恐龙肯定会跟着草食恐龙的变大而变得更加巨大，这种防御方式的作用非常有限，得不偿失。其实真正的原因很简单，这一切都是迫不得已的结果。”

“迫不得已的结果？”何夕重复了一句。

“我说过植物对氮的需求远低于动物，结果是那些恐龙为了从植物中获得足够的氮只能选择增加食量。但满足了氮的需求之后它们却摄入了5倍于基本需要的碳水化合物，这些多余的能量在当时只能通过进化出庞大身躯来承受，所以它们的身体其实是一种无奈的畸形副产品。有一个司空见惯的现象你注意到了吗？世界上所有的蛇都是肉食动物。我想如果蛇选择吃草的话，它们也极有可能进化成巨无霸，重蹈远古祖先的覆辙。”

“如果生物当初一直不越过这道防线会是什么结果？”何夕突然插话。

韦洁如稍稍愣了一下：“只能大致判断在那种情况下生物特别是动物的多样性会大幅减少，动物的行动将变得更迟缓，高级智能的产生也将遥遥无期。总之，那将是一幅显得平淡的世界图像。”

“也就是说造物主原本不希望生物圈多姿多彩？”何夕疑惑地问。

“你肯定知道那个奥卡姆剃刀原理吧？”

“知道，我记得大意是，如果有两个理论能得出同样的结论，那么更简单的理论是正确的。也有人把它概括成简单就是真实。用这个原理可以解释恒星为什么是球形，也可以解释基本粒子的性质。”

“这个原理在众多领域都取得了巨大的成功，一直被奉为科学界的无上法则之一。但是我在研究中却发现它遇到了挑战，进化似乎有一种偏向复杂的趋势，最成功的生命往往是最复杂的，比如人类的大脑就是已知宇宙中最复杂的事物。奥卡姆剃刀原理无疑是正确的，但因为达尔文陷阱的可怕威胁，生命最终竟然超越了这个原本左右着全部物理世界的法则。自然界并没有先知先觉的设计者，氮元素防线体现的是负熵的节约，对任何生物圈来说，负熵都是一个有限的值。根据我的研究，生命在氮元素防线以内处于可控状态，一旦突破这道防线就会失去制约，谁也无法预料生命将去向何方。这就像人类虽然千万年来一直争战不休，但地球生物圈作为整体仍是安全的，而一旦到了使用原子武器时，情况就截然不同了。其实我的很多同行都认为，当地球上产生了人类这种智能生物的时候，这个星球的结局就几乎确定了，它很可能在将来某一天被自己孕育出的智慧生命毁灭。”

何夕沉默了几秒：“那你所说的防线突破事件发生在什么时候？”

“三叠纪晚期，距今约两亿年。听起来很长，但在地球30多亿年的生命史中只占5%。当时出现了摩根兽那样的原始恒温动物，它们选择了一种简单而奇特的方法来解决巨型恐龙面临的难题，它们升高了体温，从而将多余出来的80%的碳水化合物燃烧掉。这件事情称得上是宇宙中的划时代事件，虽然这种事情在宇宙中可能发生过不止一次。”

“有这么夸张吗？”何夕有些难以置信地问。

韦洁如的脸上浮现出一丝敬畏：“虽然我们平常提起宇宙时指的是时间和空间，就像中国古人所说的‘古往今来曰宇，四方上下曰宙’，但相比于时空，能量才是宇宙中至高无上的存在。大爆炸理论已经阐明，包括时空在内的整个宇宙本身其实都是能量的产物，所以能量节约法则一直是宇宙中先验的存在，但现在这个法则却被一种叫作恒温动物的事物打破了，它们为了生存居然学会了抛弃能量，所以我称之为划时代事件绝不为过。而且，在地球上采取这种做法的还不仅仅是恒温动物。”

“还有别的生物吗？”何夕喃喃低语，他觉得今天在韦洁如面前自己的脑子似乎有点儿不够用了。

韦洁如补充道：“某些昆虫为了达到相似的目的采取了另

外的方法来处理这些‘多余’的能量，最有名的便是蚜虫，它们将大量含糖的蜜露不断地排出体外。”

“可一般性的解释是，它们是为了吸引蚂蚁的保护。”何夕插话道。

“这个解释是典型的本末倒置，那只是附带获得的效果。一些种类的树蝉也大量喷出蜜液，它们可并不需要别的生物的保护。”

“可是有一点，恒温动物的确有生存上的优势啊，它们受环境影响更小，可以在变温动物无法生存的极端地区生存，比如两极地区。”何夕忍不住辩驳道。

“两极地区即使现在也只生存着总量不到万分之一的地球生物。热带和温带已经提供了足够广阔的生存空间，进入极端地区生存并不是恒温动物产生的目的，而只是这一事件导致的附带结果。”

“但是恒温动物有更快的反应和运动速度，这总是优势吧。有些昆虫甚至不能在清晨飞行，必须等到阳光晒暖身体后才能动弹。还有像鳄鱼和蛇等都需要阳光帮助消化。”

“所有的鱼类都是变温动物，你听说过需要暖身后才能运动和消化的鱼吗？要知道有些寒带鲔鱼的游泳速度可以超过猎豹的奔跑速度。”韦洁如脸上露出有深意的笑容，同何夕的争论让她颇感惬意，“这只是因为体内酶的功能差异罢了，只要有酶的支持，变温动物一样可以灵活而敏捷。你也许认为哺乳动物比爬行动物成功，其实这只是一种错觉，爬行动物的进化史远远长过哺乳动物，它们能长存至今足以证明它们是成功的。根据测算，变温动物食物中的能量只有不到 20% 转化为热量散发，而恒温动物的这个比例超过 70%。

有些小体型恒温动物对能量的依赖惊人，小鼩鼱每天要吃3倍于自己体重的食物，实际上它根本不能停止进食，否则马上就会死于体温下降。恒温动物一方面‘抛弃’着能量，而另一方面它们对能量的依赖又远远超过变温动物，生命进化中总是充满这种怪圈和悖论。”

何夕觉得自己已不能说话，一时间他完全被韦洁如向他展示的这幅奇异的生命图景震惊了。他的脑海里浮现出一颗在虚空中静谧旋转的星球，千奇百怪的亿兆生灵在它的表面聚集成薄膜般的一层，涌动着、嘶喊着、挣扎着。每个角落都潜藏着黑暗的巨手，每时每刻都有无数疲于奔命的个体被拖进无尽渊薮的最深处。隐约中他似乎领悟到当年庄子为什么在《秋水》篇里向往做一只在泥地里自由曳尾的乌龟。

但是韦洁如似乎不准备放过他:“你看到的那些羊是第一批改造成功的实验品，在同样的生长速度下，它们的食物量是普通绵羊的十分之一。也就是说，在不增加现有饲料的条件下产量可以提高10倍。而且它们还具有冬眠优势，其实自然界中哺乳动物冬眠并不罕见，比如蝙蝠、黄鼠、旱獭等，表现为心率慢至每分钟五六次，呼吸每分钟一次左右，体温比平时降低10℃左右。不过在这种情况下仍然会消耗相当多的能量，比如刺猬经过冬眠后体重会减到原来的三分之二。但你看到的那些绵羊的冬眠完全是另一回事，那些绵羊的新陈代谢几乎停止，就算经过一个冬天，它们的体重也没有多大变化，你应该明白这对畜牧业来说意味着什么。唯一的缺陷是那些绵羊在环境温度低于4℃时会冻死，这一点和某些蛇类相似，实际上它们体内的某些基因片段就来自蛇类。不过今后这个缺陷应该能够有所改进。”

“说实话我对你真的很佩服。”何夕由衷地说，“这是可以改变世界的发明。”

“改变世界。”韦洁如神色若有所动，“这个世界上充满了争斗、欺骗、掠夺，善良的人成为牺牲品，穷凶极恶者却享受尊荣。我父母辛苦经营了几十年的工厂在一夜之间就被抢走，我看着他们被活活打死。”韦洁如的声音变得高亢，一种妖异的光芒从她的眼里透射出来，令她全身散发出一种摄人心魄的气息，就像是一个来自洪荒的女巫，“那时我还是一个 10 多岁的小女孩，小女孩的泪水已经流干了，她不知道为什么会发生这种事情。她就想，是不是因为世界上的工厂太少了，或者是世界上的食物太少了，所以人们才会这么野蛮地掠夺和屠杀。那个小女孩接着想，如果世界上能多一些工厂、多一些食物，也许她的父母就不会死。”

何夕默默地看着面前这个显得有些喜怒无常的女人，等她再次平静下来之后才开口道：“我理解你的想法，而且我也认为你的成果很伟大。但是无论出于什么理由都不应该将这套理论用于人体实验。”

“你说什么？”韦洁如脸色不悦地打断何夕，“我们的目标只是解决食物和能源问题，我从来没有考虑过将这项成果用于人类。”

这下轮到何夕愕然了：“难道说你不知情？但是我这里有一份警方的记录，里面提到过一个没有体温的小孩。”

韦洁如接过何夕递过来的资料，急速地浏览着，脸上阴晴不定。这时何夕的电话传来震动，铁琅的头像在屏幕上显现出来。“你没猜错，我在仓库里有非常惊人的发现。”铁琅语气凝重地说，“你还是自己看吧。”

屏幕上换了画面，在微弱的照明下可以看到地上并列放着一排透明的柜子，仿佛一口口小小的棺材。不知为何何夕陡然感觉一股寒意从背脊处升起，他不禁打了个冷战。镜头移近了些，一张张双目紧闭的稚嫩的面庞映入画面，他们的脸色都苍白无比。

“我的天，怎么会发生这种事情？！”韦洁如转身撑住桌面，极度的震惊下她有些语无伦次，作为业内专家她完全知道非法人体实验意味着什么，“他竟然欺骗了我，这个无耻的骗子！”

“你是说赤那？”

“不是他。是山迪昂万，一个尼雅人。”韦洁如的表情变得复杂起来，“赤那只是他的合作者，没有掌握核心的技术。”韦洁如知道她无比珍视的科学生涯在此刻被终结了，一丝近于幻灭的神色在韦洁如的眼里浮现，短短几分钟时间她仿佛苍老了10岁。

“我在尼雅国见到过这个人，他好像还领导着某个势力庞大的党派。”何夕若有所悟地开口道，“没想到他和赤那居然搅和在了一起。”

韦洁如镇定了些：“他今天已经到了乌原国，等一会儿就会到这里来。你快走。”韦洁如犹豫了一下，似乎在下着最后的决心。然后她打开旁边的冰柜，小心地取出两支装着紫色液体的试管递给何夕：“这就是用于生物改造的‘蛇心’试剂，加上你们在转运站仓库里拍摄的资料，可以作为指证山迪昂万和赤那的证据。”

“你——”何夕突然一滞，望着眼前陡然变得无比憔悴的韦洁如，他一时间不知道该说些什么。末了他郑重地点点头说："等你回到家乡的时候，我陪你喝最好的新茶。保重，我的同胞姐妹。"

十一

山迪昂万穿着一身传统服饰，脸上保持着地位尊贵者固有的倨傲。几位随从进门巡视一番之后便自觉出去，只留下山迪昂万和韦洁如。

"怎么他们就一直安排我的首席专家住在这种地方？"山迪昂万的脸上露出了笑容。

韦洁如挪步走开几米："是我自己要求的，这样我可以随时安排实验。"

"'蛇心'试剂不是已经成功了吗？等到这批绵羊春天苏醒之后，我们就向全世界公布这个伟大的发现，你的名字将被载入人类科学史。"山迪昂万大声说道。

一丝亮光从韦洁如眼中升起，但很快就陨落了，她沉默地看着这个喋喋不休的男人在她面前继续表演，似乎想用目光从他脸上剜下一块肉来。

韦洁如冷冷地说："我只是一个许身科学，以求给人类带来福祉的生物学家。"这时仿佛想起了什么，韦洁如突然黯然神伤，"当然，以后不再是了。"

"你什么意思？"山迪昂万狐疑地问。

"你还想骗我吗？"韦洁如悲愤地看着山迪昂万，"你竟然瞒着我进行'蛇心'试剂的人体实验。"

"这从何说起？"山迪昂万打了个哈哈，"再说没有你的参与，我怎么能办成这样的事？"

"你还想骗我多久？我已经亲眼看到了证据。我身边的那些助手都是你安排的，他们都是你的爪牙。"韦洁如愤怒地说。

"别说得那么难听。我承认是做了几次实验，只是因为知道你会反对才暂时向你隐瞒的。"山迪昂万知道再否认也没有什么意义，脸上却是满不在乎的神情。

"你明明知道'蛇心'试剂现在的失败率超过20%，用于人体实验和故意杀人有什么区别？你毁了我，你知道吗？你毁了我无比珍视的科学生命！"韦洁如哭出了声，满头乌发痛苦地颤抖着，"而且现阶段'蛇心'试剂对恒温动物的改造会导致思维迟钝，根本就不适用于人类。"

"既然你都知道了，我也不用再瞒你。实验中是死了几个小孩，算他们命不好。不过也成功了10多例，现在他们正和那群绵羊一起经受冬眠实验。以后他们将会在赤那的牧场工作。想想看吧，他们要求极低，而且头脑简单、听从指挥，到了冬天就和绵羊一起冬眠，连那点儿微不足道的饭钱都省了。赤那兄弟非常满意。"

"那几个孩子是怎么死的？"韦洁如反而平静下来。

"还能怎样。你知道'蛇心'试剂的剂量要求一直是个难题，稍有差池就会造成心脏冷凝破碎，结果那几个小孩就死喽。"山迪昂万语气轻松，仿佛在讲一个笑话，"都是在尼雅国各地找来的孤儿，没引起任何麻烦。"

韦洁如眼前一阵发黑，她感到自己仿佛正在坠入一道无尽深渊："你是个魔鬼，你毁了我的心血，也毁了我。"

"你别忘了，我也救过你的命，当年要不是我把你藏了起来，你早就被人杀死了……"

"你不要再说了，求求你不要再说了。"韦洁如捂住耳朵，脸色苍白如纸。

山迪昂万舔舔嘴唇，沉浸在得意的往事中："那时候的你只有 10 多岁，每天穿着洁白的衣服，坐在漂亮的小汽车里像仙女一般从我面前经过。你一定没有注意到一个浑身脏兮兮的男孩每天都盯着你看。那个男孩看着你，还有你的漂亮房子和车子，心里疯狂涌动着有朝一日占有这一切的欲望。没想到这一切都来得太快，那天早晨当我看到满街的人群，我知道梦寐以求的时刻终于到来了。那时我的亲戚们正在接管你家的工厂，我第一时间冲到了你的面前，那时你刚刚在床上醒来，看到我突然出现你还以为自己在做梦呢。哈哈哈。"

"是的，那个早晨。"韦洁如抓扯着头发喃喃道，"我失去了一切。"

山迪昂万停了一下接着说："知道我为什么用那些小孩做实验吗？就是因为'蛇心'试剂会让人的思维变得迟钝。那些聪明的人处处压制着我们，而现在有了'蛇心'试剂，正好可以改造他们。忘了说一点，我们还可以改造那些能吃苦的工人，让他们干我们不愿意干的活。以后在我的工厂里，将全是一群又听话又能吃苦的劳工，那是一幅多么美好的图景。不仅是我的工厂，还有赤那的牧场和煤矿里，都会遍布这样的劳工，我们的生产成本会大幅下降，我将成为世上最富有的人。"

"你疯了。"韦洁如强撑着不让自己倒下，山迪昂万描述的场景让她不寒而栗，"我要揭发你。"

"你没有机会的。"山迪昂万发出阵阵笑声，"我会很小心地保守所有的秘密。其实就算今后有人偶然发现个别改造后的劳工，那也没什么，因为你的研究是超越时代的，人们只会认为他是得了一种不能调节体温的奇怪疾病。有谁会真正关心他们的遭遇呢？所以你放心吧，谁都奈何不了我的，反抗是徒劳的。”

“是吗？”一个冰冷的声音突然在山迪昂万背后响起，他猛然回头，正好看见何夕罩着寒霜的脸。

“你是谁？你怎么进来的？”山迪昂万斜眼瞄着门口的方向。

何夕的语气比他的面容还冷：“现在该我劝你不要做徒劳的反抗了。说吧，死之前你有什么遗言？”

山迪昂万的脸一下子变得煞白，他本能地感到眼前这个人不是在说笑。死？这个极其陌生的词突然间变得离自己好近，他感到自己背上不由自主地冒出一层冷汗。“我们可以谈谈，你知道我有很多钱。真的，很多很多，你开个价吧。”山迪昂万有些结巴地说。

“这可太好了，我不杀穷人的。”何夕露出残酷的笑容。

“不，不。”山迪昂万努力在脸上挤出谄媚的笑，“杀了我对你没有好处，你是在吓唬我，你不会杀我的对吧？”

“是吗？”伴着何夕的反问，山迪昂万立刻感到自己的左腿膝盖很奇怪地向后弯折，巨大的痛感让他差点儿晕过去。

何夕抽回脚：“这是替那些受害者还给你的。”

山迪昂万跪在了地上，他拼命抱住伤腿，终于意识到眼前这个人同他见过的那些柔弱可欺的人完全不一样。“求你放过我，我不想死。”他转头朝向韦洁如，“你帮我求求他，那些工厂我不要了，都还给你。快帮我求求他呀！”

韦洁如别过头，脸上满是厌恶的表情。

“那些人哀求的时候你放过他们了吗？”何夕眼睛通红，伴随着一声质问山迪昂万的右脸颧骨立刻挨了一拳，“这是替那些躺在柜子里的孩子们还给你的！”

山迪昂万已经不能说话，只是“呜呜”地大叫，眼里露出极度的恐惧，他看着何夕的目光就仿佛看到了来自地狱的恶灵。

“不过有一点你倒是没说错。”何夕居然露出了笑容，“我是不会杀人的。我怎么能杀人呢？那是你这样的野蛮人才干的事，我是文明人。再过一会儿，这间实验室就会被查封，而你也会得到应有的惩罚。”

这时，山迪昂万突然抬起头看向存放试剂的冰柜，但立刻被何夕的大手按住了，他的脸上泛起一股死灰色。山迪昂万使出最后的力气拼命挣扎，然而无济于事。

“听说这个试剂好像不太可靠是吧，而且剂量也很难掌握。可你却把它们用在那些可怜的小孩子身上，并且声称，如果出现什么不良反应，那只能算是意外。你真的是太无情了！”何夕死死控制住山迪昂万，脸上保持着残酷的笑容。

“你以为这个世界上没有什么可以惩治你，你错了，这个世界上还有正义，它不会放过任何人！”伴随着何夕的话，山迪昂万的喉咙里发出了绝望到极点的嘶吼，最后，嘶吼变成了痛苦的呜咽和喘息。

何夕目不转睛地看着山迪昂万眼里的恐惧渐渐消失，最终变成一片死灰。他松开手，山迪昂万的身体像失去支撑的麻袋般瘫软倒地。

尾　声

5 个月后。

大批穿着制服的军警在特尔利煤矿的各个办公地点穿梭往来，手里抱着大量的物证材料。国际组织连同乌原国相关机构对特尔利地区煤矿采取的联合检查行动已接近尾声，凭借手中掌握的证据，他们极其强硬地向联合国提请核查生化实验行动，并最终获得采纳。

何夕和兰天羽站在特尔利地区海拔最高的山顶上，眺望着一览无余的北方远处。夏季的强风拂过大地，发出恢宏的声音。青黄相间的草地向着无穷无尽的天边延展开去，显露出同样无穷无尽的生机。

“我还能见到韦洁如吗？”兰天羽问。

“我不知道，调查报告说几个月前她就失踪了，没有人知道她去了哪里。”何夕平和地回答，“不过有牧民说在遥远的并不太适合放牧的北边曾经见到过一位白衣长发的女子，放牧着某种特别适应贫瘠草地的绵羊，一些漂亮的少男少女簇拥在她的身边。”

“这个结局挺好。”兰天羽声音低沉地说。

“当然。”何夕幽幽地说，“谁说不是呢。”

两个人不再有话，在他们极目眺望的北方远处，天似穹庐，笼盖四野。

本　原

一

我是在一连串不堪承受的震惊中认识欧阳严肃的。

那天我们一帮工友正在那个扔满了烟头与空啤酒瓶的小酒吧里享受周末的放浪生活时，他一个人悄无声息地走了进来——很高的个子，服饰整洁得有点儿过分，至少在我们这帮穿着随意的男人女人之中显得不伦不类。我当时忍不住笑了。我的笑声显然惊动了他，通过已经有些发红的眼睛，我看见他皱了一下眉，但他立刻又极其优雅地冲我友好地点头示意。我笑得更凶了。

“你不能再喝了。”阿咪突然冲过来抓住我的酒瓶。我看着她，伸出手一把拉住她滑腻的手臂：“好，我不喝了，你帮我存着，我想喝时再来拿。”

“你干什么？你放开我！”阿咪尖叫起来，但她的声音在周围的哄笑中渺不可闻。

这时我突然感到有人把手搭在了我的肩上，我回过头，是那个陌生人。

“放开她吧，你要喝，我来陪你。”

我挑衅地看了他一眼说：“我们喝酒是要赌的。划拳或是猜单双都可以。”

“我正有这个意思。”他随手从柜台上拿起4个玻璃瓶塞，“这瓶塞两个是黑色的，两个是白色的，要是你从中拿两个，会有几种可能？”

看来他真以为我醉了，其实我才来一会儿，脑袋清醒着呢。“3种呗，要么一白一黑，要么两白，要么两黑。”

“那好，我‘一赔四’赌你闭上眼睛从中间拿出两个黑的来，也就是说，你要是拿错了只喝一瓶啤酒，要是拿对了那我喝4瓶。”

天下竟然有这么蠢的人，看来他是想英雄救美人想疯了，按这种赌法应该是“一赔二”才正合适啊。我也斜着眼说：“这样，我不要你喝酒，要是我拿对了，我要你……脱4件衣服，怎么样？”

我这样说的时候，心里真觉得自己聪明透顶。这人身上里里外外也就5件衣服，只要他输一次就和咱们这些赤膊的码头工一样了。要是再输一次，嘿，那他就非认输不可了。

他踌躇了一秒，说：“好吧，就依你。”

这件事过去很久之后我都没能想清楚那天我究竟冲撞了哪路神仙，论赌运之好我一向是出了名的，但那天我真的就那么倒霉。我先是摸出了一黑一白，然后是两白，接着是3次一黑一白，一连5次我都没能摸出那两个该死的黑瓶塞来，而5瓶酒下肚我倒真是两眼发黑了。我实在想不通，照理说我最多喝两瓶就该他输一次啊。

“没问题吧？”他似笑非笑地拍了一下我的肩，“接着来吗？”

周围的人哄笑起来："当然啦，我们夕哥什么时候怯过阵啊！对吧，夕哥？"

我的舌头已经有点儿大了，但耳朵还行，特别是听到这么顺耳的话的时候："那是……自然。"

阿咪突然奔过去拉住那人的臂弯，声音里已带着哭腔："别赌了，先生，你放过何夕吧，你不放手他是不会退让的……他不能再喝了。"

啪！我猛地扇了阿咪一巴掌，我看见泪水顷刻间便涌出了她的眼眶。"你……少管，走开！"

陌生人沉默了半晌，然后转头看着我，声音冷得像冰："好吧，既然你这么想赌，我就奉陪到底。我们不妨换个花样。你看这儿大概有多少人？"

"40 多个吧。"我有气无力地说。

"我还拿身上的 4 件衣服作为赌注，我赌这里有两个人的生日是同月同日。如果我赢了，我要你今晚喝完这店里所有的葡萄酒。"

一年有 365 天我是知道的，365 天足够让 365 个人一人过一天生日，而这里只有 40 多个人，哪儿有那么巧的事？而且我敢打赌，这人肯定没注意到，柜架上只剩下半瓶子葡萄酒了，这不是包赚不赔吗？

"好，我奉陪。"我扭过头，"各位，想看节目就赶快报上生日。"

"7 月 20 日。""4 月 17 日。""9 月 2 日。"……

没有重的，没有！我忍不住笑起来，我看见那人的眉毛拧成了一团，仿佛面对的是一件不可思议的怪事。这有什么可奇怪的，要真有重复的那才奇怪呢！

我清清嗓子说道："好，都听见了，对了，刚才好像还没有人是 12 月上旬的吧，所以我的生日也不会跟大家的重合，我的生日是 12 月 7 日。"

说完这句话我便盯着那人不再开口，我想他再糊涂也应该知道我的意思了。很简单，那就是——该你了！

燠热的小酒吧里空气火烫火烫。

这时突然从门口冲进一位像风一样轻盈的姑娘，如果说那个男人在这里是显得不协调的话，那么这个姑娘的出现却是让人初见之下不由得生出一丝想要仰望的感觉。那一瞬我就觉得似是有什么东西在胸膛里刺了一下，有点儿痛，有点儿麻，又仿佛有点儿甜。

她看见我们这群布料节约模范的时候脸唰地红了，她急匆匆走到那个男人的身旁说："你在这儿呀，叫我好找。怎么没听完音乐会就出来了？"

她那种好听的娇嗔激怒了我，我大声嚷起来："好啊，又多了个观众。"

他转头看着我，目光犀利如刀。然后他慢腾腾地从兜里掏出一张卡片递过来，我满心疑惑地接过来。那是一张身份证：欧阳严肃，出生日期……12 月 7 日！

我的天哪！今天我一定是撞鬼了，要不就是鬼撞上我了！我跌跌撞撞地扑到柜台边，拿起那瓶葡萄酒准备自斟自饮，趁现在还剩下点儿酒量，我必须捍卫我一向有口皆碑的赌品。我恶狠狠但又满不在乎地瞪着欧阳严肃，大口大口地干着。我是在告诉他，我虽然输了但也只不过是喝半瓶酒而已，而他冒着对他来说不算小的风险，却并没有赢来相称的结果，所以我应该算是捡了一个大大的便宜。

“别喝那么急，今晚还长着呢。”他突然没头没脑地说了一句，然后便和那姑娘一起走出了门。

过了一会儿门外传来一阵汽车喇叭声，然后酒店老板便领着几个人汗流浃背地进来了。他们扛着整整 4 桶葡萄酒。

我叫都没来得及叫一声便晕过去了。

二

我完全不知道那天我是怎么出的小酒吧（横竖不会是我自己走出去的），不过我却知道这件事给我留下了两个后遗症，即我从此见不得两样东西——赌具和酒杯。只要一见到赌具我的两眼就发黑，而一见到酒杯我的眼前就高高耸起 4 个硕大无朋的酒桶。一帮工友闲来无事便缠着我打趣，他们不再敬重我的赌品（因为我那天实在没法解决那些酒桶）。我简直想不通，如果打赌的时候还可以说是因为欧阳严肃运气太好的话，那后来运到的 4 桶酒又是怎么回事？他难道能未卜先知？最高兴的要数阿咪了，她说：“真好啊，你现在又不沾酒又不沾赌，你现在身上除了男人的汗味再没别的气味了，欧阳严肃实在是个大好人。”

“去你的。”我被她幸福的自语弄烦了，“是啊，我不喝不赌，我是好男人。可是一个男人不喝不赌又活在世上干吗？”

在阿咪面前我一向比较随便，大家都知道是她主动和我在一起的。虽说这有时也让我觉得挺神气，毕竟阿咪蛮漂亮的，是我们这儿的码头之花，但我总觉得自己对她没有感觉。我也不知道这是为什么，也许因为我曾经是个哲学硕士，而她从来都没有走出过这片码头。那时的我正是一个阿咪所说的好男人，第一次听见老教授说“我们为人类而思考”时，我甚至感动得流下了眼泪。那时候我还在心里纯虚幻地勾画出了一个白衣长发的站在高处的女孩，并莫名其妙地爱着她。后来当满脑子的辩证法都无法证明我有权吃饱饭的时候，我便来到了码头开吊车。我安排脑子里的辩证法去见鬼，安排胃去喝酒，安排手去玩牌。但是，我竟然安排不了那个纯虚幻的她。我试过很多次，我诅咒她云一样的衣衫，诅咒她云一样的长发，我推她、搡她、打她，但她还是站在那里，默默地含泪看着我，令我无从逃遁。那个时候除了去喝去赌我根本别无选择，可现在我唯有的两样乐趣都被剥夺了，而且失去了赌品，这个该下地狱的欧阳严肃！我决定了，我要找上门去教训教训他。

“欧阳严肃，你给我出来！”我双手叉腰、威风八面地站在欧阳家的那幢洋房前大吼。阿咪站在我身旁，一副死党的模样。

“我本来就在外面，怎么出来？”

我悚然回头，原来他就在我们身后。他说：“我刚回来。怎么，是来教训我还是有问题想不通来向我请教？”

我的脸一红，避开他充满洞悉意味的目光：“当然是……教训。”

“我又没做坏事。如果你想教训我就请回，你那个块头打赢我也不算光彩，如果想问点儿什么的话就跟我来。”说完他径自走向房门。

我一愣，阿咪推了一下我的肩，问：“怎么办？”

我硬着头皮说：“先进去，再……教训他。”这次我没脸红，反正我说什么阿咪都信。

早就听说欧阳家族是物理学世家，出过好几位诺贝尔奖获得者，我进得房来方知果然名不虚立。宽敞的客厅里摆放着古典风格的家具，国家元首、宫廷皇室赠送的多件纪念品以及各式科学奖章庄严地陈列着。最引人注目的是一尊放置在透明密封罩里面的真人大小的纯金塑像，我知道这是欧阳洪荒——欧阳严肃的父亲。这尊塑像是全球科学界的最高奖，最初是为征服癌症的科学家设立的，至今只有六七个人获此殊荣，而又只有欧阳洪荒是在活着的时候得到这项奖励的。塑像上的欧阳洪荒正襟危坐，目光中闪烁着家族的荣耀与自豪。

“如果我没记错，大家都叫你夕哥对吧？”他开口道。

“叫我何夕就行了。”

“那好，何夕，我知道你肯定会来找我的，没有人会真的认为自己在一天之内连撞几次鬼。你是想知道那天究竟是怎么回事，对不对？”

我知道自己再掩饰就太虚伪了：“就算是吧。”

他笑了，露出雪白的牙齿：“其实那天你完全落入了我的圈套，照那些赌法，你只输不赢。”

“不会吧，我觉得那些条件都对我有利呀。”

他高深莫测地摇摇头：“我说得详细一点儿。第一次我叫你从两黑两白 4 个瓶塞中摸出两个黑的，初看起来像是有 1/3 的把握，应该是‘一赔二’才公平。但这只是错觉，这个过程的真实情况是分两步。首先你必须先摸出其中的一个黑色瓶盖，这是 1/2 的把握，然后你必须从剩下的两白一黑中再摸出一个黑的，这是 1/3 的把握，两者相乘，总的把握只有 1/6，应该‘一赔五’才是公平的，所以你自然会输了。再说第二次，假设当时在场人数为 47 人，我赌这些人当中有两人生日相同。这个计算要麻烦点儿。先从第一个人说起，如果不考虑闰年之类的因素，他与另外 46 个人中任何一个人的生日相同的可能性便是 46/365，换句话说，他与其他人生日都不相同的可能性则是 1-46/365=319/365。同理，第二个人与其他人——第一个人除外——生日都不相同的可能性则是 320/365，第三个人是 321/365，最后一人则是 364/365。我们将这一串数字相乘，最终将得出，在现场有 47 个人的情况下，每个人与其他人的生日都不相同的可能性只有 4% 左右，也就是说其中某两个人生日相同的概率竟然高达 96%。想想看，这么大的可能性你能不输吗？”

虽说我的脑袋正逐渐变大，但总算还是听明白了，但是我还有个问题。“就算是这样吧，但是，后来的 4 桶葡萄酒又是怎么回事？”

“什么 4 桶酒？”他愕然了。

我这才想起酒运来的时候他已经走了，于是我简要说了一下情况，只是略去了我晕倒的事。

他哈哈大笑起来，过了半天他才缓过气来：“这个嘛，也可以称得上是计算出来的概率。”

“这怎么可能？”

“你当然不信。但如果你像我一样从小就和量子力学结缘，同时再注意一下小酒吧的规模、客人数量、酒的种类及储备量，你也可以估算出那晚老板购进葡萄酒的可能性在 80% 以上。不过，”他忍不住又笑了，“我实在没想到会有那么多，不然我也不会打这么损的赌了，真对不起。”

他的歉意很真诚，我陡然有一种面对老朋友的感觉，于是我也笑了，说：“没关系。”

我刚说完便觉得眼前一亮，是她，那个像风一样的姑娘进屋来了。看见我们后她有些吃惊，我觉得她吃惊的样子真是柔媚极了。

我站起身：“你有客人，那我们先走了。”

欧阳严肃对那姑娘说：“白玫，你先坐着，我送送客人。”

在大门外道别的时候，欧阳严肃突然想起什么似的仰头大笑起来，然后他狡黠地对我眨着眼说：“我又计算出一件事情的概率了。”

“什么事？”我疑惑地问。

欧阳严肃强忍住笑说：“我现在能够百分之百地肯定，你那天一见到酒桶就晕过去了。”

三

那天之后我便没有再去过欧阳家，他倒是邀请过我几次，但我总推说有事。我想他也应该清楚我的心思。其实一切都是明摆着的，我和他完全是在不同环境中生活的人，虽然不知为什么他一直没能取得像他父辈那样瞩目的成就，但我想这只是时间问题。我凭什么和他做朋友？

就这样半年时光一晃就过去了，我现在已经习惯了不喝不赌的日子，有时我还真觉得这样挺不错，只有一点，我闲来无事的时候还是会不由自主地想起小酒吧里的那一晚。那时我的心中便会掠过一丝惆怅的温暖，同时忍不住对欧阳严肃以及那个像风一样的名叫白玫的姑娘有所思念。不过我想这样的情形并不会持续很久，他们偶然地闯进我的生活，自然也会在将来的某一天走出去，直至消逝无痕。

但我万万没有想到的是我居然又见到了欧阳严肃，而且是在那家小酒吧里。当时我去找人，我一直没能认出那个蓬头垢面一杯一杯地喝着啤酒的人就是他，直到他偶然做了一个极其优雅的举杯动作时我才发现了他这个人。我走过去拍拍他的肩，他稍愣，仿佛认出了我，湿湿的嘴在乱糟糟的胡须里咧了一下，然后便一头栽倒在了我的肩上。

如果说见到欧阳严肃那时的模样让我大感困惑的话，那他手中的报纸就是让我大吃一惊了——上面登载着欧阳家族的寻人启事，启事要求知情者提供欧阳严肃的下落。让我吃惊的是这样一段话：……欧阳严肃系精神分裂症患者，发病于6个月前。

6个月前？可那时我还见过他呀。要是说在那次比赛智商的打赌中我竟输给了一个疯子，那就算杀了我我也不信。

“起来，起来！”我猛推正呼呼大睡的欧阳严肃。他醒了：“何夕？你到我家来有什么事？”

“哎，看清楚了，这是我的家。”我大声地纠正，同时心中涌起一股暖流——他居然还记得我。

“我怎么会在这儿？”

“这种小事等会儿再问。你先说说看，为什么报纸上说你是精神病人？”说着话我把报纸递给他。

他看了一眼，嘴角牵动了一下：“报纸上没说错，我的确有病。”

“不对！”我大吼起来，“你撒谎。”

他苦笑：“你看我现在还正常对吧？可我是间歇性发作的。你们没见过我发作的时候，那时我会乱踢乱打，我会把舌头也吐出来。”

欧阳严肃说话的时候神情怪异，阿咪有些害怕地瑟缩了身体。

“不要说了，我不相信。”我粗暴地打断他，然后紧紧握住他的手，我感到他的手很凉，凸出的关节硬邦邦地支棱着，“知道为什么吗？并不是因为你曾经很聪明地赢过我，而是因为我当你是朋友！我不相信一个让我忘不了的朋友会是疯子，哪怕全世界的人都说他是。”

欧阳严肃呆呆地看着我，低声说：“朋友……”然后便有薄雾样的液体在他的眼中聚集，在灯光的折射下映照出华彩非凡的光芒。这才是欧阳严肃啊，尽管他此刻衣冠落拓、容颜憔悴，但这不平凡的目光却证明了一切。

这时身旁传来阿咪的啜泣声，我一下子就来了气：“嚎什么？死人了？”

阿咪忙不迭地擦着眼泪，喃喃道：“对不起。”

“好啦好啦，我们先出去，让欧阳严肃再多睡一会儿。”

阿咪先出去了，欧阳严肃却突然拉住了我的手：“我看她对你很好，你可不可以不要这么凶呢？说实话，阿咪人很不错，你该好好珍惜。”

我一窘，以前还没有人对我说过这些。我的第一个念头是想反驳，刚要张嘴却发现我竟然没有反驳的理由。如果是和阿咪争执，我当然很容易取胜，因为我一开口她就不说话了，但现在对方是欧阳严肃。

“我们先不谈这个。”我避开话头，“我问你，白玫还好吧？”

欧阳严肃全身一震，脸上浮起一种极其复杂的表情，但他的语气却很平静：“她很好。她在读眼科博士，快毕业了。”

我没有再问什么，轻轻走出房门。这时我看见阿咪孤零零地一个人站在海边的礁石上，风把她的衣袂高高扬起。也许是因为欧阳严肃的那番话吧，我心中不由生出一丝内疚。我慢腾腾地走到她身旁，把外衣脱下来披在她身上。

她回头："其实我不冷。他睡了？"

我点点头，然后斟酌着开口说道："我是不是有时对你太凶了？"

"没有啊！"她低下头看着地上的沙砾，"我知道你人其实很好，否则你也不会那样对欧阳严肃了。真的，你很好。"

阿咪这样说让我更觉得内疚，而且我看得出此刻她并不开心。突然间，一种近乎痛楚的感觉攫住了我的心。

"来，我们比赛谁先跑到对面那块大石头的地方，你赢了我就去做晚饭。"我大声提议。

"好啊！"阿咪欢呼着一路跑了出去，海风把她的身影拉得很长很长。一时间我竟然有些恍惚了。待我回过神来才发觉大事不妙，忙吸了一口气追过去。无奈差得太多，终是回天乏术。

"要兑现噢。"阿咪侧着头边想边说，"要你做点儿什么菜呢？"

"有没有搞错？"我打断她，"该你去做饭呀。"阿咪一愣："你说什么？你输了就该去做饭的。"

我一脸正气道："我们说好的，你赢了我，就去做晚饭。现在你赢了，当然该去做饭。"

阿咪恍然大悟："好啊，你耍诈。"

我自知理亏忙夺路而逃，阿咪不依不饶地追过来，我听见她的笑声像珠子一样撒落在金色的沙滩上。这时我发现阿咪的脸上有着我从未见过的快乐，明媚得如同夏日的阳光。

但忽然她不笑了，抚着心口说：“糟了，你送给我的项链不见了。”

我一愣，在印象中我根本没有送过她任何东西啊。我忙拉住她：“什么项链？”

她急促地抬头，声音低回：“看来你真的都不记得了。那时你刚刚来到我们这里，有一次我们在海边散步，你捡起一颗小海螺说，多么完美的螺旋，这是唯一可以让自然界的一切自由演化而不会丧失协调性的形状，从生命到银河，螺旋是至高无上的存在。那一刻我觉得你说得真好，我觉得你简直就是一个诗人。后来我说，把它送给我作为项链坠子好吗？你说喜欢就拿去吧。你难道真的都不记得了？”

有这回事吗？我想了想，但我的确想不起来了。不过我知道，一定是有这回事的。霎时间我不知该说什么，我一把抓起她的手，感到她的手又小又冰凉。

“我去找，我把它找回来交给你。”我语无伦次地说。阿咪看着沙滩轻声说道：“已经找不到了。”

我顺着她的目光看去，然后我明白了她为什么这样说。沙滩上谜一般地散布着无数的海螺，已经没有谁能知道我们失去的是其中的哪一颗。

“不，会找到的。”我轻声说道，然后我慢慢地拥住了她。

四

欧阳严肃颈系餐巾、手握叉勺地正襟危坐，隔一会儿便绅士风度十足地向我和阿咪举一下手中的大瓷碗，实在令人疑心桌上的咸鱼干和高粱烧到他嘴里是不是就变成了烤乳猪和拿破仑 XO。经过一夜好睡和一番梳洗，欧阳严肃显得精神很好。我们默不作声地吃着东西，不过我想这种沉默很快就会被打破。

果然，他开口了："我敢肯定你们有 3 个问题要问我。"他又说中了。不过我已习惯保持冷静，所以只淡淡地点了点头："你说说看。"

"首先你们想知道我为什么出走，其次你们想知道我怎么成了疯子，另外……你们想知道我现在究竟是怎样的处境。"

我又点点头，同时把一碟醋当作酒倒进了喉咙。

欧阳严肃已经有了醉意，看来他很少喝烈性的酒："其实都是因为我想清楚了一个问题。"

我感到自己的心仿佛被一只手死死捏住了，有一种透不过气来的感觉。一个问题？这会是一个什么样的问题？

他继续缓缓陈述："何夕，你以前是哲学硕士，应该知道给哲学带来巨大影响的量子力学吧。你们也清楚我的家世，可以说我从生下来的那一天起，就和这门诞生于 20 世纪初的伟大学科结下了不解之缘。这门学科研究的对象是概率，上次我和你打赌就是靠概率取胜的。量子力学已经证明，只能用概率这个概念来描述物质世界的一切，换言之，物质世界里没有任何精确而绝对的现象，从物质存在到物质运动莫不如此。如今我们说氢原子半径为 5.3×10^{-10} 米的时候，实际上只是表明这是氢原子半径的最可能的一个值，实际上的值可能比这个大点儿，也可能比这个小点儿。这是因为，在量子力学看来，物质本质上是一道波，波长与其质量成反比，这种波的振幅便代表概率。如果形象一点儿说，这有点儿像一组中间高两边低的山峰，物体可能在这些山峰绵延所至的区域中的任何一点存在，同时某处山峰的高度便指明了在此处发现该物体的可能性大小，其数值总是在 0 和 1 之间。”

“等等！”我打断他，“我不大明白，你是不是在说一只猫可以分成几段，一部分在院子里，一部分在屋子里？”

“看来你的确没有弄明白。就这个例子而言，猫始终是个整体，但假如你闭上眼睛，那么你对猫的行踪便只能有一个估计，比如说估计它有 30%的概率在屋子里，有 40%的概率在院子里，还有 30%的可能性是猫已经跑出院子了。”

“但我可以睁开眼啊！我一看不就全清楚了。”

欧阳严肃微微一笑：“这只是因为猫是一个大物体，简直是太大了。你能看见猫是因为猫反射光子到你的眼睛里，光子对猫的存在状态其实已经产生了扰动，但这种扰动由于过于微弱所以不能被察觉，而在微观世界里这种扰动却不容忽视。在量子力学里有一个著名的测不准原理告诉我们，我们永远也不能精确测出物质的存在状态。不过有一点要申明，虽然刚才我说光子对猫的扰动导致对物体状态的描述不精确，但这只是一种为了帮助人们理解而采取的简明说法，而真正让人们无法精确描述物体状态的原因其实是物质的波动本质，因为物质本身就存在于概率之中。比如说我们想知道一个物体的位置与速度，在我们先前提到的那组山峰中，山峰绵延的总长与位置相关，而山峰上一个完整起伏的长度即波长则与速度相关。如果这组山峰包含着许多山头并且绵延了几千米，那我们就可以相当准确地测出波长，进而知道物体的速度，但这时物体的位置就很不准确了，因为它的位置可以是这几千米中的任何一处。如果情况反过来也类似，我们可以相当精确地知道物体的位置，但这时的不确定量变成了速度。”

“那不是很糟吗？”阿咪吃惊地张开嘴，“那还有什么事能说得准？比如说，”她看了我一眼，“会不会我眨了一下眼睛之后，何夕就突然不见了？”

欧阳严肃沉默了半晌，然后摇摇头，再摇摇头：“不会，你的何夕太重了，有 70 多千克呢。如果我们把一个电子关在边长为 1 毫米的盒子里，根据公式可以算出，这时它的速度不确定量高达 115 毫米 / 秒！也就是说当我们测得这个电子在一秒的时间里移动了 200 毫米时，它实际上却可能移动了 315 毫米或是 85 毫米，这时我们所谓的测量结果显然毫无意义。但如果这个电子有你的何夕这么重的话，那么这个速度不确定量便只有 0.0……15 毫米 / 秒，在小数点后一共有 29 个 0。因为只有这么一点儿不确定量，所以咱们的阿咪小姐自然可以对何夕的一举一动了如指掌了，对吧？”

阿咪脸红了。“不跟你们说了，尽拿人家寻开心。”说着话她站起身朝门口走去，“我上街采购去了。”

我笑了笑，目送阿咪离去，然后又问道：“你说你想清楚了一个问题，这是怎么回事？”

欧阳严肃全身一震，目光中浮起含义复杂的光芒，像是痴了：“我想清楚了一个问题……我想清楚了那个问题……阿咪、何夕……电子……70 千克……你有 70 千克吗……”

我吃了一惊，慌忙摇摇他的肩膀。他猛然惊醒，脸上流下汗来：“我累了，我想安静一下。”

我满腹狐疑地走出屋子，天空阴晦，仿佛风雨将至。他似乎打算告诉我那个问题的，可为什么又改变主意了呢？难道是我和阿咪说错了什么？可基本上都是他一个人在讲话啊。

天色更深了，深得像一个谜。

五

阿咪是和白玫一起回来的。阿咪显然害怕我责怪她自作主张，所以她一见面就递给我一张报纸，同时用手帕擦着眼睛。

报纸上登着一封信，在这封信里白玫用一个女人所能公开表露的全部深情呼唤欧阳严肃。看着这封信的时候，我真想不通欧阳严肃究竟还有什么不称心的事，而看到白玫憔悴的容颜时，我简直想冲到欧阳严肃面前质问他是不是良心被狗吃了。

“他好吗？”白玫急切地问我。

“他没死。”我淡淡地说，“到底发生了什么事？”

她垂下眼睑，睫毛在脸颊上投下优美的阴影：“几个月前，欧阳家族的几位长辈突然告诉我欧阳严肃精神失常，从那以后我就没有见过他。”

“不过欧阳严肃一直都了解你的情况，他说你快获得博士学位了。”

白玫淡淡地一笑：“其实他弄错了，我的博士生资格被取消了。”

“为什么？”

“因为……几个月前我的兴趣转到了精神病方面，就瞒着导师考取了精神病学硕士研究生，眼科那边的学业便放弃了。”我刚想说点儿什么却听见屋子里发出一声闷响，仿佛什么东西倒在了地上。我奔过去，却发现门推不开。在一阵急死人的沉默之后我听到了欧阳严肃的声音，他说："你叫她走吧。"

白玫跑过来，她扑到门上："欧阳！你好吗？到底出了什么事啊？"

欧阳严肃的声音隔着门板传来，他说得很慢，仿佛每个字都耗尽了他全部的力气："你走吧白玫，我已经不是原来的欧阳严肃了，忘掉我，白玫！"

"别说了欧阳，你开门呀……"白玫徒劳地捶打着房门，回答她的只是一片沉默。终于她累了，无力地瘫坐在门前。过了一会儿她似乎想起了什么，平静地说道："那好吧，我就走。不过你要告诉我这都是为什么，也好让我对自己有一个交代。"

欧阳严肃在门的那一边大声地喘息着，然后他开口了："是你逼我说的，我本不想告诉任何人。在我家背后的那家医院里有我的病历表，医生说我……我其实算不上一个男人！听清楚了吗？要不要我再说一次……哈哈……还要不要听？啊，哈哈哈……"

我惊呆了，我没料到他竟会这样说，这个女人是那样深深地爱着他。刹那间我忍不住想大声打断他的话，但我最终没有开口。在真正知道欧阳严肃所说的那个问题之前我只能沉默。

白玫终究还是离去了，她的背影在无垠大海的衬托下柔弱得令人心悸。

"别告诉别人我在这里。"这就是欧阳严肃对她说的告别词。

“出来！你给我出来。”我再也忍受不住了，我冲到门前使劲敲打着，“你不出来我就把门拆了。”

意外的是门很容易就被我推开了，欧阳严肃脸色惨白地蜷缩在地板上。原来他并没有闩住门，刚才他只是用自己的身体把门顶住。我冲上去一把揪住他的衣领，用一种已经高得变调的声音大吼道：“如果你不想让我真的认为你是个疯子的话，就把全部真相告诉我！那个问题，那个你想清楚的问题究竟是什么？”

六

“你知不知道‘薛定谔猫’？”

“什么猫？新品种吗？”

“不是，薛定谔是量子力学的创始人之一，也是波动方程的发现者，‘薛定谔猫’是他提出的一个假想实验。这个实验第一次表明，微观世界里的量子现象可以在宏观的尺度上表现出来。”

“我不大明白。”

“其实并不难懂。量子力学指出我们无法精确描述粒子的存在状态，更准确地说，粒子本身就没有确定的存在状态，它的位置、能级等都只是一个概率，而粒子就存在于由概率描绘的混合态中。在双缝干涉的实验里，我们可以控制一束光的强度，让光子一个一个地照射到开了两条缝的隔板上。经过一段时间之后，隔板后的感光纸上会出现明暗相间的干涉条纹。你肯定知道必须有两列光才能形成干涉。所以这个实验表明，每一个光子都同时穿过了两条缝并自己同自己发生了干涉！”

“这怎么可能？”

“这是真的，这个实验很容易做。有人曾经在隔板上设置仪器来追究每个光子究竟是穿过了哪条缝，结果倒是查明每个光子只穿过了一条缝，但这时却观察不到干涉条纹了。用测不准原理可以解释这个结果，即这种观测破坏了光子所处的混合态，这样的观测是没有意义的。好比一枚在桌上旋转的硬币，本来是处于‘正面’与‘反面’的混合态中，待到用手一把将它按住再揭开，便只会看到硬币的一个面了。”

“你是不是说——我们永远也无法知道一个粒子的真正状态，它的运动全凭它自己的意志？”

欧阳严肃沉默了几秒，从桌子上拿起一个茶盅递给我：“你可以给我倒一升水吗？我想喝。记住，是一升。”

我满腹狐疑地接过杯子走到厨房。这是个圆柱形的杯子，幸好我还勉强记得圆柱的体积公式，靠着一把尺子总算量出了一升水。欧阳严肃不动声色地看我忙碌，眼中有一种诡异的光芒。我把水递给他，他突然苦笑一声，把水泼在了地上说：“别怪我，是你没达到我的要求，这不是一升水，用这个杯子你永远量不出一升水。”

我猛地拍了一下他的肩：“我算过的，是一升。就算不太准也只是尺子和我的眼睛的误差，你不能拿这个来刁难我，至少理论上我是准确的。”

“你误会了，我如果因为具体操作而责怪你就太没水平了。我要说的恰恰是你在理论上已经失真了。你要算杯子的体积肯定会用到圆周率，这个数就像一匹脱缰的野马永无止境地在小数点之后狂奔。你刚才也不过是截取了它很短的部分，那么你凭什么相信结果是可靠的？不要以为一杯水差一点儿没有什么，如果你用这个杯子舀了几千升水，那你的工作将会因为误差而变得毫无意义。神话里的神用他的潘多拉之盒为我们送来了无数没有谜底的谜语，人类永远都不会知道圆周率到底是多少，同时也永远不会知道一个单独的电子正在怎样地漫步。有一点我必须指出，刚才我的说法也仅仅是个比喻，人们毕竟还能不断提高圆周率的精度，但对于电子的运动状态，甚至连其精度的提高都是有严格条件限制的。”

我盯着他：“我想你还是在告诉我，一个电子的跳跃时刻和跳跃方向都由它自己选择。站在普通人的立场我倒希望你是骗我的，老百姓一般不喜欢天下大乱。”

欧阳严肃微微一笑：“并不只是普通人才像你那样想。在《爱因斯坦文集》第 1 卷第 193 页上，爱因斯坦说了一句几乎和你说的一模一样的话，并且他还发牢骚说：‘在那种情况下，我宁愿做一个补鞋匠，或者甚至想做一个赌场里的雇员，而不愿意做一个物理学家。’当然，爱因斯坦的成就是无可诋毁的，但他对量子力学的反对的确在他光辉的一生中留下了不完美。当然粒子是无意志可言的，但这个拟人化的说法却非常恰当地描述了粒子的这个特征。当我们用波动方程来求解一个在两堵墙之间来回弹跳的电子的位置时，我们只能求出它的位置概率。很有趣，结果表明电子在有些地方出现的概率很高，有的地方则很低，有的地方概率为零，即便并没有任何障碍阻止粒子在此处出现。甚至，在两堵墙的外侧出现的概率也不为零，哪怕这个电子的能量根本不足以冲破墙体。这个实验已经有人做过，结果就跟理论预言的一样。”

“真的？”

“真的。我们日常生活中所见到的一切只是一种假象，或者说是一种近似。这都是因为我们身边的物体太大了，包含了不可计数的量子，这些量子在时空上的不确定量彼此干扰湮灭，最后表现出来的是一个稳定的宏观物体。就好比我们以前用玻璃瓶塞打赌，虽然实际上你可能连续几次、几十次地成功，也可能连续几次、几十次地失败，但我敢肯定地说，如果重复几千次几万次，那么那个 1/6 的概率就会异常精确地表现出来，说不定能精确到小数点后几十位。在这种情况下，我们自然认为宏观现象精确无疑了。”

“你的意思是说宏观只是微观的统计效应？”

“太对了，我真遗憾你没成为我的同行。实际上统计从来都是联系宏观与微观的桥梁，比如温度就是一个统计效应，单个分子是无所谓温度的，而大量分子的热运动就表现为温度。这不是很能说明问题嘛。”

“但是，你说的‘薛定谔猫’又是怎么回事？”

“这个实验是把一只猫和一块放射性物质放在一个密闭的黑匣子里。猫受了辐射会死，但辐射是由粒子衰变造成的，而粒子衰变纯粹是一个微观的量子现象。如果我们不打开匣子观察，我们只知道辐射发生的概率，也就是猫的死或活的概率。这时猫也就存在于一种死与活之间的混合态中。当然，如果我们打开匣子自然就会知道结果，但这会因为我们的观测破坏猫的混合态，这个结果是无意义的。在这个实验里，微观与宏观已经不再是不可逾越的，而假如……”

“假如什么？”

“其实已经不能称作假如了，我不是说我想清楚了一个问题嘛，这个问题很简单。我说过宏观物体可以被准确描述，只是因为极大量量子的不确定量彼此干扰湮灭，但假如有一种方法可以协调这些量子，使它们的集合也像它们的单独状态一样，那么……”

七

在滴酒不沾6个月后，我终于又酩酊大醉了。本来我以为自己再也不会去喝酒了，但我现在才知道任何事情都只是概率，我最多只能说自己有多大概率戒酒而已。阳光下的沙滩一片金黄，我深一脚浅一脚地乱走，沙滩上情侣们的嬉戏声此起彼伏。我忍不住笑起来，我觉得一切都好笑极了，我一边笑一边喊叫，我听见自己的声音仿佛是从很远的地方传来。

“你们玩得可高兴啊？你们知不知道说不定马上就有一颗彗星掉下来砸死你们？你们还乐，你们还不跑？什么，不可能？外行了吧，量子力学说没有不可能的事，任何事情都是有概率的。哈哈……概率……”

我又灌了一口酒，这时我听见身旁一个男孩握住一个女孩的手说“我永远爱你”，阳光下他们的脸庞明净得有些发亮。我更乐了，我跳到他们中间猛地扯开他的手：“又说外行话了不是，应该说你又爱她又不爱她，你们现在既是活的又是死的，你们都是结过婚的正在初恋的丧偶的独身主义者。这才准确嘛！世界本来就是混合的！哈哈哈……”

我没说完便被一拳打倒，然后便有很多人围了过来，我看他们的拳头像暴风雨一样袭来，但我一点儿都不觉得痛。之后我便听见了阿咪由远而近的嘶喊，我觉得她的声音飘摇隐约，如同断线的风筝。

突然间一阵透体的冰凉让我清醒了，清醒之后我才发现自己被阿咪拖到了海里，她一边哭泣一边朝我身上泼洒着海水。我怔怔地和她对视了几秒，然后她一头扑进我的怀里，带着哭腔对我说："快去看看欧阳严肃！"

很久以后我都无法原谅自己犯下的错误——为了喝酒买醉竟把欧阳严肃置之一旁。其实我应该有所觉察的，他宁愿忍受痛苦也不把真相告诉白玫，却轻易就告诉了我。而且几天以来，他采购了许多奇怪的元件，这明显是反常的，而我却大大咧咧地跑出来撒酒疯。阿咪说我走后不久便来了一个人，就是我们在欧阳家见过的那尊金像上的人，欧阳严肃一见到他就反锁了门，之后不久墙上的电表便开始疯了似的飞转。

"你先回去，我去找白玫。"我抹了一下额头上的汗，"除了她，我想没有任何人能起作用了。"

在医学院的精神病理系找不到白玫，我像一枚火箭一般在楼宇间横冲直撞。过了半天我才想起应该问问别人，于是我拦住几个一路闲聊的女生，问她们知不知道白玫的行踪。她们立刻讪笑起来，其中一个说："她呀？已经脱离精神病理系了，现在她感兴趣的是，嘻嘻，男性生理。没准儿正在男性生理实验室里搞解剖呢。"

我拼尽全力才忍住愤怒，否则拳头一定会打到她高雅的脸蛋上去。我已经没有时间了。

在充斥着刺鼻的福尔马林气味的解剖室里，我终于找到了白玫，她安静地工作着，脸色苍白如纸。看着她的样子，我的鼻子忍不住一阵发酸。

"何夕。"她看见我了，"什么事？是欧阳要你来的吗？他出事了？”

我费力地想故作轻松地笑一下，但实在笑不出来，末了我终于像拉开一道不堪重负的闸门一样，对她讲述了全部的真相。白玫先是诧异，继而惊骇，最后她突然说了一句“我全明白了”，之后便摇晃着向外奔去。我怕她摔倒，忙跟上去想搀住她，但我拼尽全力也追不上她。

刚赶到海边我便呆住了，我看见一团紫光从屋子里透出来，而后一个被光晕笼罩的人形物体便缓缓地从屋子里移了出来，但屋子的墙壁却又实实在在地丝毫无损。我陡然记起欧阳严肃说过，两堵墙之间的量子在理论上是可以越墙而出的，即便它并无足够的能量。

欧阳严肃的身躯停了下来，如同一个奔放的“大”字，他的手脚上缠满了导线，光晕使他的脸庞有些模糊。

白玫嘶哑地呼喊起来，我想不到这么凄厉的声音会出自白玫，这个时候她就像一个来自黑森林的巫女。

“欧阳！你别做傻事，快停止吧！我全明白了！”

欧阳严肃突然开口了：“你不明白，没有人会明白的。”

“本来我是不明白的，但在何夕把一切告诉我之后我就全明白了。你从生下来的那天起，就注定要走上研究量子力学的道路，你热爱这个事业，并且在几个月前取得了重大的突破。你将微观的量子现象带到了常规的世界上，你让人们真正看到了什么才是世界的本原。但很快你就发现你的成果将摧毁这个世界上的全部秩序，将嘲笑世界上一切所谓的规律。它会使一个人既在这里又在那里，既是天使又是恶魔，会使人们无法肯定地评价任何一件事，从而使这个世界上既无是非也无善恶。你因此陷入万分矛盾的境地，而此时欧阳家族为了家族的荣誉又逼迫你宣布它，所以你才离家出走。对吧，我说的都对吧？”

欧阳严肃死死闭着双眼，但两行泪水却潸然滚落。欧阳洪荒像幽灵一样守在不远处，纹丝不动地站立，面无表情，恰如他的那尊金身塑像。

“你为什么那样傻呢？欧阳！你早该告诉我实情啊，我会支持你的。”白玫热切地呼喊，“快停下来，别再继续了，欧阳！”

四野寂静，只听得见海潮拍打礁石的声音。欧阳严肃沉默着，全身的光晕耀人眼目。过了好一会儿他叹出一口气：“白玫，其实你都说对了，只不过有一点你没有说到。我真正无法战胜的是我自己，我耗尽心血才找到我要的东西，这是我取得的第一项成就，可以说我几乎是为此而生。但现在理智却要求我毁灭它。这段时间我一直在不断挣扎，直到刚才我才最后下了决心——我已经毁掉了全部资料。”

随着“啊”的一声，欧阳洪荒的身躯开始抑制不住地颤抖，他的眼中一片绝望。

“爸爸。”欧阳严肃接着说道，“我想我是不会获得您那样的荣誉了，请您原谅儿子不孝。我不知道我的成果会不会在未来的世界里结善果，但我知道现在是不行的，所以我毁了它。不过，为了对得起欧阳家族的荣誉，以及我刚才对白玫说过的那个原因，我决定完成一个实验。正如您现在看到的，我准备用我的身体来证明我的成果，这也是欧阳家族的传统。我计算过了，首次实验成功的概率是……10亿分之一。”

欧阳洪荒还是一语不发，但面颊上已是老泪纵横。他笔直地挺立着腰板，没有一丝劝阻的表示，也许他已经知道，这个世界上已经没有人能阻止欧阳严肃了。

光晕陡然泛滥，仿佛一团火焰熊熊燃起，亮丽的光芒飞溅开来，使得万物透明。大地沉默，天穹沉默，古往今来、四方上下的宇宙沉默，仿佛都眩迷于这人类文明中异端的火。

我突然有了一种预感，在预感的驱使下我望向白玫。我看见她也缓缓转过头望着我们，长发在空中划过极其优美的弧线。然后她似乎笑了一下，在后来很长的日子里我始终没能弄懂这一笑究竟表达了什么，于是我便想，这笑容或许不是留给我们而是留给未来的人们的，但我转念又想到，不知那时她的笑容是否已被时光蚀刻并且蒙尘。

异火高炽，而白玫开始朝着异火的方向奔去，在夺人心魄的光明中，她的身影飘飞、跳荡，如同一只蛾子。

大火以及赴火的飞蛾成了我脑中最鲜明的印记，盖过了其他的一切。我依稀看见，欧阳洪荒仰天长叹一声后，佝偻着身躯融进夜色，而这时阿咪的手很温顺地任由我握着，使我感到在世界上做一个凡人其实就是幸福。

我一直不知道那次实验是否成功，我只知道成功的概率是 10 亿分之一。不过这已经够了，因为我已经知道了概率。按照量子力学的观点，我对这件事的了解已经达到了极限，所以在后来的日子里我从不去寻找更准确的结果，只偶尔在思绪袭来时，会忍不住对有 10 亿分之一的概率留在人世的欧阳严肃和白玫寄上祝福。

有一次我远远地看见一对情侣在辽阔的海岸漫步，他们依偎着，很亲密很幸福的样子，看上去像极了欧阳严肃和白玫。我欢呼着奔过去却发现空空如也，眼前只是一片平庸的充满秩序的世界。

假 设

包括这个世界在内的一切其实都可以看作是一种假设。——摘自《虚证主义导论》

一

“当我们说世界存在的时候，其实只是说明我们认可它存在的假设条件。”皮埃尔教授在黑板上很利索地写下这句话，伴随着粉笔摩擦黑板时发出的令人痛不欲生的吱吱声。讲台下的情形和平时一样，也就是说足够热闹，学生们都在很高兴地干着自己愿意干的事情。不能说大家没有上进心，根本原因在于上进心再多也没用。因为无论多么认真的学生也无法在皮埃尔出的考试题面前感到轻松，如果有谁能够得40分以上的话，那是可以大大得意一番的。皮埃尔教的科目是一门选修课，从教材到讲义似乎都是他自己编的。也不知道原本是物理学教授的他，都是什么时候从脑子里冒出那些奇怪想法的。而偏偏他又是掌握全系学生生杀大权的系主任，而且听说他和雷诺校长居然沾亲带故，这多半是有根据的，要不然再开明的校长恐怕也难以容忍一个系主任像皮埃尔这样胡作非为。总之呢，从上学期开始，系里便多了一门谁也不敢不听、但谁也听不懂的名为“虚证主义”的课程。

何麦坐在教室的倒数第二排，这是他提前半小时占座才抢到的位置。当然，他没忘记给安琪也占了个位子。听皮埃尔的课而又坐在前排的话，那绝对可以称得上是一场噩梦。因为皮埃尔仅次于胡思乱想的第二大嗜好便是孜孜不倦地提问，而他在选择提问对象时，总是用那根轻巧的碳 60 教鞭随便指，指着谁便是谁。在这种情况下，能够让皮埃尔先生鞭长莫及的后排区域自然成了学生们的首选。现在何麦就坐在这样的位置上，紧挨着亮丽可人的安琪，面带得意地看着前排那些如丧考妣的晚到者。处于这种态势下的何麦在心理上是没有负担的，而也只有在这个时候他才可以听得进皮埃尔的几句讲话。比如，现在他就听到皮埃尔正在信誓旦旦地宣称整个世界其实都可以看作是虚妄的。

“它也许只是一种假设。”皮埃尔说，“比如中国古代一个叫庄周的人梦见自己是一只蝴蝶，醒来后他就想，也许自己真的就是一只蝴蝶，而作为一个人的自己只是这只蝴蝶所做的梦。这个问题在逻辑上是无法证伪的，如果我们认为庄周就是一只蝴蝶，那么也能够完全自洽地解释整个事件。正因为如此，这个问题千百年来常常引起争论。所以我们完全可以说世界可能只是一个梦境，或者说是一个假设。”

对于皮埃尔的这些奇谈怪论，何麦的第一反应其实并不是想笑（实际上他主要是不敢这样做），何麦更多的感受是从中悟出了某些诀窍，他甚至判定自己得到的才是皮埃尔的真传。无论如何皮埃尔是第一个敢于将世界建立在假设之上的物理学家（这种事以前只有哲学家才敢干），也就是说无论如何他都可以称得上一代宗师。何麦这个人别的本事没有，但是虚心好学的品质还是有的，这次自认为深得了皮大师的精髓，得意之中竟然眯上眼睛摇头晃脑起来。

问题在于何麦忘记了自己身材的高大，他这副陶醉的样子全都落在了皮埃尔眼里。要知道，皮埃尔先生自从在此登坛说法以来一直都自叹曲高和寡、知音难觅，今日冷不防见到识得个中三昧之人，恰如“久旱逢甘霖，他乡遇故知”，惊喜之情霎时溢于言表。虽在情急之中，但皮埃尔倒还没有忘记自己的提问习惯，加上物理学教授对牛顿定律的准确运用，于是众人眼中只见教鞭横空飞起，空中转体 720 度之后不偏不倚正好敲中何麦的头。

“你，就是你。”皮埃尔喜形于色地叫道，“请问我们有什么理由断定世界只是一个假设？”

何麦终于意识到皮埃尔的确是在对自己说话，他的首要反应是有些尿急，也不知是不是因为刚才教鞭刚好击中了脑部主管排泄系统的中枢。但是他已经没有退路了，皮埃尔提出的问题肯定都是此前讲到过的，也就是说会有一个标准答案存在。问题在于何麦根本就没有认真听过课，就算让他翻书他都不知道在哪一节找。那本教材足有几百页厚，里面是大段大段足以让人发疯的论述。从逻辑上讲，书里都是“庄周梦蝶、蝶梦庄周”之类的无法证明正确、但也无法证明错误的问题。

而皮埃尔教授的期待却很明显地写在了脸上，他眼巴巴地盯着何麦的脸看，弄得何麦益发不敢开口了。不过何麦也知道这样沉默下去的结果肯定不比胡说八道好，但是他又的确不知道该怎么回答。“假设，假设。”何麦心急火燎地四下张望，末了他心一横开口道，“我看有很多事实可以证明我们的世界存在于假设中。比如我们一向用许多精确的数学定律来描述世界，而从这一点出发便足以证明我们的世界只是假设。”

四周立刻安静得吓人，这是第一次有人说可以用“事实”证明世界是一个假设，而且竟然是以精确与严谨著称的数学！就连皮埃尔自己也不曾这样讲过。所有人的目光都集中到了何麦身上。皮埃尔的眼神有些发蒙，安琪惊愕地仰望着何麦，此刻她大张的口里肯定塞得进一个鸡蛋。

何麦只能豁出去了：“拿最基本的欧氏几何来说，这是数学的基础，而它是建立在5个假设公理之上的，这些公理绝对是无法证明的，尽管常规的说法是不证自明。问题在于，我们必须承认全套欧氏几何，否则我们的世界就会变得无从认识。现在我可以下结论了，既然这些用来描述世界的理论都建立在一些无法得到证明的假设之上，那么我们当然可以宣称世界也是一种假设。”

但是一个高亢的声音粗暴地打断了何麦的即兴讲演：“你知道你在说什么吗？我看你是别出心裁，胡说八道！”皮埃尔的神色看上去就像是面对一件不可思议的事情。老实说，能够让皮埃尔认为是别出心裁的人简直就没有，因为这相当于说某人比疯人国的国王还要疯那么一点点。

“下课。”皮埃尔轻轻摇摇头说，脸上一片萧索。

二

安琪是一个典型的美国女孩，有一头褐色卷曲的短发，还有一双闪烁着淡蓝色光芒的眼睛。据她称，自己身上其实有六十四分之一的中国人血统，那是她的一位百年前的祖辈带给她的。不过何麦倒是从来没能看出这一点。安琪与何麦从相识到相好几乎全是她主动的，她对何麦说："我第一眼就喜欢上了你那双很大的黑眼睛。"当安琪这样说的时候，何麦的心里很想说的一句话是"我也喜欢你的蓝眼睛"，不过他从未说出口过。也许这就是纯正的中国人与不纯正的美国人之间最大的区别。

"我看你就准备补考吧。"安琪笑着打趣，何麦看上去越是懊丧她越是兴高采烈。

何麦的心情的确不好，他也不知道自己当时有何必要胡诌一通。一想到以严厉著称的皮埃尔他就两腿打战。不过何麦一向是想得开的人，他向来认为，在厄运还没有变成现实之前就过于难过并不是明智的行为。离考试还有几个星期呢，现在还没什么麻烦。

事实证明何麦过于乐观了，因为马上便有人带话称皮埃尔教授要见他。安琪看何麦的眼神立刻变成了告别式。

皮埃尔教授并不像何麦想象的那样大发雷霆，恰恰相反，他简直热情得过分，甚至连说话的声音都有点儿颤抖。皮埃尔百般殷勤地对何麦问长问短，并且还给了他一个长达50秒、其间换了3个姿势的让人透不过气来的拥抱。何麦惊恐万状地面对这一切，他简直不相信发生的事。

"就是你了，就是你了。"皮埃尔脸庞发红地念叨着，他的目光一直凝视着何麦的脸。

"我、我怎么啦？"何麦小声地问。

"你就是我要找的人。"皮埃尔激动地搓着手，"只有你真正理解我的学说。没想到你那么快就领会了虚证主义的精华所在。”

“让我想想。”何麦抚着额头，他有点儿明白是怎么回事了，“你是说，我答对了老师您的问题？”

皮埃尔打断他：“别这么叫我，以后你不再是我的学生了，我们将是合作者的关系。关于这一点你不会有意见吧？”

何麦轻轻吁出了一口气，皮埃尔教授深情款款的目光正直勾勾地盯着他。“您是说今后我再也用不着回答那些很……精妙……的问题了，是这个意思吧？”

“当然用不着了，而且你也不必参加考试。”皮埃尔语气肯定地说，“你的水平够高了。我现在就可以给你的这门选修课打满分。”

何麦立刻郑重地点点头说：“能与您合作是我的荣幸。另外我想向您介绍一位对虚证主义颇有见地的资深学者，她叫安琪。我们经常在一起研究相关的理论，我以我的专业眼光认定，她在虚证主义领域拥有极高的造诣。”

皮埃尔听到这番话时的表情完全可以用来诠释什么叫作“幸福”，都说知音难觅，想不到在一天之内他竟然能够两遇知音。“好，好。”皮埃尔连声道，眼睛眯成了一道缝。

……

“就这些？”安琪睁着大眼睛问道，她差点儿呛得背过气去，她觉得何麦一定是疯了，“你对皮埃尔说我是什么虚证主义专家？你真……真的是这么说的？”

何麦点点头，低头啜了口咖啡。学校餐厅里人来人往，不过这个角落倒是很清静。“这下子我们俩不用考试就能过关，这有什么不好？”

“可我根本就不知道什么是见鬼的虚证主义！”安琪叫道，“老实说，我平时听课就像是在唐人街听中国神父做弥撒，你居然说我是什么专家，也太没谱了吧，到时候我说两句话就穿帮了。”

何麦一脸坏笑：“你不要怕，老家伙没那么精。你看我三言两语不是也蒙混过关了嘛。我已经总结出来了，他那套理论的主要意思就是证明世界上的每件事都是一种假设。老实说，这听起来复杂，做起来一点儿都不难。想想看，证明一件事情是假的应该比证明它是真的要容易吧。那天课堂上我被逼急了扯了点儿数学什么的不也蒙过去了嘛！还有，在唐人街不是什么中国神父做弥撒，而是和尚做道场。”

安琪稍微镇定了些：“虽然我很想拿学分，但我还是很怕，总觉得心里不踏实。”

何麦压低声音说：“根据我的分析，老家伙搞的这套理论完全是站不住脚的，弄得大家怨声载道，我看他也撑不了多久。不过俗话说，好汉不吃眼前亏，反正我们只想多拿学分，犯不着同他硬碰，这就叫‘曲线救国’。等到以后他撑不住了，我们还可以‘大义灭亲’。这也算卧薪尝胆的现代版本。卧薪尝胆，还记得吧，就是我以前给你讲过的那个中国几千年前的老故事。”

安琪听得两眼发直。“真厉害！”她大声说。

何麦白眼向天，面露得意地说：“那——是——”

“我是说在搞阴谋诡计这方面。”安琪哧哧地笑。

三

虚证主义专家何麦接手的课题是证明虚证主义第二论题：论物理学的虚妄。

皮埃尔教授总共提出了 7 条虚证主义论题，分别对应着数学、物理学、化学和哲学等。按照皮埃尔的说法，第一条论题已获得证明，即他已经证明了数学的虚妄性，这也是他努力半生才取得的阶段性成果。在皮埃尔教授家中的一间密室里，何麦见到了一摞厚达几十厘米的手稿，上面密密麻麻地写满了几乎没有人能看得懂的内容。皮埃尔自创了许多古怪的符号来表述他那些比符号还要古怪的思想，这让阅读那些手稿的感觉就如同阅读天书。何麦在皮埃尔教授的指导下，花了一个月的时间才半懂不懂地啃完了一小部分手稿。本来老家伙的意思是想让他通读全篇的，但后来看到何麦的确已被折磨得不成样子了，才只好暂时悻悻住手。饶是如此，何麦的感觉也像是死过了一回般难受，那些高高矮矮、胖胖瘦瘦的古怪符号在脑袋里足足莺歌燕舞了半个多月才渐渐息声、渺不可闻。

直到这时，何麦才明白了皮埃尔教授为何会将自己引为同道，原来他那天在课堂上的一通胡诌竟然完全契合了虚证主义的要义，手稿里甚至包含有何麦举的那个有关欧几里得几何学的例子。在这部名为《虚证主义导论之一：论数学的虚妄》的天书里，皮埃尔站在独步古今的理论高度上提出了一个划时代的论点，即数学（它几乎与人类同样古老）这门学科其实是彻头彻尾的假设。什么数字啦，算法啦，点啦，线啦，面啦，都是出于人们自己的臆想和假设。比如说，我们对点的定义是没有长度和宽度的存在，而对线的定义则是没有宽度的存在。按照皮埃尔的观点这纯粹是胡扯，既然是定义就应该从正面阐述，哪能用“没有”这种词语来定义呢？难道我们能够说所谓“物质”就是“非虚无”吗？或者说所谓“虚无”就是“非物质”吗？这样说了不是等于没说嘛。可问题在于，当人们阐述数学的那些最基本公理的时候不得不这样讲，而这恰恰表明数学的确是基于某些无法加以证实的纯粹假设性的东西。

当然这只是一些皮毛性的介绍，虚证主义对此有相当完备的阐述，其强大的说服力甚至足以让像何麦这样神经一向正常的人也对整个数学体系的真实性产生怀疑。有一个一直得不到完全证明却得到众多事例支持的观点，即数学与物理学在本质上是相通的。比如说，广义相对论描述的引力空间其实就是非欧几何学上的黎曼空间，两者在性质表现上几乎没有任何差别。这从侧面增强了何麦论证第二论题的信心和决心。实际上皮埃尔之前的研究也是一直循着这条思路，他找到当今众多物理学理论的数学基础，然后挨个论证这些基础的虚妄性。应该说这个方法的思路并没有错，只要动摇了这些物理学定律赖以存在的数学理论，也就相当于动摇了定律本身。但是皮埃尔很快发觉这样做是一种间接的方法，说服力稍嫌不足。所以皮埃尔教授给何麦提的课题便是直接证明物理学的虚妄。老实说，皮埃尔决定将课题交给何麦的时候是有一些感伤的，他本以为该由自己亲自来完成这件事。

从逻辑上讲，何麦接手的课题是虚证主义的最核心部分。由于物理学的基础地位，一旦证明了物理学的虚妄性，皮埃尔教授梦想一生的虚证主义大厦也就算是建立起来了。

皮埃尔自然深知这一点，所以当他做出这番安排的时候，其实已经有近于托付衣钵的意思了。要说起来呢，皮埃尔教授也不过六十挂零儿，倒也不用急成这样，只是他实在是太看重这套理论了，所以才会尽力考虑周详。皮埃尔担心万一哪天天妒英才，自己有什么闪失会造成学脉不继，那他岂不成了千古罪人。

四

皮埃尔教授的实验室最大的特点之一便是无法与卧室区分，卧室里有的配件诸如枕头啊、裤头啊之类的东西这里全有。这倒也并不奇怪，因为皮埃尔教授每个月有一半以上的时间是睡在实验室的。何麦刚来的时候还不太习惯，但没过多久他就从中发掘出了一些好处。比如他可以在工作时间堂而皇之地睡上一觉，理由嘛当然是昨晚思考某个命题太辛苦了，反正他现在说什么皮埃尔都信。他们是知音嘛，还说啥呢？就像现在，正是上午 10 点，皮埃尔授课未归，整个实验室就成了何麦打瞌睡的地方。但是天不遂人愿，何麦正做好梦呢——所谓好梦就是指梦里只有何麦与安琪两个人——门突然开了。何麦惊起后发现来人并不是皮埃尔，而是一个身形壮硕的男子，而那人脸上惊诧的神情更在何麦之上。

后来的事情表明这只不过是一场虚惊，来人是皮埃尔教授的堂侄马瑞，他有此处的钥匙，他是来给皮埃尔送支票的。何麦从旁边瞟了一眼支票上那个惊人的数额，内心更加坚定了为虚证主义事业奋斗终生的信念。之前何麦的确有些纳闷儿，只凭皮埃尔教授一个人发疯怎么也不可能建立起这么一个设施完备的实验室，想不到这个疯病原来是家族性的。

不过出于礼貌，确切地说是出于对支票的礼貌，何麦还是热情地给马瑞送上了咖啡。马瑞矜持地啜了一口后放下，探询地问道："何麦先生，您是我叔叔的学生吗？"

何麦挺挺腰板说："我是皮埃尔先生的合作者。"

"合作者。"马瑞低声重复了一遍，目光快速地从何麦脸上扫过，"您确定自己能理解我叔叔的学说吗？"

"当然。"何麦脸上显出了面对真理时的肃穆，"我和皮埃尔教授自合作以来，工作进展很快，就在今天皮埃尔先生还征询过我关于两个问题的意见。"何麦倒不完全是说谎，因为早餐时皮埃尔的确询问过何麦"昨天睡得好吗""蛋挞是否烤得老了点儿"这两个问题。

马瑞肃然起敬："我也为我叔叔能够遇到您这样的同道者感到高兴，请转告我叔叔，他上次要求的那批设施已经到位。"

"怎么不搬进来？"

马瑞环视了一下这间装备一流的实验室："这里太小了，连十分之一也放不了的。遵照叔叔的要求我们找了好多地方，最后是在俄城的一座废弃金矿里安放的，我们将在那里恭候他的光临。当然，还有您。"

何麦眼前立刻浮现出俄城那壮美的风光，他觉得再在这样的背景上点缀一对亲密的情侣的身影真的就完美无缺了："看来需要说明一下，我们是3个人，我们还有一位资深的专家将一同前往。"

"这样更好，我还有事，要先走了。请转告我叔叔，比尔祝他身体健康——哦，就是我父亲。"

“比尔，是俄城的比尔爵士吗？”何麦脱口而出。

“就是他。”马瑞利索地拉开门。

“这就好办了。”何麦喃喃自语。

“什么好办了？”马瑞不解地问。

“没什么，我随口说的，你走好。”何麦一时半会儿还不能从震惊中清醒过来，他现在觉得自己完全理解皮埃尔了——有这么一个全世界数得着的富豪哥哥作后盾，想玩什么不行啊，不要说证明什么虚证主义了，就算想证明太阳围着地球转还不是一个三段论搞定！

五

让何麦大感恼火的是皮埃尔居然当头给了何麦一盆冷水。

“没有的事，没有的事！”皮埃尔斩钉截铁地否认道，“什么俄城，什么金矿，我一点儿都不知道。”说话的时候小老头嘴唇上的花白胡子乱颤，小眼睛瞪得溜圆，一脸清白无辜的样子。

“这可是您的侄子，喏，就是马瑞，是他亲口告诉我的。还能有假？”何麦大声反驳。

安琪就站在旁边，不明就里地看着他们争执。马瑞刚走何麦就急不可待地在第一时间把旅游计划通知了安琪，在何麦听来，从电话里传来的惊叫声就仿佛在夏天吃了冰激凌般熨帖。可现在老家伙竟敢矢口否认。

“什么马瑞，我哪儿来的什么侄子？”皮埃尔皱眉思索，“让我想想，你说当时那人是自己开门进来的，这就对了，他肯定是一个窃贼，因为进来后看到有人所以才编了一个故事骗骗你，你居然就相信了。”

老实说，老家伙也算是有些辩才，安琪的表情说明她已经充分同意了皮埃尔的这番分析，但是何麦冷笑着慢慢举起一张纸：“教授先生，那这个呢？您见过上门给人送支票的贼吗？”

皮埃尔拍拍脑门儿，小眼睛清澈见底：“你看我都忙糊涂了，是的是的，我是有个远房侄子叫马瑞来着，不过好多年没见面了，一时没想起来。看来他是看到我很久没回俄城老家了，所以送这张支票给我买火车票。”老家伙漫不经心般伸手想接过支票，何麦一个转身让他落了空。

“这钱可以买家铁路公司了。请问您想买几张到俄城的车票呢？”

“一张，探亲嘛，一张就行了。”皮埃尔小心翼翼地赔着笑脸，“几天后我就回来。”

“皮埃尔先生！”何麦的声音陡然高了八度，皮埃尔禁不住打了个哆嗦，连旁边的安琪也吓了一跳。这正是何麦想要的效果，他脸上现出痛心疾首的表情：“我真感到难过，我们3个人正在构建的是古往今来最伟大的虚证主义的大厦（皮埃尔喃喃重复：大厦），我们置身于人类6000年文明的巅峰（皮埃尔又重复：巅峰），我们即将实现全人类的梦想（皮埃尔再重复：梦想）。这一切是怎么得来的？除了3颗充满智慧的头脑，我们3个人之间堪称人间典范的合作精神不也起着举足轻重的作用吗？”何麦抬头凝视着半空中的某粒灰尘，“看吧，伟大的虚证主义精神就在那里注视着我们，她美妙的秘密即将由我们来揭示。而现在，您居然当面欺骗您的同路人，您这是在自毁长城。如果伟大的虚证主义事业因此而功亏一篑，您，皮埃尔先生，就是历史的罪人。”

皮埃尔颓然坐倒在椅子上，口里念念有词。

“你不当律师真是便宜法律系那帮家伙了。”出门后安琪真诚地对何麦说。安琪并不知道，仅仅10多个小时之后何麦就因为他说的这段话连肠子都悔青了。

六

一路上皮埃尔都显得心事重重，对车窗外闪过的大平原风光完全没有一点儿兴致。何麦就不同了，他觉得心情从没这么舒畅过，“腰缠十万贯，携美下俄州”，还有比这更滋润的事情吗？唯一美中不足的就是皮埃尔的那张看着就让人烦的苦瓜脸，早知道这样就多买一张票撵他到别的包厢去了。趁着皮埃尔去洗手间的间隙，何麦从包里拿出几页纸，这是他昨天晚上准备行装时拟好的一份协议。安琪关于律师的那番话倒是提醒了何麦，让他感到有必要将与皮埃尔的合作关系以法律的形式确定下来。

安琪看了一眼协议：“搞这么复杂干吗？我们不就是想拿点儿学分吗！”

何麦贼兮兮地笑了笑：“这个我可没忘，不过我看这项研究没个百八十年怕是完不了，反正现在就业形势也不乐观，咱俩权当是签劳务合同了。你看看，老家伙满世界都有实验室，还有一个只愁钱多没处花的呆瓜哥哥，这样的好东家哪里找去？再说，老家伙是呆了点儿，但世界上智商达到我俩这样水平的聪明人虽然不多，总还有几个吧，说不定哪天就会从某个石头缝里又蹦出个虚证主义专家把老家伙拐跑了。所以还是签一份协议妥当点儿。”何麦摇头晃脑地指点着协议，“来，签个字就完事，喏，就签在我名字旁边。”何麦半强迫地逮住安琪的手签了字，末了还捎带着抠了抠安琪那细嫩的手心。安琪娇嗔地推搡着何麦的肩。

皮埃尔从门外进来，慢腾腾地走到位子前坐下，深深地叹了一口气，何麦讨嫌地白了他一眼。在皮埃尔叹了20声气的时候，何麦终于忍不住嚷嚷起来：“您能不能把您的声带频率调成超声波的啊，有我和安琪同您共同担当，有什么大不了的事情？再说我们又不会妨碍您探亲，如果您要和您的爵士哥哥叙旧，我和安琪可以自己安排到外面……交流几天学术嘛。”看火候差不多了，何麦拿出先前的那几页纸，“为了表明我们3个人真诚的态度，签一份合作协议是必不可少的。今后我们对于研究的方向、工作的进度，以及项目资金运用等都应该一起商量，共同承担。我和安琪已经签字了，您不会有什么不同意见吧？”何麦斟酌着用词，注视着皮埃尔的反应。

皮埃尔浏览着协议书，脸上浮现出越来越感动的神色：“当然没有，你们全是为我考虑，你们真是太好了。”皮埃尔郑重地在下方签了名，他踱到门边拉上门又回到桌前，仿佛下定了某种决心般压低了声音说：“有件事情看来必须要告诉你们了，就是这次到俄城可能不会很顺利。这里头，咳，叫我怎么说呢？总而言之这次到俄城我是迫不得已的，我没想到比尔居然真的想办法备齐了那些东西，我本来只是哄哄他的。”

“您到底想说什么？”何麦不耐烦地插话。

“喏，你们知道的，我这个哥哥很有钱。”皮埃尔的神色变得扭捏起来，“为了虚证主义的研究我向他求援，但他根本不理解这个理论的意义，所以拒绝了我。没有办法，为了得到资金我被迫对他说了谎。我对他说虚证主义并不是一项纯理论的研究，很快就能产生现实的并且对他来说很有用的成果……”

“什么……成果？”何麦觉得自己的舌头有些大，他有一种不祥的预感。

皮埃尔就像个做坏事被大人当场逮住的小孩子般涨红了脸，他低下头去：“你知道，有时候人说话是会禁不住夸张一点点的，我只是对他说，按照虚证主义原理设计的机器能让他的寿命变得同质子的寿命一样。”

何麦一屁股滑到了地上，安琪的惊讶程度比何麦的差不了多少。何麦从地上挣扎起来大吼道：“天哪，质子的寿命是多少您不会不知道吧？”

“按得出结果最短的一种理论计算，寿命是 10^{31} 年，不过实验中按这个时限观察，没有发现质子衰变，也就是说实际年限很可能远大于这个值。”皮埃尔老老实实地回答。

“从宇宙大爆炸到今天也不过是 10^{10} 年，您居然对比尔爵士放了这么大的一个卫星？”

“什么大卫星？”皮埃尔和安琪同时不解地问。

何麦一愣，方才想起这个比喻并非全球通用：“我是说撒了这么大一个谎。”

“我完全接受你的批评。其实我这次到俄城就是准备告诉比尔真相的，我不能再骗他了，以后得靠我们自己。”皮埃尔拿出一个小本子，“你们看吧，这几年来他总共资助了这么多钱，每一笔我都记着的。我了解比尔，他也记着账的，事情到今天这种地步他肯定会要我还钱的。你们知道，他这人几乎在世界的任何角落都有影响，势力很大。幸好还有你们两个合作者与我共同分担这一切，在这样艰难的时刻陪伴着我，还和我签协议，我真的太感动了。”皮埃尔说着竟然嘤嘤地哭起来。

何麦的脸变得苍白，几分钟前那种踌躇满志的美好感觉正在急速地离他而去。一时间他都不知道自己和皮埃尔谁才是真正的呆子。

七

俄城的秋天一派金黄。西达多金矿位于俄城北部 30 千米处，这段景色荒凉的路程也许是何麦这辈子感觉最长的一段路了。本来他打算一到车站就和安琪脚底抹油开溜的，没想到迎接他们的奔驰车就停在车厢门口，何麦的脚愣是没机会踩到月台的地面，他面对的完全是无缝对接方式。车站的那个秃头站长亲自前来迎接，口里还一个劲儿地说：“欢迎董事长的客人。”一路上司机都没怎么说话，只专注地开车。经过一块醒目的标记的时候他突然开口道：“从这里开始方圆 15 千米都是西达多金矿的区域。”

“比尔从来没提到过他经营的俄城金矿。”皮埃尔嘟囔着。

“以前是没有，这儿的矿藏曾经被开采过 100 多年，早已经枯竭了，没有人能明白董事长为什么花钱来买下这片荒地。这里的土地也很贫瘠，如果转手，恐怕半价也卖不出去。”

“董事长买这片地……花了多少钱？”何麦牙齿打战地问。

司机报了个数，何麦的眼前立时一阵发黑。“是买贵了。几个月前也不知道是什么原因，董事长委派马瑞先生火速办理这件事，你想想，买家要得很急，价格自然贵了。”司机说。

“怎么能这样办事啊？”何麦嚷嚷起来，“也太不会办事了吧。”

“又不是花你的钱，你急什么呀？”司机不明就里地问。

“现在当然还不是，可是……”何麦绝望地扫视着车窗外鸟不生蛋的荒野，不知道古往今来除了自己还有谁能“命薄如此”。当年闯荡西部的人中也有一些不慎购入了贫瘠的荒地，但其中有一些人在后来发现了地底石油之类的矿藏而因祸得福，可何麦知道，眼前这片土地至少在地底 1000 米之内是不会有任何指望了。

八

比尔爵士衣着休闲，比平时在媒体封面上的形象显得疲倦，也许是由于工作的繁重吧，他看上去很苍老。这位传奇人物陡然现身在自己面前，何麦和安琪都有几分不知所措。一旁的马瑞很热心地介绍道：“这两位是叔叔的合作者，何麦先生和安琪女士。”

比尔刀一样的目光从何麦脸上一扫而过，让何麦有一种心惊肉跳的感觉。他突然笑起来，肥白的脸上显出深长的皱纹：“真让人吃惊，你们都还这么年轻，居然能够从事这么高深的研究工作。说实话，我花大价钱聘的那些科学顾问没有一个能真正搞懂我弟弟的学说。他们总是对我说我弟弟是在骗我，可是我不相信他们。”

“我来介绍一下。”比尔爵士客气地侧身指着身后的一个人说，“这位是麦哲云博士，是我聘请的首席科学顾问。我有些累了，下面的事情请麦哲云先生同你们谈。”比尔说完便朝他的豪华房车的方向走去。

麦哲云抬手做了个邀请的手势：“我们下去看看吧。”几名神色严肃、身着黑色西服的壮汉立刻引领着一行人朝不远处的一幢老旧的灰色建筑走去，那应该是金矿的入口。刚到电梯口，一阵从地底冒出的彻骨的寒意就让每个人都禁不住打了个哆嗦。“在入口处是这样，不过越往下会越来越热的。”麦哲云解释道，“以前的矿工每次都要花两个多小时才能到达工作面，来回就是5个小时，真正的工作时间只有不足两个小时。工作面的温度高达40℃，一次能坚持半个小时就很不错了。”

电梯平稳地下降，粗糙的岩壁在矿灯的照射下泛出亮光，好像是水的反光。何麦朝顶处望去，入口的白光变得微弱，脚底则是黑暗无边的深渊。

“我们要下多深？”安琪忍不住问道。

“控制室建在地底700米处。”麦哲云说，“设施的主体就安放在那里。好了，已经到了。你们应该知道的啊，这都是按皮埃尔先生的要求做的。”

电梯缓缓停下，下了电梯经过一条短短的甬道后空间陡然变得开阔，这里的照明显然是自适应的，当人进入后光线立刻明亮起来。

“欢迎来到迷路系统主控室。”麦哲云虽然表示欢迎，但语气里依然没有什么热度。也许是心里发虚，何麦甚至觉得麦哲云说话的语气里有一丝调侃的意味。

何麦环视着四周，大厅宽敞得有点儿过分，四周密密麻麻的装置让他有些眼晕，他心里不禁又盘算起比尔在地底建造这么庞大的工程要花多少银子。安琪一直怯生生地牵着何麦，她的手心里满是汗水。皮埃尔悄无声息地四处转悠，一脸愁眉不展的样子。何麦知道他一定也在心里叫苦。

“我听说你们是皮埃尔先生的合作者？”麦哲云探询地问道。

“这个，怎么说呢？”何麦飞快地转动着脑子，“要是准确点儿讲呢，我们俩都只算皮埃尔教授的学生，只不过对他的研究有些好奇。教授之所以称我们为合作者只是想提携后进罢了，不过，看来我和安琪真的不适宜从事这项研究，他的理论绝大多数我们都不大明白。哎，这可不是谦虚啊，事实就是这样的。对吧，安琪？”

“是啊是啊。”安琪忙不迭地点头。

麦哲云走到皮埃尔面前：“其实我一直期待与您的见面。”他说话的语调不疾不徐，“比尔爵士提供了少量的资料给我，您的理论对我而言是全新的，老实说我看不太明白。不过比尔爵士聘请我的目的主要就是建立这套系统，我在这方面倒是专业的。补充一下，我以前一直在 CERN 也就是欧洲原子核研究中心工作，负责在法国和瑞士边界处的 LEP 对撞机的运行。如果我猜得不错，您要求爵士安放这些设施很明显就是想建造一部粒子对撞机。但恕我直言，LEP 系统一般只建在地底 100 米左右，而像现在这样将整个系统建在地底 1000 多米有必要吗？”

“这个嘛当然是有必要的。”皮埃尔这时立刻显出了他高人一筹的胡诌功夫，“只有中微子才能到达地底这样的深度，但众所周知，中微子只参与弱相互作用，不会对我们产生影响，这样我们才能避开那些宇宙高能粒子射线对实验的影响。你应该知道比尔对这一切的重视。”

当皮埃尔提到比尔的时候，何麦注意到麦哲云脸上露出一丝郑重的表情，看来爵士开出的价码肯定不低。“不过我还有个问题，您准备怎样运转这个系统呢？我已经在这里工作了半年多，那些施工人员一直在惊叹工程量之大，但是，”麦哲云停顿了一下，“我和您都是干这行的，知道什么叫对撞机，像这样的长度以及这样的工程量在这个领域里连小儿科也算不上。LEP 对撞机周长 27 千米，而欧核中心下一个拟建的超级对撞机周长将超过 100 千米，耗资将会是天文数字。”

“你想说眼前的工程太小了是吗？”皮埃尔突然打断了麦哲云的话。

“其实也不算小了。”麦哲云意味深长地笑了笑说，“爵士是有钱，但也不该白白把几亿欧元扔进一个莫名其妙的工程里……”

何麦总算第一次明确地听到了这个巨大的数额，一时间他简直要晕厥过去了。

“而且，很明显这个数字还将扩大，一直扩大到连爵士也不愿意承受的地步。到时你们便可以推脱说是资金不足导致实验夭折，对吧？老实说，与其这样，爵士还不如把资金用于对超级对撞机的赞助，到时我们也许可以搭载这个系统。”麦哲云的语气变得很冷，眼睛里闪出洞悉的光芒，刺得何麦恨不得当场找个地缝钻进去。

“这是什么意思？”让何麦没料到的是，皮埃尔听了这番话竟然跺着脚跳起来，他的脸涨得通红，像是受到了极不公正的侮辱。“比尔是我的哥哥，你凭什么这样怀疑我？本来我是懒得搭理你的，不过现在我倒是有兴趣奉陪到底。去你的什么中心，我告诉你，用你们的方法是永远不可能达到迷路系统所需的能级的。看来你接受我哥哥的聘请是另有目的，就是希望将他的资金拉到你们的超级对撞机系统里去，我说得没错吧？”

麦哲云明显地一滞，目光有些发虚，看来皮埃尔的一通胡诌也许不是一点儿道理没有。“您怀疑我可以，但总不该怀疑欧核中心吧，难道我们所有人加在一起都比不上您一个人的想法？顺便多说一点，您起的这个名字实在不高明，要知道这是在地底深井中，在这里的人们最忌讳的就是‘迷路’这样的字眼，那些施工人员强烈建议改个名字。”

“那好吧，我只问一个问题，如果你回答得了我马上退出。”皮埃尔突然莫测高深地冒了一句。

“请讲。虽然我们在地下 700 米，但这里的通信条件很好，即使您的问题我个人无法回答，我也相信没有什么问题能够问倒欧核中心的全体专家。您不禁止我打电话吧？”

何麦刚想开口提醒，不料皮埃尔一口便答应下来：“悉听尊便，我想知道你们怎么处理同步加速器辐射。”

九

“您今天的那个问题真厉害，一下子就让麦哲云哑口无言了。”何麦一进房间便忍不住表扬皮埃尔，“他甚至连打电话求助的勇气都没有了。”

皮埃尔扫视着房车的内部，欲言又止，末了他做了手势示意何麦和安琪到外面说话，看来老家伙真是越来越狡猾了。

“对于他们来说，我提到的是一个不可能解决的问题。”

皮埃尔面露得意，“因为他们建造的都是环形加速器，而同步加速器辐射对环形加速器来说就是一场永远无法摆脱的噩梦。随着能量级的提高，大多数能量都将变成辐射而消耗掉。”

“我当然知道同步加速器辐射会造成能量衰减，但这种辐射与加速器的半径成反比，现在加速器的半径越来越大，不是说下一个超级对撞机的周长已经超过 100 千米了吗？”何麦问。

“你们做过计算吗？”皮埃尔有几分得意地说，“100 千米听起来已经很大了，但这只是个错觉。以前甚至有人提出在地球赤道建造周长为 4 万千米环球加速器的构想，以此来模仿宇宙大爆炸的初始条件。你们一定觉得这个想法很伟大是吧，觉得只要建成这样的加速器就一定能够模仿大爆炸吧？其实只要做一番简单的计算，就会发现这个想法非常可笑。环形加速器由于需要靠磁场偏转粒子的路径，所以加速的只能是带电粒子，一般是电子或质子。质子的质量约为 10^{-24} 克，根据爱因斯坦的质能公式 $E=mc^2$，一个质子其实就相当于 10 亿电子伏特当量的能量。迷路系统要求的能量是这个值的 10^{19} 倍。麦克斯韦电磁学理论证明任何加速的带电粒子都辐射能量，而且辐射的强度与粒子能量成正比。为了平衡这种损失就只能加大加速器的半径，但通过计算发现，要达到足够的能级的话，加速器的直径将超过已知宇宙的直径，这其实就是不折不扣的神话。”

“怪不得麦哲云当时就不作声了。”安琪说，“这下我们算是和他扯平了，谁也赢不了，对吧？”

让人没想到的是，皮埃尔竟然摇头说道：“也许我们做得到。”

“教授，您在说什么？”何麦几乎是在大叫。

“我有一个问题。”皮埃尔突然说道，神色与平日里大相径庭。

“什么……问题？”何麦不自然地和安琪对望了一眼。

“你们理解虚证系统最核心的精髓吗？”皮埃尔热切地看着何麦，“也许任何人读到虚证主义的时候都会认为它只是纯粹的理论，老实说我本来也这样认为，但到这里之后发生的事情让我有了新的想法。”皮埃尔的神色变得有些兴奋：“你们看看这周围的一切，金钱的确有它自己的魔力，我原本以为自己交给比尔的设计图永远只能是一张虚幻的图纸，没想到它竟然在很大程度上被变成了现实。比尔天生是金钱的主人，知道怎么发挥它的力量。即使给我 5 倍于现在投入的资金我也造不出眼前的一切。”

“你想要做什么？”

“做比尔想要的，做我想要的，做我们想要的。”皮埃尔脱口而出，居然像朗诵般流畅。

“您不会真的想让……您那个胖乎乎的哥哥长生不老吧？”

“你们玩过纸上迷宫的游戏吗？”皮埃尔问。

“小时候在纸上玩过，我喜欢拿着铅笔从入口一直标到出口。我那时常常和我爸爸比赛。为什么问这个？”何麦有些疑惑。

“知道我怎么玩吗？也许当时能得到的迷宫图相对于我的精力来说少了些，所以我不满足于走出迷宫，而是尽量找出所有可能的路径来。现在凭借计算机穷举法在一秒内就能做到这一点，可当时这常常耗费我大半天的时间。不过现在我想说的不是这个，我是想问一句，当初你发现走错路的时候会怎么做？”

“原路返回，找到最后一个分叉口，然后选择另一个方向。”何麦说。

“看来我们说到点子上了。虚证主义已经给了我们强烈的暗示，真相就在面前。其实宇宙就是一个大迷宫，只不过没有什么所谓的出口罢了。迷路系统就是带领我们找到所有可能路径的机器。”

“就像一台宇宙回溯机，我可以这样理解吗？”何麦怯生生地问道，他觉得用“宇宙”这个词来形容一台机器委实有些冒失。

“就是这样。在迷路系统里我们将尽力回溯到现有物质世界的初态，也就是质子、电子、中微子、介子等所有乱七八糟的东西还没有分离时的那种状态。”

“您说的是大统一理论状态吗？”安琪小心翼翼地插话。

“也许应该说是上一次分叉口更合适。按照虚证主义的分析，每经过一个分叉口定律将发生改变。好比一个大气压时水在0℃以下适用固体定律，而在0℃到100℃适用流体定律，而100℃以上时则只适用气体定律。传统物理学的眼睛只能看到最近一次的分叉口，对于我们而言，这个分叉口就是所谓的时空奇点。正如我们知道的，在奇点处现有的所有定律都会失效。宇宙大爆炸是奇点，黑洞也是奇点。当然了，还是那句话，这一切都是假设。如果我们回溯到了上一个分叉口，那物质将可能选择另一条完全不同的道路前进。

届时对它而言，原先方向的时空将变得无足轻重，对它毫无影响，而它的一秒便可以相当于原先的亿万年。”

“那会是一种什么物质？”

“谁知道，总之会和我们有很大区别，即使我们和它共处一室也无法相互感知。它们有些类似于现在宇宙中的暗物质，目前也只在猜测中存在。”

“那这么说您并没有骗比尔先生？”

皮埃尔不好意思地笑了：“这个怎么说呢？当时只是想得到他的资金支持。”

“但是，迷路系统真的能帮助比尔先生长生不老吗？”

“如果比尔只是一个粒子我倒有可能兑现诺言，但他是一个活生生的人，”皮埃尔又露出他的招牌苦瓜脸来，“到现在我也想不出该怎么办才好。要不明天我就对他说实话吧。”

“哎，别！”何麦大惊失色，“还不到时候嘛。咱们试试总没错的，为了虚证主义。”

何麦的一句话又戳中了皮埃尔的软肋，老家伙牙齿紧咬一拳头凿在桌子上：“行，就这么定了。”

十一

原野的尽头正上演着落日的辉煌图景，漫天的云彩被镶上了一层金色的边，最靠近那颗光球的地方更是霞光闪动、夺目万分。矗立在这黄昏原野之上的一座半球形金属建筑显得分外醒目，与周围荒凉的景致形成鲜明的对比。

“这全都是按皮埃尔先生的设计图建造的，在地底 1300 米处也有一个完全相同的半球形建筑，呈镜像对称。”

麦哲云的语气里不带丝毫感情，如同一位严谨的管家正向主人报告近来的收支情况。

比尔满意地靠在椅子上，嘴里叼着一支大号的雪茄。他今天刚赶过来，看得出他对未来充满想象。

皮埃尔仔细地查看着，眉头紧蹙，不时打开手里的激光测距仪测量着各点间的距离。这么忙活了差不多大半个小时后，他笑嘻嘻地回到众人面前说："的确不错，和我的设计完全吻合。"

"我得承认有不少地方我看不太明白，不知道它们有什么用。不过我还是想问一下，什么时候可以开始下一步的工作呢？"麦哲云依然是不紧不慢的语气。

"看来只要最后一件事到位就可以了。"皮埃尔慢吞吞地说。

"什么事？"比尔和麦哲云几乎同时问道。

"迷路系统的加速源啊。"皮埃尔很认真地说，"我在设计里提到过的，我需要一种纵波光。"

"我看到过您的设计说明，可我以为您是在开玩笑。"麦哲云脱口而出，"谁都知道光是一种横波。世界上哪里有纵波的光？"

"我也奇怪为什么没有人来问我这件事，我还以为你们没注意这一点呢。"皮埃尔眼睛里少有地显出洞悉的意味，"现在看来，是有人故意等着我收不了场吧？"

"等一下。"是比尔爵士的声音，"我不太明白你们说的话，能稍微解释一下吗？"

"是这样。"麦哲云第一个回答，"波有两种，一种是横波，比如池塘里的涟漪是一上一下地向外传播，即它的振动方向与波的前进方向垂直；另一种则是纵波，比如声音，声波是通过压缩空气一密一疏地向外传播，也就是说它的振动方向与波的前进方向一致。”

“那你就给他一束纵向振动的光嘛。”比尔吐了个不成形的烟圈。

“可是世界上没有这种光。”麦哲云斩钉截铁地回答，“我觉得皮埃尔先生提这样的要求分明是在推脱责任，他早就知道迷路系统是行不通的。”

“是吗？”比尔转头看着皮埃尔，目光里带着疑惑。

皮埃尔镇定的神色令何麦也暗暗吃惊。以何麦现有的物理水平，他当然知道麦哲云是对的，但皮埃尔愣是面不改色心不跳地开口道：“看来我要多说几句了。你们都知道我提出了虚证主义，这项研究本来就是主张世界是建立在假设之上的。我们难道不可以假设世界上存在着纵波的光吗？”

“您……您知道自己在说什么吗？”麦哲云几乎语无伦次起来，也许直到现在他才真正体会到同一个虚证主义专家打交道是一件多么疯狂的事情。在场的人只有何麦保持着平静，这也算拜皮埃尔这个名师所赐。麦哲云仿佛正面对一件不可思议的事情：“这种事情也能假设吗？”

皮埃尔微微一笑，竟然酷味十足：“物理学不是一直建立在假设之上吗？好比著名的狭义相对论的基础便是两条假设——相对性原理和光速不变原理。而广义相对论又加了一条基础假设——惯性质量等于引力质量，即引力效应与加速运动是等效的。”

“这怎么能对比？那些是有依据的！”麦哲云大叫。

“什么依据？连爱因斯坦本人都说这是假设。狭义相对论并非横空出世，它的前身是洛仑兹变换式。而洛仑兹变换式也有自己的假设，不过不是两条，而是11条。爱因斯坦去除了不必要的9条，而最后两条是无论如何也去不掉了，所以保留下来作为狭义相对论的基础。这有点儿像欧氏几何里的5条假设公理，无法证明却必须承认，否则整个体系将无法成立。还有量子力学的最核心假设便是，物质与能量并非连续存在而是以普朗克能量的形式断续存在的，这也是没有得到直接证明的。那么我现在假设存在纵波光又有何不可？”

“这是……疯了。”麦哲云几乎要瘫倒下去，何麦看得出他简直是拼尽全身力气才保持站立。何麦对此倒是保持镇定，反正他早知道皮埃尔是所有正常人的杀手。

“你不是说我的设计中有些地方你看不明白吗？”皮埃尔说，“现在可以告诉你了，你以常规的眼光是无法认识到它们的用途的，因为它们就是用来产生纵波光的。”

沉闷的一声“咚”传来，何麦不用看也知道这是尊敬的麦哲云先生晕倒在地所激起的一阵纵波。

十　二

事实证明这个世界的确充满假设。

谁也不知道造物主到底向我们隐藏了多少秘密，谁也不知道这些秘密会在什么时候以什么方式向人们显露峥嵘。反正当那些让人不明就里的设备“噼噼啪啪”地开动起来之后，这个世界上真的多出了一束前所未有的光线。从外观看它同普通的光线没有什么区别，但是所有的仪器都确定无疑地指出它的每一个光子都是前后振动着前进的。如果粗略地比喻一下，那就像是从枪膛里射出了一串不断振动的弹簧。

不过按皮埃尔的解释这一切就简单多了。当时何麦和安琪多问了几句，老家伙两眼一瞪说：“这有什么奇怪的，当年人们假设有负电子存在，后来不就找着了吗？假设有夸克存在，不是也找着了吗？假设宇称不守恒，不是也证实了吗？现在假设的磁单极粒子和引力子，说不定哪天就找到了。我假设一个纵波光有什么大不了的，真是少见多怪。咱们是虚证主义专家啊，要注意身份啊，别整得跟欧核中心研究员一个档次了。”

虽然皮埃尔轻描淡写，但何麦知道无论用什么语言来形容纵波光的发现都不为过。传统直线加速器加速电子一般是建立一条微波导管，在其中建立频率约为 1000 兆赫的高频交流电场。电场相位的设计要求必须极度精确，使带电粒子一直缠住波峰不放，从而得到持续的加速。谁都知道光是世界上运动最快的物质，那么很明显用光波来加速粒子是最高效的方法。但很可惜光偏偏是一种横波，无法有效地用于加速粒子。而现在有了纵波光，一切便都迎刃而解了。无论粒子大小，无论粒子是否带电，纵向振荡的光子都将最高效地加速粒子。光子失去的能量将几乎完全地传递到粒子上。

此刻皮埃尔正眯缝着双眼，打量着手里刚从仪器上取下来的一根绿色短棍。何麦满脸敬畏地注视着那小小的物件，准确地说是敬畏地面对又一种“假设”。按照皮埃尔的设计，迷路系统启动时应尽力避开一切干扰，否则谁也说不好会发生什么事情。这并不是杞人忧天，因为迷路系统里的质子将被加速到难以想象的地步，它们甚至会与绝对温度只有 3K 的宇宙背景辐射发生剧烈的相互作用。道理很简单，这里涉及的是基本的物理过程——多普勒效应。就像人们熟知的那样，急速驶来的火车汽笛声会变高。相同的道理，当速度几乎等于光速的超高能质子向着宇宙背景的低能量长波光子冲去时，质子所见到的光子波长会急剧变短，直至转变成 γ 射线，这种效应被称为光子的相对论蓝移。而这与 γ 射线粒子和质子对撞的过程没有任何区别。皮埃尔给这种绿色的原本只存在于假设中的物体取名“绿基”，它有一个奇妙的特性，可以屏蔽包括宇宙背景辐射在内的几乎一切干扰。也就是说除了中微子和引力子，绿基管的内部几乎是真空。由于中微子只参与弱相互作用，而在微观世界里引力的作用弱小到可以忽略不计，所以它能保证迷路系统的环境需求。

何麦的目光停留在一旁屏幕里不断重复播放的云室图景上，天哪，那么密集的粒子簇射，那么强大的二级衍射，就像是一团团开在虚空里的灿烂焰火，这样的场景足以阻滞任何一位物理学家的呼吸。不用计算何麦也能看出，这次实验产生的粒子能级已经远远超过了此前人类制造的任何粒子能级，而这一切只出自一截 10 厘米长的绿基管，这就是纵波光创造的奇迹。而在迷路系统里，加速路径是这个长度的 7000 倍，长达 700 米。加速后的两队质子将在与光速难以区别的速度上对撞，然后，也许就像皮埃尔猜想的那样，人类终于在这宇宙大迷宫中回到了 130 亿年前的那个分叉口。谁知道那会是一幅怎样的图景呢?

在这个时代，物理学早已是明日黄花，何麦从来就不认为自己平日里学到的那些知识会对今后的生活产生什么作用，和绝大多数人一样，他的目标只是几年后的那张证书罢了。而现在当面对这样的场景时，他第一次对这个领域产生了迷茫。

“如果我们把这些簇射的照片拿给麦哲云看，他会是什么表情？”何麦突然冒出一句。自从那天晕倒之后，麦哲云整个人都沉默了许多，他不再发表什么意见，只是每天仍会出现在隧洞里四处察看。看得出他和那些工人相处得倒是不错，其他人都很听从他的安排——毕竟之前他们在一起工作了这么久。

让何麦没想到的是，这个问题竟然让皮埃尔沉默了半晌：“他会很害怕。”

“为什么？”

“因为我感到害怕了。”皮埃尔脸上显出少有的严肃，“比尔的资金，麦哲云的才能，加上我们，再加上不知从何而来的奇怪的运气……这次我们居然凑齐了这么多个不可能同时出现的因素。”

“这不正是我们想要的吗？”何麦不解地问。让他不解的还有另一件事，那就是眼前的皮埃尔教授与平时大相径庭，仿佛换了一个人。他甚至疑心以前那个熟悉的老天真一般的皮埃尔只是一个精巧的幻象。

“不要这样看我。”皮埃尔仿佛猜透了何麦心中所想，“我知道在你们心中我一直显得有些可笑，我与周围的一切格格不入。我其实知道你和安琪并不真正理解我的学说，你真正骗过我的时间只是很短的一段。不过怎么说呢？也许是人的内心都有一种被人理解的渴望吧，所以我一直没有揭穿这一点。甚至，”皮埃尔淡淡地笑了笑，“我很乐意听到你们对虚证主义的那些推崇的话。老实说，我很愿意拿学分来交换你们对虚证主义的赞美，特别是那些溢美之词，”皮埃尔仰头深呼吸了一下，“听起来真让人陶醉啊。”

何麦瞟了一眼身旁的安琪，两人都不禁有些脸红了。“不过现在我们真的相信您是对的。”何麦辩解道，“虚证主义是不折不扣的真理。”

“但我也许永远都无法证明它了。”皮埃尔低叹一声。

“现在不是进展顺利吗？”何麦诧异地问。

“记得刚才我说过这样的簇射照片让我害怕了吗？在照片上有1000亿个以上的次生粒子，没有10^{20}电子伏特以上的能量是无法产生这样的簇射的。这说明刚才在‘绿基’中产生了一种能级非常之高的粒子。在此之前，人类所知的全宇宙最高能级的粒子，是在1993年观测到的一颗能量为3×10^{20}电子伏特的宇宙射线粒子，当时那颗粒子在观测照片上形成的整体轮廓甚至比当晚的月亮更明亮。而如果能量再高两三个数量级的话，我们将可能创造出人类所知的宇宙间最高能量的粒子……”皮埃尔突然止住话头。

“为什么不说了？”安琪问道。

“这种粒子也许就是我说的上一个分叉口。因为我们现有的所有物理学定律都是在它出现之后才开始有效的。”

“对不起，我好像有些糊涂了。”何麦有些不好意思地插话道。

“在今天，宇宙大爆炸理论已经算得上常识。我们常常说宇宙起源于130亿年前的一次壮丽爆发，是这次爆发产生了宇宙万物，其实也就是产生了时空以及物质。但是有一个有趣的问题常常会被提出来，那就是，大爆炸之前的宇宙是什么样的。老实说，即使到了今天，我们也只能回答那是一种非物质状态，因为是非物质，所以这个问题是没有意义的。我曾经不止一次被问及这个问题，而我的回答也总是说这个问题没有意义。这样的回答是很容易打击一个物理学家的自信心的，但这的确是唯一的答案，我们的确永远无法知道在‘0’秒之前发生的事情。但这是否意味着‘0’秒之后的事情我们就能够全部知道呢？答案仍然是否定的。因为根据研究，所有的物理学理论都只能在大爆炸发生 10^{-43} 秒之后才起作用。这个时间似乎是物质开始出现的时间，而这些专门表述物质性质的定律自然也只能在这个时间之后才发生作用。”

“那这和虚证主义有什么关系呢？”

“如果按照虚证主义去理解，这个时间点其实就是一个时空迷宫的分叉口，相对于我们的日常世界不妨把它叫作超时点。我们现有定律的适用性只能回溯至此，就好比我们永远无法用流体力学定律去描述冰的性质一样。不过物质并不是从这个时间点才产生的，而是从这个时间点起改变了性质。在这个时间点之前的物质适用另外的定律。不仅如此，这个时间点可能并不是一条直线的中段那么简单，它更像一根树枝的分枝处。”

何麦和安琪面面相觑。

“可是这怎么证明呢？即使我们得到了那个时间点的物质形态，它肯定也会立即衰变成次生粒子，什么也说明不了啊。”

皮埃尔突然笑了：“你不是已经说明了证明的方法了吗？想想看，如果没有别的分路存在，所有回到超时点的物质都将无一例外地又衰变成我们可以观测到的次生粒子。但如果真的存在别的分路，那我们可能看不到任何衰变现象。也就是说，我们将看到物质一去不回。这是真正的物质消失，比黑洞更加彻底。因为黑洞只是无法看见，但通过引力等效应可以发现它的存在。而回溯到超时点的物质如果没能从原路返回，则将消失得无影无踪。因为它进入了另外的时空分路，在那里受另外的全然不同的定律所支配。我们的宇宙也许并非唯一，而只是众多独立宇宙泡泡中的一个。宇宙泡泡间并不完全独立，它们也许更像是一棵巨树的不同分枝上结出的一个个葡萄。而联系这些宇宙葡萄之间的那些细小的枝丫就是我们寻找的时空分叉口，我称它们为‘时间之缝’。”

何麦的额头上渗出一层汗珠，他觉得自己到现在才算是稍稍窥见了虚证主义的一丝门庭。他完全没想到，从那天课堂上的一番近于玩笑般的问答，竟然得出了今天这样不可思议的结论。

“别这样看着我。”皮埃尔竟然有些发窘，“我其实并不算是完全意义上的开创者，在我之前的某些学者给了我很多启发。比如，曾有人提出过物质世界的历史并不是唯一的，我们看到的只是所有可能的历史的一次求和。另一些历史途径和我们所知的历史并存，只不过由于概率太小或是相互抵消等原因而不为人知罢了。虽然这个观点长期不被人重视，不过我觉得有一个实验其实早就给了人们强烈的暗示，那便是著名的双缝实验。人们让光子一个一个地通过两道缝隙，结果发现每个光子竟然同时通过了两道缝隙并自己与自己发生了干涉而形成了干涉条纹。一般的解释是光具有波动性，其实更深刻的原因在于，每个光子其实是从无数个途径同时向目的地前进的。而从出发点到目的地之间的直线是概率最大的路径，所以人们更容易观察到光以直线的形式到达了目的地。当然，这和我们现在提到的宇宙分叉口概念不是一回事，但其中却有共通之处。从经典学说出发我们会发现一个有趣的现象，那就是时间和空间都存在一个所谓的最小值。也就是说我们无法研究小于 10^{-43} 秒的时间段，也无法研究小于 10^{-33} 厘米的空间段——在那样的情况下，时间将变得没有先后，而空间将变得没有方位之分。这是因为在这样的时空范围内，我们已经受到了上一次宇宙分叉口的制约。我们当前的宇宙是在这个时空范围之外衍生的，自然不可能用当前宇宙的定律来描述小于这个时空范围的现象。如果说我们现在生活的世界是‘水’，那么小于那个最小量的时空段就是‘冰’，我们是无法对其进行描述的。”

“我现在有些理解您为什么感到害怕了，因为我自己也开始有这种感觉。”何麦擦拭了一下额头的汗水，“因为我们都不知道再做下去会发生什么。”

“我现在最担心的是怎么向比尔交代。”

“也许有一个办法能行。”何麦突然拍了拍自己的脑门，“让我去跟他谈谈。”

“你有把握吗？”皮埃尔担心地问。

“您不会怀疑我的祖国语言的力量吧？”

十　三

“这么说你是想劝我放弃，对吧？”比尔慵懒地靠在椅背上，脸上挂着高深莫测的笑容，“在众多名人的讲话中，我印象最深的是一位菲律宾政治家的夫人说过的话。她说如果你算得清自己有多少钱，就说明你还不够富有。忘了告诉你，我上个月才从俄罗斯的空间站度假回来，老实说以我的年龄并不适应那里的生活，尤其是发射和返回地面的时候，我觉得自己都快要死了。这已经是我第二次参加太空旅行了，请不要用这种眼神看着我，也不要以为我是有钱了没处花。你应该知道，我是世界上排名前5位的大慈善家，我很愿意为这个世界尽点儿力。可是，这个世界上有人为我想过吗？”

“可是现在有很多条件还不具备。”何麦很诚恳地说，“如果实验对象只是一束粒子的话还有成功的可能性，但如果是一个人，那就完全只是冒险了，也许那应该是很多年以后的事情。”

比尔探究地看了一眼旁边的皮埃尔，皮埃尔赶忙用力地点头。

“可我已经没有那么久的将来了，年轻时的生活损害了我的健康，我很愿意用这副残躯做最后一次冒险。我已经否定了皮埃尔提出的用猴子先做实验的提议，其中一个原因是，我担心实验失败后那只猴子的尸体会打击我的信心。但更重要的原因并不是这个。也许你们认为等各种条件具备了再行动才是明智的，可是别忘了，第一个登上火箭的人在当时也不具备什么条件，但现在月球上却有一座叫‘万户’的环形山。怎么样，是不是觉得并不只是所谓的科学家才有那么一点儿执着精神？”

何麦有些发蒙：“我来只是想告诉您这实验非常危险，而且即使成功，结果也无法验证。我们最多只可能让您从这个宇宙消失，但并不能保证您到达一个适宜生存的地方。也许那和死亡并没有多大区别。”

“哈哈哈。”比尔竟然笑了起来，“这已经足够了，孩子。如果你是我的话，就会明白我为什么这样做。在过去几十年的时间里，我的足迹遍布世界各地，我经历过人们所能想象到的任何事情。如果实验失败那么我会死去，不过我知道自己的身体状况，就算什么都不做也活不了多久了，既然我已经精彩地活过，那不妨也精彩地死去。小的时候我们都相信在这个世界之外还存在一个叫作天堂的世界，后来我们长大了，现在我的私人天文台可以看到银河之外，但天堂消失了。我有时候真的很羡慕童年时代的人类，他们相信天堂的存在，死亡对他们来说不是一种终结而只是一次无尽轮回中的稍息。可现在呢，一想到我即将变成一堆无知无觉的尘土我就害怕到极点。我愿意拿现在的一切去换取一个希望，哪怕这个希望源于假设。也许皮埃尔送我去的地方就是天堂，"比尔的声音变得高亢起来，他的眼睛里放射出充满活力的光芒，完全不像是一个迟暮的老人，"我将在那里继续观赏整个世界的变迁，直到永远。我可能将成为第一个见到另一个宇宙的人，这个理由还不够吗？"

"可是，这个实验可能会给我们的世界带来很大的危险。"皮埃尔终于忍不住插话，"我承认以前为了验证自己的成果没有对你说实话，但现在是不得不说的时候了。"皮埃尔脸上的神情很无奈，"人类已经有了很多玩具，宇宙应该除外。"

"你在说什么？"比尔忽然咆哮道，他的脸涨得通红，眼睛突了出来，"你知不知道我的全部希望都寄托在这个系统上，你们怎么敢欺骗我？现在谁也休想阻止我。"

"我们必须停下来。"说话的人是麦哲云，他不知何时从门外走了进来。"我听到了你们的谈话，我认为皮埃尔先生的意见是对的。"他敬佩地望着皮埃尔，"我已经看到了阶段实验的结果，说实话，你颠覆了我前半生的信念。"

比尔的怒气立刻朝麦哲云倾泻过去："你忘了在和谁说话吗？难道我付给你几倍的薪水就是让你帮着别人对付我吗？别忘了，你母亲的病还没好，你还需要我的慷慨资助。"

"可是，我们现在的确已经深入到我们无法控制的领域了。"麦哲云有些勉强地说，也许他意识到自己很可能是徒劳的，声音显得很低，"至少有10种理论告诉我们，当达到这种深度的时候就该停下来了。"

"我说过要停吗？你做好自己的事情就行了。"比尔转过头来看着皮埃尔，"虽然是多余的但我还是想问一句，你到底愿不愿意做下去？"

皮埃尔与何麦一起沉默着。过了几秒，比尔突然笑起来，他垂垂老矣的脸庞在这一刻焕然一新："你们肯定以为只要不配合做下去我就一筹莫展了，看来我之前的安排真是有先见之明。"他转头看着麦哲云，"我说得没错吧？"

麦哲云有些羞惭地埋下了头："从你们到来的那一刻开始，每时每刻都有无数个摄像头隐藏在你们四周。现在比尔先生已经知道了一切，知道纵波光的奥秘，知道'绿基'，也知道'时间之缝'……"

比尔还在大笑："你是我的弟弟，我不会太为难你的。'时间之缝'会让我如愿以偿的，我现在全身心地盼望那个美妙的时刻早日到来。麦哲云告诉我还需要再等待20天。天啊，我都等不及了。这种感觉就像……"比尔停顿了一下，"就像17岁那年秋天的早晨，我在笼罩着薄雾的小树林里等着恋人的到来。那是多么美好的时光啊！"

比尔挥了挥手，立刻有几名壮硕的男子上前架住了何麦和皮埃尔。

“你要做什么？”何麦大叫道。

“没什么，只是送你们回俄城。”比尔不紧不慢地说，“不过为了保证不会有人在这段时间来干扰我，你们的自由会有所限制。比如说，你们不能和外界联系。等到事情结束了会放你们离开的。你们还是为我祝福吧，哈哈哈。”

十　四

时间即使过得再慢也终是过去了。

何麦现在已经放弃了一切逃跑的努力，因为事实已经证明这根本没用，以比尔的财力来说，要管住几个人太容易了。皮埃尔整天苦着脸四处瞎逛，口里念念有词，不知道在说些什么。安琪倒是显得很轻松，何麦有时候真是很羡慕她知道的事情没有自己知道的这么多。

今天一开始何麦就觉得有些不对劲，皮埃尔早上起来时的神色显得有些紧张，何麦知道今天是他们被软禁的第20天，正是当时比尔预计的实验日期。一天中皮埃尔好几次神经兮兮地四下张望，他看着明媚的天空和苍翠的大地长时间地发呆，仿佛这些司空见惯的景象他此前从未见过。

“刚才我眨眼了吗？”皮埃尔突然大声问道，他的眼睛瞪得溜圆，头发乱蓬蓬地在额角颤动。

“你说什么？”何麦吓了一跳。

“刚才我眨眼了吗？你看到我眨眼了吗？”皮埃尔的声音愈加高亢起来，“快告诉我啊！”他突然埋头闭眼，肩膀开始剧烈地抖动，“我知道，就是那件事了，是那件事情发生了……”

这时安琪突然从拐角处钻了出来，手里还拿着几枝刚采下的花：“真是奇怪，刚才我发现整个天空忽地暗了一下，我敢肯定自己没眨眼。真是怪事。”

何麦惨然一笑，他抬头望了望，黄昏的天空虽然不再刺眼但依然有些明亮，月亮的轮廓在半空中显出了淡淡的影子。原来3个人里只有他当时正好眨了一下眼，错过了宇宙“眨眼”的一瞬。

外面的人群明显慌乱起来，守卫们神色紧张地窃窃私语，仿佛得到了什么消息。何麦急切地追问见到的每一个人发生了什么事，但他得到的只是沉默。皮埃尔对身边的一切充耳不闻，他神色木然地呆立着，仿佛沉入了另一个世界当中。

直到夜幕降临之后才有一位神情严肃的老者进到房间里来，房间里的3个人不约而同地站立起身，等待那未知的谜底。

“我是蓝江水，是比尔先生的助理，本来同3位有关的事情都是由别人经办的，但现在他们不能来了。是这样，发生了一些事，你们不是外人，我也不知该做些什么，我想还是请你们一起去看看吧。”

……

看到过深渊吗？看到过伤痕吗？看到过同深渊一样的伤痕吗？

这就是何麦眼前的景象。在西达多金矿的腹心地带，曾经一望无际的平原上突兀地显出了一道深不可测的深渊，在冰冷的月光下像是一个亘古就存在的神秘符号。

“已经探测过了，整个现场只有微弱的放射性，对人体没什么害处。”是蓝江水的声音，“事情发生的时候有多名目击者，但他们根本说不明白是怎么回事。比较一致的说法是，所有人都在那一刻眨了一下眼，然后一切就变成眼前的这样了。”

切面并不是垂直的，而是呈现一个角度向地下延伸。切面很整齐，并不完全光滑，石头还是石头，沙还是沙，但绝对没有任何一丝物质突出到切面之外，切面上也没有任何被挤压的痕迹。何麦用手摸了一下切面，没有发热的感觉。他摇摇头，放弃猜想是什么力量造成这样奇特的现象。

“已经用激光进行了测绘。”蓝江水拿出一张图纸，这是整个事故区的平面图，“这个坑的深度是 1800 米，平均长度 900 米，平均宽度 200 米，从底部到上面的形状完全一致。真希望有人能告诉我到底发生了什么。”

何麦一听到这几个数字便知道整个迷路系统都不复存在了，出于不可知的原因，它消失在了这个巨大的空洞之中。他转过头，皮埃尔如他所料地沉默着，只不过目光不是望着地面而是投向苍穹，宛如一尊问天的雕像。何麦觉得自己完全理解皮埃尔此时的心情，他们从一个近于笑料的问题出发，一度逼近了造物主的底牌，最终却以这样惨烈的局面收场。

“还有一件事，”蓝江水接着说，“是这样，我们在底部裸露出来的地表上发现了新的金矿床，以前从来没有人能够发掘到这样的深度。”

看来这应该不是最坏的结果。虽然这个世界上莫名其妙地失去了大约 30 亿吨的物质，虽然谁都不明白为什么宇宙会突然眨了一下眼，虽然在西达多矿场上平添了一道奇异的沟壑，虽然还有无数个谜团，但除此之外似乎并没有别的损失了——俄城还在，人们脚下这个直径 1.2 万千米的“小石子”

还在，而且还有一座凭空而降的金矿。看来这就是故事的结局了，一个还不算太坏的结局。

但是，这不是结局。

十 五

当一个人偶尔从纷繁的世事中获得一次仰望夜空的机会，他的目光肯定会被那些谜一般的星星吸引。这些恒星被固定在另外的空间中，远离地球。皮埃尔已经保持仰望的姿势很久了，他完全沉浸到了一个不可知的世界中去了。无垠的苍穹从正上方直垂到地，银河淡淡地划过半空，如同某个巨人的信手涂鸦。

何麦小心地开口："我现在最想知道的问题是那些人到哪里去了，包括你的哥哥，包括麦哲云，他们死了吗？"

皮埃尔迟疑了几秒："我不知道，这不是我能够回答的问题，也许应该说这不是我们这个世界上的人能解答的问题。记者们已经在路上了，我们该走了。"

何麦了解地点点头，伸手扶住眼前这个突然变得软弱的老人，也就在这时他听见了安琪发出的尖叫声。

安琪急匆匆地冲过来，她的嘴角哆嗦着，不知是因为月光还是别的什么原因，她的脸色苍白无比。"我不知道怎么讲，刚才，刚才我只是随便看着玩的，但是，那里，你们还是自己看吧。"安琪将手里的单筒望远镜递给皮埃尔，然后指了指天空。

这是一幅恐怖的异象。

何麦和皮埃尔放下望远镜后，都不约而同地盯着蓝江水，目光涣散而古怪。蓝江水不知所措地站立着，何麦同皮埃尔一道冲到他身边，抢过他手里的那张图纸打开来看。几乎同时两人便如同身受雷击般僵立当场。

他们看到了同样的东西，只不过一个是在蓝江水的图纸上，另一个则是在月亮上，仿佛月亮是一枚 38 万千米之外的邮戳，曾经在那张图纸上留下过印记。是的，与西达多矿场深沟相同的图景出现在了月球上，就像是被同一把匕首洞穿而过所形成的刀疤。

皮埃尔首先反应过来，他一下子扔掉手里的望远镜，奔向一旁的汽车。设备在最短时间里架设完毕，皮埃尔紧张地操作着，口里又是习惯性地念念有词，但此时看起来更像是在做一种祷告。

“现在我们终于可以确定的是，有某种物质导致了这个坑的形成，”皮埃尔开口道，“之后它并没有消失，而是一直朝上前进，又轻而易举地穿透了月球。对于我们这个世界上的物质来说，它就像一种超级溶液，所到之处万物成空。”

“它到底是什么东西？”何麦几乎能听到自己牙齿打架的声音。

“有一种解释不知是否行得通。它可能是来自另一个泡泡宇宙的物质，也许就是那个另类宇宙里的一束光，我猜想它很大的可能就是以光速前进。”

“凿壁偷光？”何麦脱口而出。

“你说什么？”

“我只是想到了中国的一句成语，大意是一个人凿穿了墙壁，引入隔壁房间里的光线来看书。”

“意思差不多，只是我们这次是无意的。比尔想要的是

‘时间之缝’，结果却将另一个宇宙的物质引入进来。”

“后果会是什么？”

“从现象上看，它可以溶解我们这个宇宙的一切物质，但这是无法下结论的，因为它无须遵从我们所知的一切定律。也许那些我们认为消亡了的物质或人此刻依然在某个地方继续存在着，只是我们永远无法感知罢了。不过有一点可以肯定，如果它真的来自另一个宇宙，由于它不遵从我们的物质定律，因此它将会永不衰减地前进，直至世界的末日。”

何麦抬头仰望满天繁星，心中想象着一束“漆黑”的光线正如离弦之箭般渗透这茫茫无际的宇宙，吞噬经行的一切。灿烂的太阳系只是它漫长一生中的小插曲，辉煌无朋的银河也只是它曾经偶然留驻的驿站。

“那这么说它迟早有一天还会回到现在的位置的，因为宇宙是封闭的。”何麦加入了一个自己的结论。

“不过那应该是很久之后的事情了，那时就没人类什么事了，该虫族去操心。”皮埃尔难得地表现了一次幽默，“不过现在看来，蓝江水先生先前的测绘有一点儿问题。那个坑的底部和顶部并不是完全相同的，而是越往上面积会变得稍大一点儿，是很微小的一点儿。但这不能怪他，这个差距很小，我也是在测量月球上那个洞的面积时才发现这一点的。也就是说这束光是稍微发散的，随着走过的距离的增加，它的覆盖面将越来越大，这是一个简单的三角几何问题。”

“那要不了多久它就能吞掉一颗恒星了，然后是整个星系。随着时间的推移，它就会变成一个巨大无比的无底洞。”何麦觉得这些话从自己嘴里说出来是件很费力气的事情，他甚至觉得有些滑稽——在一个好比尘埃的星球上生活着比尘埃更加渺小的某种生物，他们仅仅是出于一种本能级别的欲望居然就给至高无上的宇宙带来了这样的后果。10 万年后，银河系边缘将出现第一个被整体吞没的主恒星。25 万年后，仙女座大星云中将出现第一个被整体吞没的恒星系。10 亿年后呢？50 亿年后呢？而等到它横越整个弯曲空间回到出发点的时候，甚至可能已经吞噬了大半个宇宙。不过，那真的太遥远了，也许就像皮埃尔说的，应该是虫族操心的事情了。

何麦开始和皮埃尔一道收拾装备，他们的眼神偶尔会对碰一下，之后急促地移开。这是一种非常奇怪的眼神，比头顶杂乱的星空更加迷茫。在混乱中一本书突然掉落在地，是皮埃尔的惊世巨著《虚证主义导论》。仿佛有电光石火自脑海中划过，何麦脱口而出:“还有一种假设。”

尾　声

虽然已经适应了很久，但“猎蚁号”飞船领航员威廉姆一直觉得眼前的影像只应该出现在梦境里。在荒芜寒冷的月球背面，巨大的环形山和正面一样比比皆是，只是不那么引人注目罢了。而这里让每个人感到最震撼的永远是“西达多海”。月球上的地理命名要么是“山”，要么是“海”，这里只不过是循惯例罢了，因为谁都知道它其实是一个贯穿了月球的巨洞。“西达多海”靠近月球的边缘，它的长度远小于月球直径，只有 1200 千米。通过这个巨洞，地球的蓝色光芒来到了月亮的背面。威廉姆知道，曾经有一个时期月球的背面是可以和地球见面的，但那是亿万年前的事情了。而现在威廉姆面对巨洞中来自地球的光线时，心里却没有欣喜，更多的是恐惧。因为如果不是亲眼所见，他即使在梦中也无法想象这样的事情。

半个月来的工作总算要告一段落了，作为最后一批宇航员，威廉姆和他的小组完成了整个工程的收尾工作。这段时间以来，威廉姆无数次地在“西达多海”中穿行，月球的内部结构在他面前袒露无遗。“西达多海”内部的重力是斜向月心的，这给宇航员的工作带来了很多不便。不过总体来说计划还算顺利——当然，在各次意外中丧生的7名宇航员大概不会这么想。

在“西达多海”的两端架设的那些复杂设备将分析出某些特殊粒子的放射性规律。现在可以认定这种放射性是由那次事件引起的，只要能精确测出“西达多海”上下两端粒子放射规律的差异性，也就可以间接确定“黑光”的速度。“黑光速”是现在整个世界最为关注的物理常数，不过只有少数人知道这是来自外宇宙的常数，而只有寥寥几个人才知道这个常数的值居然决定了世界的真或假。

……

“既然这束光来自另外的世界，不受任何原有宇宙定律的束缚，那我们完全可以假设它的速度超过光速，那又会是一种什么样的结果呢？”何麦问。

“如果这样的话，它依然会横跨整个宇宙，并在封闭空间里回到出发时的位置，但是由于超光速带来的反因果律效应，它会在出发之前就已返回。这意味着，意味着……”

“意味着我们的宇宙可能早已被它溶解过了，而我们实际上就一直生活在一个早已被吞噬的世界里。哈哈哈，这才是终极假设，和庄周梦蝶的故事一样，既不能证明也不能否定。还有啊，说不定比尔和麦哲云现在反倒又回到世界本来的地方去了，哈哈哈……这个连环套真有意思，原来世界真的可以是一个假设，哈哈哈。”

……

“休斯敦，‘猎蚁号’请求返航。”威廉姆发出呼叫。

“我是休斯敦，同意‘猎蚁号’返航。”

“猎蚁号”的腹下被掀起两米多高的尘土急速地落下，几分钟后整个飞船就像是一只巨大的蝼蛄般坠入了深不可测的“西达多海”。极远的前方是一抹微茫的蓝色，在月心浓稠的黑暗的包围下，一切宛如虚幻。

缺　陷

一

苏枫循着声音望过去，他立刻就见到了那个头发稀松发黄，有些瑟缩的男孩。

“你找我有事？”他小声地问。因为还没有下课，苏枫的脸上掠过一丝不快。男孩的脸有些发白，声音变得更加细弱，但他显然不想放弃：“我来是想告诉您，我预知您会卷入一场谋杀事件中。”

苏枫还来不及出声，课堂上便已爆发出不可抑制的哄笑，甚至连地板都仿佛颤抖起来了。男孩的脸变得更白了，他的健康状况显然应该被归入“差”的一类。他局促不安地深埋下头，似乎想找条地缝钻进去。苏枫的目光扫过液晶黑板——论时间的一维性——那正是本堂课的主题，他摆了摆手，这是他宣布下课的习惯动作。于是快乐的口哨声和欢呼声响了起来，几分钟后偌大的教室里便只剩下他和那个男孩。

“说吧，是谁让你来开这个玩笑的？”苏枫饶有兴致地问道。

“请相信我的话，苏教授。”男孩有些着急，“我的预知从来都是准确的，您在两个小时后也就是上午 11 点左右很可能会卷入一场谋杀。”

苏枫看了看自己瘦长白皙的手臂，不禁哑然失笑：“既然你的预知很准，为什么你又用了‘可能’这种词？”

“我能准确而详尽地预知 600 秒内将发生的任何事件，如果超出这个时间范围，那就只能预知事件的部分情形了，而且时间越长事件的情形就越模糊。所以我现在只能说在两个小时后会发生谋杀事件，至于别的情况，暂时无法知道。”

苏枫探究地看着那个男孩，他发现自己好像已经无法对这个少年的话完全置之不理了。男孩身上似乎有些与他的年龄极不相称的东西，让人不能漠视他的存在。尤其是他说话时的神态，几乎有宣读神谕的意味。神谕！为什么会想到这个词？突然间，苏枫的心竟然隐隐有些不安起来。

“那么，你为什么要告诉我这些话，我又为什么要相信你？”苏枫尽量让自己的语气显得平静。一时间他有一种很奇怪的感觉，似乎曾经在哪儿见过这个男孩。他的理智告诉他这是不可能的事，但他管不住自己这么想。

“我告诉你这些是因为我的老师，他叫林欣，你还记得吧？他曾经对我说过你是他最好的朋友。”

刹那间苏枫的胸口仿佛被什么东西撞了一下，林欣？！一个久远得如同前生的名字。那个白皙、清秀又开朗，仿佛整个人都被某种优雅的气质笼罩着的年轻人，那个喜欢与人争辩不休的年轻人。那个——林欣！

“是他？”苏枫幽幽地开口，“他好吗？”

“他死了。”男孩的语气很平和，平和得与他的年龄不相称。

苏枫陡然一滞："你怎么好像不在乎他的死？我是说，他是你的老师。"

"在他死前差不多10分钟，我的脑海里就预演了他死亡的全过程，所以当他真正死去的时候我反而像是看一部重放的影片一样。我这样说你一定不会明白，但要是你也有这种经验的话，对发生的任何事情就都不会感到意外了。"

"那么，你能告诉我他是怎么死的吗？"

"长时间的忧郁症几乎损害了他的整个身心系统，他有很多病。当然，有一个直接的原因，就是自杀。"

苏枫悚然一惊："自杀？！可是你说你预知了他的死，如果是自杀为何不阻止他？"

男孩有些纳闷地抬起头来："老师曾经告诉我，可以改变的预知只是巫术师们的骗术，而他的预知研究是纯粹科学的东西。难道他没有告诉过你？"

"告诉过我？"苏枫喃喃地重复着这句话，神情变得有些恍惚。我是他最好的朋友（他是这么说的吧？），他当然告诉过我，但那是多久以前的事情了？15年？也许17年？那时候这校园里的景色似乎比现在的要好，空气中时时弥漫着青草的味道。当然，更重要的，那时的苏枫还很年轻，他有两个最好的朋友，林欣和韦洁如。

……

二

"你的意思我当然明白，你不就是想从一个事件的初态推导出它的后续状态吗？可这已经被证明是不可能的了。"

苏枫很潇洒地挥着手，“当年拉普拉斯期望在某种全知智慧的基础上建立预知模型，但现代量子力学的发展成果已经推翻了它的理论基础。以前多少次我都辩不过你，可这次你输定啦，不信我们一块儿去问导师。”

“你误会我的意思了，我说的恰恰是考虑量子效应的影响。也就是说，在建立预知模型的时候加入量子效应。”

“等等，”苏枫插入一句，“你的话让我有点儿迷惑，量子效应最重要的一条就是测不准原理，按照这个原理，不仅无法预知事件未来的发展，就连事件的初始态也是无法准确描述的，那么你又从何来建立模型呢？”

林欣意味深长地笑了一下：“也许我们并不需要知道事件的初态。”

苏枫忍不住大笑，他觉得林欣今天一定是有些发烧：“你是在说，你不用知道韦洁如现在在哪儿，就能告诉我半小时后能在什么地方找到她？那好吧，你要是能做到这一点我就信你。”

“你们两个在找我？是不是又要我做评判？”韦洁如突然从教学楼的拐角后钻了出来，苏枫和林欣都被吓了一跳。韦洁如比他们俩要小五六岁，刚升上大学四年级。

苏枫仿佛见了救星，他几乎要跳起来了：“林欣想当预言家，我说他荒谬，这次你该站在我这一边了吧？”

韦洁如抿嘴一笑：“根据以往的经验，我如果支持你，一定会输。”

苏枫大急：“这次不一样，你要是支持林欣就太不理智了。你爸爸一定反对他。”

韦洁如饶有兴致地看着她父亲的两位高徒争论不休，心中却很奇怪地有一种幸福的感觉。苏枫和林欣这样争来争去差不多有六七年了吧，他们俩都是那种仿佛长不大的学生型的人，不过谁也不能否认他们都是那样优秀。

相比之下林欣却很低调："你还是支持苏枫吧，我对自己这次的想法没有多大信心。"

韦洁如有些调皮地笑笑："你们要我这样我偏要那样，我就支持林欣。"不知为何，韦洁如这样说的时候有些脸红，不过她的语气倒是出奇地坚定。

苏枫的神色有些黯然，声音也变得低了些："我们请导师做评判吧。"他顿了一下，"还是算了吧，这不是什么有意义的问题。对吧，林欣？"

林欣有同感地点头。他们两人差不多每天都会为某个新冒出的想法争论一阵，其中的大部分实际上都不会对他们的研究有任何影响，充其量算是一种头脑体操。当然，如果这次的争论也就此结束的话，以后的事情恐怕会是另外一番情形，可惜这个世界上根本没有一件事可以用"如果"来说明。

后面的事情之所以发生，是因为脸上微红的韦洁如这次破例地有些较真，她一定要到林欣和苏枫的导师面前去论证这个问题。当然，所谓导师也就是她的父亲韦一江。

三

男孩有点儿困惑地看着恍惚出神的苏枫，他想出声但忍住了，看得出他比他的同龄人要老成不少。

苏枫意识到了自己的失态，他掩饰性地咳嗽了一下："那你们这些年都住在什么地方？"

“我们的家其实就在这个城市，老师有几次说过准备搬家，但都在最后一刻下不了决心。他的话我不是很懂，大概是说他舍不得这个城市。我忘了告诉你，我其实早就认识你和你的夫人。”

苏枫来了兴致：“你是怎么认识的？”

“老师和我跟踪过你们很多次，我也不知道他为什么这么做。不过我看得出他是很关心你们的，尽管他一直都在避免跟你们碰面。”

苏枫的眼眶有些发热：“那他跟你说过些什么？”

“他只是说你们是他这一生中最好的朋友，他还说他这辈子感到最快乐和最让他留恋的日子就是当年和你们在一起度过的时光。”

苏枫沉默了半晌：“还是说说你的预感吧。你说我会卷入一场谋杀事件到底是怎么回事？是我被杀还是我杀了别人？或者我会是一个目击者？如果是我杀人的话会不会是一次误杀？”

“现在还不知道，不过快了，肯定会比那件事情真正发生的时间提前一些知道。”男孩认真地回答着问题，“不过，无论我的预知结果怎样，都是无可更改的，因为必须是某件事情在后来的某个时间真的发生了，我才有可能在此之前预知到这件事情的发生，请务必记住这一点，这非常重要。”

虽然男孩的话有点儿像绕口令，但苏枫还是听懂了，他若有所思地看着男孩：“你和林欣是什么关系？我是说，你们俩长得很像。”

男孩犹豫了几秒后说：“老师曾经告诉过我，从基因的角度来讲我们是同一个人，我具有他全部的个体性状。他没有妻子。”

“克隆。”苏枫并不是太意外，从他见到男孩的时候起他就仿佛有一种面对故人的感觉。男孩的回答只不过是证实了他的猜想而已。不过让苏枫感到不解的是，林欣为何要采用复杂的克隆技术来产生后代。对一位严肃的科学家来说，克隆技术虽然具有诸如完全保持父代性状等优点，却并不适用于繁殖人类后代，因为这样做将丧失在生物进化中起最重要作用的变异性。林欣不可能不知道这一点，那他为何还要这样做？难道过去了这么多年他还是没有忘记过去的事情……

“我想是吧。”男孩这次并没有注意到苏枫走神了，他依然很关切地把问题又扯到预知上来，“现在关于那次谋杀事件我又得到了一些新的信息，你应该是……在某种情况下杀了一个人。是的，就是这样。”

“是吗？”苏枫心中一惊，从听到林欣的名字起他就再也不能漠视男孩的话了，尽管他在理智上很难接受这样的观点。但这实际上是林欣的观点，只不过通过男孩的嘴说了出来。在苏枫的印象里，在和林欣无数次的争论中他总是处于下风。除了那唯一的一次，但那一次他真的就站在了真理的一边吗？

四

午餐后韦一江教授正在给园子里的盆景浇水，这是他多年的老习惯了。韦宅是一幢很别致的小楼，掩映在绿树成荫的半山腰上。韦一江浇完水后就径直回到书房开始工作，这同样是雷打不动的老规矩。作为当代知名的物理学家，韦一江现在已是硕果累累、著述等身，而最令他欣慰的是他门下的学生们都那么出色，尤其是林欣和苏枫。说实话，现在韦一江很难把他们两人归为自己的学生，更多的时候他是把他们当作自己的助手和朋友一般看待。因为他们实在是太优秀了，韦一江研究成果中的不少巧妙思想都和他们的才能密不可分。在将于明年初召开的世界物理学年会上，韦一江准备在一篇注定要引起轰动的论文上署上他们的名字，这本来就是他们应得的荣誉。到时候整个世界都将为两颗新星的诞生而震惊。

韦一江清楚地知道在自己的心中是何等溺爱他们，以至于每当韦洁如说他偏心时他总是心甘情愿地默认。想到韦洁如生气的样子，韦一江的脸上便不由自主地隐隐浮现出笑容，这个宝贝女儿是他在科学研究之外所能得到的最大乐趣了。其实，韦一江运用他缜密严谨的科学思维已经预料到他的女婿会是林欣和苏枫中的一个，他在闲暇时甚至给未来的孙子或孙女起了个叫“小昭”的名字，只是不知道会姓林还是姓苏。不过从近一段时间的情形来看，韦一江觉得他的外孙多半会是“林小昭”了。有一次他拿这个问题去难为韦洁如，结果是意料中的一句“人家不知道啦”。

现在门外突然热闹起来，不用看韦一江也知道准是韦洁如回来了，当然还少不了见面就争的林欣和苏枫。韦一江总是不明白他们两人怎么会有那么多争论的东西，有时甚至是一些常人根本不屑一顾的问题。但韦一江知道这也许就是他们与众不同的地方。爱因斯坦曾说过一段话：“正常人都是在童年时就认为自己已经掌握了什么是时间、空间等很常识的问题，因而再也不会为这样的问题花费心思。而我恰恰是到了差不多成年以后才开始思考这些问题的，结果我发现了不一样的东西。”

林欣和苏枫争论的那些问题又何尝不是这样，从最后的结果来看，似乎林欣总是要略胜一筹。以韦一江的眼光来评价的话，苏枫无疑是优秀的，但肯定逊于林欣，因为苏枫只是出色的科学家，而林欣却是天才。在韦一江的字典里其实很少用到“天才”这个词，他一向认为“天才”是一种夸大其词的说法。每个人身上都背负着数十亿年时间的造化，谁又能比其他人高出多少呢？但当他见到林欣后这种观点有了变化。韦一江这一生取得了远胜于常人的成就，但他并不认为自己是天才，而只是认为自己是一个和苏枫一样称得上优秀的人，他们和常人之间的差别只在“勤”与“专”两个字上。但林欣就不同了，他属于另一类人。他并不比苏枫用心，但对问题的看法却总是深入得多，有时他一瞬间的直觉竟和韦一江经过深思熟虑、反复求证后得出的结论完全一致。韦一江时时在想，也许这就是天才。不过，如果韦一江发现他们俩争论的东西过于不切实际或是陷入文字游戏的话，也是要站出来以导师的身份予以制止的，他毕竟是严肃的物理学家，绝对不能容忍违背基本科学理论的行为——即使只是口头上的争论。

果然不出意料，3 个好朋友这次全聚齐了。韦洁如一见面就嚷嚷道：“爸爸你快来进行评判吧，他们俩又争起来了，这回苏枫说林欣一定错。”韦洁如停下来微微一笑，“可我根据以往的经验还是决定投林欣一票。”

“到底怎么回事？”韦一江故意蹙了下眉，放下了手边的工作，“说来听听看。只要不是什么原则问题，我准备支持苏枫，大家打个平手。”

“林欣说他有一种预知未来的方法。”苏枫简要地把他们先前的谈话重复了一遍，他说话的声音很低，似乎并未因为导师说要支持自己而感到高兴。

“是这样。”韦一江有些意外，虽然这两个学生常常令他吃惊，但他这次仍然没有想到他们会因为古老的预知问题而争论，应当说这个问题和永动机一样都是一个不该再被提起的问题。但这是林欣提出的问题，他转头对着林欣说：“说说你的理论依据是什么。”

林欣的脸有些红了：“其实我只是偶然想到了这个问题，并没有太成熟的想法。”

韦一江又是一惊，他注意到，林欣的语气表明他认为自己是正确的，只不过不太“成熟”而已。韦一江意识到自己不能不对这个问题发表看法了，不过在此之前他还是想听完林欣的想法：“你不要有顾虑，说出来听听。”

林欣点点头：“其实我是在上周无意中重新看到一则经典物理实验的介绍时想到这个问题的。”

“什么实验？”韦一江有点儿紧张地问，他印象中似乎没有什么用于证明预知现象的经典实验。

“那是当年用来说明微观粒子波粒二象性的理想实验。大概意思是让光子一粒粒地发射并穿越有着两条缝的挡板。假设在某一时刻光子已经穿过了挡板，那么它可能穿过了其中一条缝——如果它此次表现为粒子性；也可能同时穿过了两条缝——如果它此次表现为波。不管怎么说必定是二者之一。同时这个事情已经发生了，不可改变了。现在到了关键的时候，如果我们这时在挡板后面加上一张感光底片，那么我们将看到底片上最终出现了干涉条纹，说明光子同时穿过了两条缝，也就是说它表现为波。而如果我们此时在挡板后面正对着两条缝的地方分别安上一台计数器，那么我们这回却看到只有一个计数器上出现读数，也就是说光子只穿过了其中的一条缝，因而表现为粒子性。当然在这里我只是简单说明实验的构思，在具体操作中实际上是通过一个可以感光的百叶窗帘来实现整个过程的，但结果和以上描述的完全一样。这就说明了一个问题，光子到底穿过了一条缝或是两条缝本来是已经发生了的事情，却反而需要由后面发生的事情来决定。我觉得这个实验隐隐暗示了在某些情况下原因和结果并不是截然分开的，甚至不是由谁决定谁的关系，它们之间可能会互相影响。”

“等等，”苏枫插上一句，“这个实验我知道，可是当初好像并没有得出你说的这种结论。”

韦一江在旁边叹了口气，心想如果当初就有人得出那样的结论，林欣又如何称得上是天才。不过他并不赞同林欣的观点：“但那只是在微观世界里的现象，宏观世界里不存在你所说的情况。”

林欣突然提高了声音道：“微观和宏观又何尝能够截然分开，微观才是起决定作用的力量，宏观不过是微观的统计效应罢了。如果在微观的范畴里证明了原因和结果可以互动的话，那么同样的理论也必定适用于宏观世界。”

韦一江的脸色变得沉重起来，他下意识地瞟了一眼桌上的论文稿——《现代物理学完备性论证》。这正是他准备在世界物理学年会上宣读的论文，在这篇论文里，他站在哲学和科学的双重高度上建立了一个迄今为止最为庞大而完备的物理学体系，那可以说就是他一生心血的结晶。本来再过几天就能完成它的初稿，不过现在看来他的处境有点儿像当年的德国数学家弗雷格在就要完成《从逻辑推出算术系统》时的情形，弗雷格在著作附言里说：“使一个科学家最难堪的事莫过于在即将大功告成的时候才发现自己的理论基础突然瓦解了。在本书就要付印的时候，罗素先生的一封涉及悖论的来信使我陷入了这样的境地。现在整个数学大厦的基础动摇了。”

韦洁如显然不是很清楚到底发生了什么事，她只是有些朦胧地感觉到在这场争论中林欣占了上风，就连父亲似乎也被难住了，在此之前她从未见过父亲的脸色这样严肃。从女孩子的心思出发她真想蹦起来，因为她这次又站对了立场，不过她还是忍住了——气氛不对。韦洁如露出一个狡黠的笑容，她想让大家轻松一下：“我给大家出个题。有一个人到商店里去购物，突然发现柜台上居然在卖人的大脑。于是他走到一个标有‘爱因斯坦’字样的大脑前，问卖多少钱。柜员告诉他要 5000 块钱。他又走到一个标有‘普通人’字样的大脑前问卖多少钱，柜员说要一万块钱。他觉得很奇怪，又走到一个标有‘苏枫’字样的大脑前问要多少钱，柜员说要 10 万块钱。你们说，这是怎么回事？答对有奖。”

苏枫有些茫然地看着韦洁如，他搔搔头：“怎么我的大脑会比爱因斯坦的贵？而且贵那么多。你是在表扬我吗？”他转过头求助地望了一眼林欣，林欣含有深意地笑了笑，但没有开口。

韦洁如得意地叫起来：“不知道是怎么回事了吧！本小姐公布答案，人家爱因斯坦的大脑是充分利用过的，而咱们苏枫的脑子却是从来没用过的，崭新的东西自然要贵得多啦。”

苏枫的脸一下子涨得通红，他想说什么却张不开嘴。

出人意料的是韦一江突然发了火，他用力拍了一下桌子："小如，不要胡闹。”屋子里立时安静下来，半天都没有人说话，过了一会儿韦一江挥挥手，有些疲倦地扶住了额头，“你们先出去吧，我想一个人静一静。”

五

男孩很知趣地缄默不语，他不太明白为何苏枫总是一阵阵地出神，每次他都等到苏枫问到他时才开口回答。说实话他不太喜欢这种场面，他现在有些想回家了。家，想到这个词的时候男孩的心中有种温暖的感觉。尽管那里已是面目全非。他从小在那里长大，熟悉那里的每一寸空间。记忆中他从两三岁起每隔几个月便要接受一次脑部手术，开始时他感到害怕，但次数多了之后也就无所谓了。他不知道每次手术都在他的脑子里加入或是取走了些什么，不过随着手术次数的增多，他越来越明显地发觉自己的脑海里不时地传来奇异的声音，眼前也经常晃动着不明来由的景象，就连他的语言表达方式也与他人有了不同。有一次他和一群小孩子在田野玩耍时看到满天鱼鳞样的云彩，其中一个孩子说：“天上钩钩云，地上雨淋淋。要下雨啦。”他却站出来纠正道：“你弄反了，是因为要下雨了所以天上才会有钩钩云。”当时男孩看到站在一旁的林欣的脸上突然露出惊喜的目光。男孩直到现在也不理解为何林欣临死前会毁掉家中几乎所有的东西，包括那些大部分由他亲自设计的仪器。当时林欣就像是疯了一样，脸色白得吓人，许久没有刮过的胡须乱糟糟地支棱着，眼睛里露出狂乱的光芒。

“你快死了。”男孩怯生生地说，他害怕地躲在书柜的后面。

林欣一愣，他缓缓地转过头来：“你预知我就要死去？我是怎么死的？”

“你死于自杀。”男孩低声回答。

“我是想自杀，不过我并不知道会在什么时候。现在你已经预感到了，也就是说我最多还能活10分钟。”林欣反而平静下来了，他点上一支烟，氤氲的烟雾中他与几分钟之前已判若两人。现在看上去他又有些像多年前的那个林欣了。他咧开嘴做了个笑的表情：“也好，我活在这个世界上的确已经没有多少意义了。每天都要忍受病痛的折磨，而且……”林欣没有往下说，他怜爱地伸出手试图抚摸男孩的头，但男孩惊慌地躲开了。

林欣马上就明白过来了：“你的确让我骄傲。不错，你的预知又对了，刚才我有一丝想杀死你的念头。”

“你不可能杀死我的，我的预知表明，在你死后我还活着。我躲开你只是本能的反应，对不起。”男孩很老实地说。

林欣叹了口气：“是啊，我怎么会杀死你呢？你是我一辈子的心血，也是我一生对与错的证明。对与错，我现在才想清楚，这个世界上有什么对与错值得用一生的幸福去证明呢？如果仁慈的上天能让我拥有健康的话，我将耗尽我的余生去研究时间机器，我多么想回到从前，把当初摆错了的姿势再重摆一次。”

男孩懂事地点头：“我了解你的心情。”

“不，你不会了解的！”林欣大声叫道，“因为那个问题，我失去了曾经拥有的一切。老师，朋友，所有最美好的东西都离我而去，还有她。”林欣的脸因为巨大的痛苦而扭曲了，他的眼中流出了泪水，“也许事实证明我对了，可我宁愿自己错了，那样我就可以回到老师的面前，请求他原谅我的年少无知。他一定会像以前很多次那样拍着我的肩膀说‘年轻人错了怕什么，年轻人最大的优势就是有改过的机会’。可是，”林欣直勾勾地瞪着男孩，“你居然证明我是对的。”

男孩不由自主地退后两步：“你无法杀死我的，那是不会发生的事。”

“是的，你的预知中没有的事是不可能发生的。可为什么会发生这种事情，上天让我把你带到这个世界上来究竟是什么意思？”林欣打了个冷战，神色清醒了一些，“让我想想，到目前为止你的预知还没有过失败的先例吧。那你有没有预知到我是如何自杀的？”

男孩的眼睛瞟了一下阳台边上的一把做工精致的剃须刀，一抹淡蓝色的光芒在刀锋上闪动：“你拿着那把剃须刀……”

林欣大笑起来，直至笑出了眼泪：“上天，你真是仁慈，让我取得这么辉煌的成果。这个孩子竟然一点不差地说出了我心中的想法。”

林欣止住笑，目光有些散乱地瞪着男孩：“你是我的杰作，你的能力是我赋予的。不行，我要证明你错了，你必须错，那样我就可以回到老师那里去，我就可以见到洁如和苏枫了。我要对他们说我错了，请他们原谅我。他们会原谅我的，一定会的，那样我们就又可以在一起了。看着吧，我会证明你是错的。哪怕只是一次，只要一次就够了，我就可以回去了。等等，你是说剃须刀是吧，我要扔了它，扔了它。”

林欣的精神陷入了极度亢奋的状态，一种狂热的光芒从他的眼中放射出来，他整个人都仿佛被某种预期的幸福感包围着。“剃须刀，剃须刀……”林欣念叨着像一头猎豹般冲向阳台，速度之快根本不像是一个久病的人，他极度厌恶地抓住剃须刀用尽全身力气想把它扔出去。但是他忘记了一件事，奔跑带来的巨大惯性还未减除，扔出剃须刀的动作更是让他失去了全部重心，于是男孩眼中的林欣就如同一只试图学习飞翔却一身绒毛的雏鸟般重重地从离地面 30 多米高的阳台跌落了下去。

男孩没有跟过去看林欣的伤势，因为在他的预知里林欣正是死于这一时刻，他仍然留在原地，口中低声地说:“我是说你拿着那把剃须刀跳下了楼……”

六

苏枫叹了口气，把目光停留在了男孩身上。他柔声问道:“关于我们，林欣还对你说过些什么？”

男孩想了想:“他说他宁愿自己是错的，这样他就可以回到你们中间了。我觉得直到死之前，他的心中都一直这么想。”

“宁愿他是错的？”苏枫心中一凛，任谁也能听出这句话意味着什么。难道林欣真的找到了预知未来的方法？说实话，即使再过一段时间自己真的牵涉一宗谋杀案，苏枫也未必敢相信这一点，因为这是与现行的一切理论相悖的。在差不多15年前的那次世界物理学年会上，韦一江宣读了他和苏枫共同署名的划时代论文《现代物理学完备性论证》，这是迄今为止人类对于物质世界做出的最系统最完美的解释。它完全符合人类对所有物质现象的观测，并且成功预见了许多当时还没有发现的物质特性，使人类对世界的认识提升到了一个新的高度。对物质的本原、运动、因果性以及时间、空间与物质的关系等重大问题都做出了超出前人的可称为经典的解释，迄今为止尚没有任何事实与之不相吻合。

对苏枫来说那真是激动人心的一年，论文在这一年里顺利发表，恩师韦一江达到了他一生成就的巅峰，苏枫自己也崭露头角成为新生代物理学家中的佼佼者。而更重要的是，在这一年的秋天，也就是在林欣失踪一年之后，韦洁如成了他的新娘。婚礼的那一天苏枫真觉得自己是世界上最幸福的人了，直到多年后的今天，他仍能清楚地记起当时的每一个场景。

“他是这么说的。”男孩认真地补充着，他无法漠视苏枫怀疑的语气，“不过我觉得他的确是正确的。我的预知说明了这一点。”

“可是你知不知道，如果你正确的话我们就全错了。”苏枫语气平静地说。

“我不太懂你的意思。你们的对错不应该由我的对或错来判断，而应该由事件本身的结果来认定。”男孩的眼中露出天真的神情，“我的预知是否正确也遵照同样的标准。你说对吗？”

苏枫一噎，竟不知该怎样回答男孩的反诘。他笑了笑，不想在这个问题上与男孩纠缠下去，他握住男孩的一只手：

“还是说说你们这些年的生活吧。过得好吗？”

男孩的神色黯淡了下来，声音也变得低了许多：“我不觉得自己过得好，我想老师也是一样。他的身体一直不太好，过多的研究工作彻底摧毁了他的健康。我们在经济上也有困难，有时候老师需要兼几份工作才能应付日常的开支。在我小的时候老师的脾气还好一点儿，后来却越来越坏，他的酒量也越来越大。

“他学会了喝酒？”苏枫惊诧不已，印象中林欣最痛恨的就是酒精之类会损伤大脑的东西，他甚至拒绝喝任何种类的茶。

“他后来几乎每天都要喝将近400毫升的烈酒，如果醉了就说些让人听不懂的话。他还念着你们的名字。”男孩的脸上露出了害怕的神情，瘦弱的身子有些瑟缩。

苏枫的心中滚过一阵心酸，他猛地把男孩拥进自己的怀中，从基因的角度讲，他此刻拥着的其实就是林欣：“不要怕，以后你就跟着我们，这里就是你的家。大家都会喜欢你的。”

男孩有些茫然地看了一眼苏枫，但旋即就释然了，苏枫温暖的怀抱让他不忍挣脱：“老师没有说错，他说你们是这个世界上最好的人。”

“孩子，不管你的预知是否正确我都会好好待你的。过一会儿你就和我一起回家去，那里比别的任何地方都要温暖。”苏枫有些动情地说，在他心中其实已经把这个小男孩当成了林欣。

“那里真的很温暖吗？”男孩流露出了憧憬的神情，但他立刻想起了一件事情，“可是当年我的老师为什么要离开呢？”

苏枫怔了一下，仿佛没有想到男孩会提这个问题。他的目光变得有些发散，口中喃喃说道："是啊，你的老师离开了我们。那已经是很多年前的事情了，可一切就像是昨天才发生的……"

七

"我不能同意您的说法。"林欣已经有点儿激动了，他不理解为何老师会那么武断地认定他是错的，"微观和宏观之间并没有无法逾越的鸿沟，实际的情形应该是微观决定宏观，这是不容置疑的。"

韦一江的脸色有些阴晴不定，印象中林欣从未像这次这样直接顶撞过他。上次争论之后，他用了近半个月的时间来研究林欣提出的观点，想把它并入"现代物理学完备性论证"的体系中去。但随着研究的深入，他发现这是不可能的事情，因为两者在根本上是互相排斥的。"现代物理学完备性论证"体系要求承认物质世界或者说至少是在宏观世界里必须是由原因来决定结果的，而林欣提出的观点所描绘的显然是一种因果虚无主义的世界。在那个世界里，原因根本不能决定结果，而只能说它们之间是平行的关系。就如同他在那个实验里描述的情形一样，结果也能反过来影响原因。韦一江清楚地知道这一点意味着什么，最起码它给"现代物理学完备性论证"体系制造了一个反例，而几乎倾尽他一生心血的这个体系仅仅从名字上看，就是容不得任何反例的。在科学史上因为一两个反例而颠覆了整个理论体系的情形是很多的。最有名的一个例子就是，20 世纪初因为"以太运动"

和“能量均分学说”两朵乌云而更改了几乎全部牛顿力学体系。不过从内心而言，韦一江坚信林欣的假设是错误的，他只是一时还没能找到驳倒它的办法而已。

韦一江沉默了几秒之后缓缓开口道：“就你说的那个实验而言，按照经典的量子力学解释，微观粒子的行为是抗拒做因果性分析的。在该实验的条件下，粒子到底穿过了几条缝是一个没有意义的问题。”

“可您说的是‘经典’解释，我觉得这种解释并没有真正解决问题，倒像是在逃避问题。我们现在起码可以说，至少在某些情况下结果可以反过来作用于原因，而这正是我提出预知理论的基础。按照这个理论，当一个事件可能导致不同结果时，每一个结果会对事件发生的早期形成影响，因而产生不同的征兆，从这一点出发我们不难得到预知。”

苏枫有点儿不知所措地看着争论的双方，他有些插不上话的感觉。苏枫没有想到一个偶然提出的问题会带来这么大的麻烦，他现在根本不知道应该站在哪一边。从本意上来说他倾向于导师的观点，但很显然韦一江并没有成功地说服林欣，从客观的角度看，苏枫甚至觉得林欣是处于上风的一方。林欣的每一次发言几乎都让韦一江陷入沉思，看得出韦一江正经历着艰苦的搏斗。

“可你知道预知意味着什么吗？”韦一江很罕见地脸红了，“在一个结果可以反作用于原因的系统里，一切都是不稳定的，就如同逻辑学上的悖论一样。还记得罗素的‘理发师悖论’吧，那个理发师规定自己只给不给自己理发的人理发，那么很显然，他将永远无法决定能否给自己理发。因为按照这个规定，他将因为给自己理发，所以不能给自己理发，同时又因为不给自己理发而可以给自己理发。这个问题正好符合你说的结果与原因互相作用的情形，但这不就是纯粹的文字游戏了吗？在严格的物理学范畴里何曾有过类似的现象？”

苏枫眼睛一亮，刹那间他几乎想大声欢呼“老师万岁”。这就是物理学大师的语言，短短几句话就道出了旁人无法想到的东西，没有比这种比喻更贴切的了。在苏枫看来胜负已判，仅凭导师的这几句话就足以结束这场本来就不该开始的争论。想到又可以回到以前那种和谐的生活中去了，苏枫的心中充满了喜悦。

但林欣却蹙紧了眉，仅仅是一秒的时间。没有人能够知道在这一秒的时间里他的大脑中究竟发生了什么事情，但当他的眉头舒展开来之后，一切都有了答案。他有些局促地说：“有的，在物理学范畴里有这样的现象。”

苏枫怀疑自己听错了，他转头去看韦一江，发现他也是一脸难以置信的表情。苏枫回过头来瞪着林欣，就像是看着一个陌生人。他从未想过悖论这样的逻辑问题会在真实的物理世界里找到对应现象——那绝对是不可能的事情。

林欣只说了两个字：“电铃。”

韦一江的脸一下子变得惨白，看上去就像是在一瞬间被什么东西击中了一样。是的，电铃。电铃的原理决定了它正是因为通电所以断电，同时因为断电所以通电，于是它不停地振动。

良久之后韦一江叹了一口气：“也许我真的老了。”他又看了一眼桌面上的《现代物理学完备性论证》的手稿，眼中浮现出复杂至极的神情。

苏枫在一旁叫道:“这只是极个别的特例，不能说明问题的。对‘现代物理学完备性论证’构筑的庞大体系根本构不成冲击！在体系内解决它只是时间的问题。”

苏枫的话提醒了韦一江，他的精神好了一些。的确，在科学史上不乏类似的先例，有时候人们必须等待诸如新的实验条件等因素的出现方能完全证实自己的理论。就如同在狭义相对论问世不久后的1906年，考夫曼提出他的高速电子荷质比实验结果不利于狭义相对论，但事后却证明这个实验得出的结论是错误的。

“可是我看不出在体系内解决这个问题的可能性。”林欣坚决地摇了摇头,“这根本就是完全对立的。我认为‘现代物理学完备性论证’体系肯定是不完善的。”

韦一江深深地看了一眼他曾经最感得意的学生，那种眼神就如同看一个令他恐惧的陌生人。林欣的每一句话都像锋利的刀子般戳在他的胸口上。他感到自己的血液正在慢慢变冷，越来越冷。

“你是叫我放弃发表《现代物理学完备性论证》的论文?就因为你的那种关于预知的假说?”韦一江的语气变得比他的血液还要冷,“你真是我的好学生。”

林欣没有注意到韦一江的语气变化，他还沉浸在自己的思路里:“这不是假说，我认为这是可以实现的。”

韦一江大声笑了起来:“想不到我居然教出了你这样的学生。如果让人知道我生平最得意的学生居然相信预感之类的歪门邪道的话，我的脸面往哪儿搁?”

苏枫看出情形有些不对，他急忙拽了拽林欣的胳膊说:“不要再说了，你快向老师认错。”

出人意料的是，林欣挣脱了苏枫的手，他的脸涨得通红，眉宇间是一种义无反顾的神情：“我没有错，我会证明给你们看的，到时候你们就会知道究竟是谁的错。”

韦一江用力扶住椅子的把手：“好，那么说是我错了。既然你比我正确，我还怎么敢当你的老师？”

苏枫大惊失色，他听出了韦一江这句话中的意思。他再次拽住林欣的手臂说：“你不要和老师争了，就认个错吧。”

林欣仿佛没有听见苏枫的话，他的嘴唇微微发抖，脸色苍白，整个人像是痴了般一动不动。良久之后他才轻轻转头扫视着屋子里的这两个人，眼中有决绝的光芒闪现。过了一会儿他开始缓步朝外面走去，口中低声重复着：“我会证明给你们看的，我一定会的。”

韦一江脸色苍白地看着林欣，痛苦与痛惜的神情混合着在他的眼底浮动。苏枫几次想伸手去拉住林欣都被他用目光制止了。韦一江希望林欣自己回过头来，但他失望了。

……

林欣在校园里漫无目的地走着，不知何时天空中飘起了小雨，落在身上让人感到丝丝凉意，他这才想起秋天已经快要过去了。这时他依稀听到远处有人在呼喊自己的名字，好像是韦洁如的声音。洁如，不知为何，此刻一想到这个名字，林欣心中就会泛起一种疼痛的感觉。洁如，洁如，他在心里反复吟唱着这个名字，宛如吟唱一支钟爱的歌，两行泪水自他的脸颊滑落，但内心一个更为倔强的声音却驱使他的脚步朝着相反的方向奔去。

八

苏枫猛地打了个冷战，他突然觉得自己怀中的男孩变得很陌生。你这是做什么？他问自己，这个男孩是林欣的化身，他为什么要回到这里来？难道仅仅是来告诉你那桩可笑的谋杀事件？不，他回来是想向我证明，当年的林欣是占有真理的一方。他想要摧毁你拥有的一切，他想要你的老师为当年的事情认错。他还要向世界大声宣布，他才是真正的胜利者。还有洁如，她很快就会知道当年林欣为什么会离去了，她会怎样看待你和她的父亲？而你居然那么温柔地搂抱着这个男孩。

“我想起一件事。”男孩兴奋地说，“老师说过你曾经给他的理论指出过一处缺陷，好像是在他第一次同你讨论预知问题的时候。”

“缺陷？”苏枫愣了一下，但他立刻想起是怎么回事了，他淡淡地笑了，“我的确和你的老师讨论过一个问题，不过也许那不应该称作缺陷。”

“为什么？”男孩不解地问。

“你好像说过现在你只能准确预知600秒内发生的事情，对吧？”

“是的。”

“按照当年我们的讨论结果可以证明，你其实已经具备了准确预知更遥远的将来的能力。”

“真的？”男孩的眼中一阵发亮。

“当然是真的，证明的过程很简单。我举个例子，假设在今天中午12点整会下一场雨，那么显然你在上午11点50

分的时候就能准确预知这一事件。那么基于同样的理由，你将在 11 点 40 分的时候预知‘你在 11 点 50 分的时候预知在 12 点整会下一场雨’这一事件，而这实际上等同于你在 11 点 40 分就准确预知在 12 点整会下一场雨。只要以此类推，岂不是几乎可以无限地扩展你的预知范围了吗？”

男孩聚精会神地听着，他偏着头思考的样子看上去有几分顽皮。但他很快就弄明白了是怎么回事，一时间他高兴地快要蹦起来了：“对啊对啊，是这样的，我怎么没想到这一层呢。原来竟这么简单，老师早该告诉我这个方法嘛。”男孩待不住了，他挣出苏枫的臂弯一屁股坐到了地上：“我现在就要试试这个方法。现在是上午 10 点半，我现在就来预知上午 11 点会不会下雨。”男孩说着便闭上了眼睛，仿佛进入了禅定的状态。

苏枫笑了笑：“为什么不预知更久一点儿？至少应该到 12 点钟吧。”

男孩犹豫了一下，仿佛觉得有什么地方不妥，不过最后他还是用力地点了点头说：“那好吧，就 12 点。”

苏枫面无表情地看着这个男孩，他感觉男孩的脸和记忆中的林欣已经完全重叠在了一起。风雨故人来。不知为何，苏枫的心中突然划过这样一句说不清来处的诗。对每个人来说，故人往往意味着一些过往的旧事，而故人到来的时候为何又常常是伴随着风雨呢？苏枫轻轻叹了一口气。

男孩的额头上渗出了汗水，两团不正常的潮红色在他的脸颊上显现出来，而他的嘴唇却变得有些发白。

……

“你这样说倒是让我为难了。”林欣苦恼地拍拍头，“这样推理下去的确能得出我们可以预知永远的结论，但这个结论却又的的确确是从‘只能预知几分钟’这个假设推出的。很明显，这里产生了一个佯谬。”

苏枫很高兴自己难住了林欣：“就是嘛，这分明是一个死结。单凭这一点就可以判断预知问题是没有意义的。”

“那倒未必。”林欣很自信地反驳，“你的这个想法可以表述为‘预知自己的预知’，属于数学上的递归问题，也就是一种调用自身的函数。对于递归问题的处理一般都受限于递归的层次。也就是说必须在满足运算的精度要求之后跳出去，否则将陷入无限循环之中。”

苏枫在心中低叹了一声，隐然有“既生枫，何生欣”的意味，不过他并未死心：“在预知问题上存在的递归性难道不是一道障碍吗？”

“所以我觉得我们始终只能做有限的预知。当然，如果在技术上有突破的话预知的时间范围肯定可以扩大。”

苏枫若有所思：“如果我们强行进行这种递归式的预知会带来什么结果？我的意思是说，如果我们希望得到相当长时间的预知结果的话。”

林欣想了想：“那样做将导致计算量呈几何级数增长，如果由电脑来做这样的事将产生‘程序狂奔’，而如果由人脑来做这件事情的话，”林欣顿了一下，“这个人肯定会累死。”

……

男孩的身体开始有些摇晃，汗水湿透了他的衣服。同时他呼吸的声音也变得很不均匀，不时地会突然发出一声古怪的长音。男孩的嘴微微嚅动着，仿佛念念有词，而他的脸上已是一片蜡黄。

苏枫看了一下手表，现在是差一分钟 11 点。如果没记错的话，男孩曾说过在这一时刻会有一桩谋杀事件发生。苏枫默默地走到男孩身边蹲下来，把耳朵凑在男孩的嘴边想听清他在说些什么。

“……啊，12 点了。真的在下雨，好大的雨……把世界冲得干干净净……”男孩的头突然一偏，口中的话像被刀斩断般戛然而止，整个身躯也软软地倒在了地上。

苏枫怔怔地看着这一切，心中竟然麻木得没有一丝感觉。过了好一会儿他才如梦初醒般地站立起来，拍去身上的灰尘之后他开始收拾讲义，但他的手有些不受控制地颤抖，以至于那些纸页似乎总是放不对地方。

是回家的时候了，想到温暖的家以及家中的洁如和孩子们，苏枫的心中稍微平静了一些。今天中午说好去导师家吃午饭的，他们现在一定都有些等不及了。他回头看了一眼倒在地板上就像是睡着了的那个男孩，没有伤痕，没有暴力的迹象，看上去无论如何只是一次类似于心脏病发作那样的自然死亡。苏枫拿起讲义朝教室外走去，到了门口他才发觉外面已经刮起了很大的风，在这个季节里这是很少见的情形。苏枫裹紧了衣服走出门去。

快下雨了，苏枫想，而且会是一场很大的雨。